Renate Klöppel
Der Kapuzenmann

PIPER

Zu diesem Buch

Professor Alexander Kilian, Wissenschaftler und Ermittler wider Willen, macht sich ernsthafte Sorgen: Vor kurzem ist die siebenjährige Tochter eines Kollegen spurlos verschwunden – sie wurde beim Besuch eines Freizeitparks entführt. An einem regnerischen Abend entdeckt Kilian vor dem Haus seiner Lebensgefährtin, wo auch die gemeinsame Tochter Corinna lebt, einen unheimlichen alten Mann in einer Kapuzenjacke. Noch bevor er die Identität des Fremden klären kann, scheint sich der Alte in Luft aufgelöst zu haben. Als Kilian mit Corinna einen Ausflug macht, gerät seine Tochter unversehens in tödliche Gefahr … In intensiver und dichter Sprache erzählt die Ärztin und Autorin Renate Klöppel von einem Fall, der den Leser bis zur letzten Seite in Atem hält.

Renate Klöppel, geboren 1948 in Hannover, ist nicht nur Kinderärztin, sondern studierte auch Musik an der Musikhochschule Trossingen, wo sie 20 Jahre als Dozentin tätig war. Seit 2007 lebt sie mit ihrem Mann in Freiburg. Sie veröffentlichte die viel beachtete Lebensgeschichte einer schizophrenen Malerin unter dem Titel »Die Schattenseite des Mondes«. Außerdem schrieb sie die drei Kriminalromane »Der Mäusemörder«, »Die Farbe des Todes ist Schwarz« und »Die Tote vom Turm« mit Alexander Kilian in der Hauptrolle.
Weiteres zur Autorin: www.renate-kloeppel.de

Renate Klöppel

Der Kapuzenmann

Ein Freiburg-Krimi

Piper München Zürich

Mehr über unsere Autoren und Bücher:
www.piper.de

FSC
Mix
Produktgruppe aus vorbildlich bewirtschafteten Wäldern und anderen kontrollierten Herkünften
www.fsc.org Zert.-Nr. GFA-COC-001223

Originalausgabe
1. Auflage September 2009
2. Auflage Januar 2010

Umschlaggestaltung: semper smile, München
Umschlagfoto: Konrad Wothe / Getty Images
Satz: Filmsatz Schröter, München
Papier: Munken Print von Arctic Paper Munkedals AB, Schweden
Druck und Bindung: CPI – Clausen & Bosse, Leck
Printed in Germany ISBN 978-3-492-25432-8

Die fünfzigste Nacht ist vergangen, seit Judith mich verlassen hat. Als die Sonne die Schatten aus dem engen Tal vertrieb und die Vögel ihr Morgenlied bereits beendet hatten, habe ich das Fenster zum Garten geöffnet und die Kissen in ihrem Bett aufgeschüttelt, als habe sie darin geschlafen. Das sind die Gewohnheiten, die mir helfen, die Tage ohne Judith zu überstehen. Gestern habe ich geträumt, Judith zu sehen, aber schon im Traum wusste ich, dass sie nicht zurückkommen wird. Die Trauer und Enttäuschung darüber haben mich geweckt. Judiths Gegenwart war nichts als eine elende Täuschung. Sie ist für immer fort, und mein Leben geht weiter.

Ich habe mich entschieden. Den Lauf der Welt werde ich nicht anhalten können, aber ich greife in die Speichen des sich ewig drehenden Rades der Geschichte und dessen, was andere Fortschritt nennen. Es ist meine Pflicht, nicht tatenlos zuzusehen, wie sich wiederholt, was Judith zugestoßen ist. Nichts ist vorherbestimmt, was auch immer geschieht. Die Freiheit des Gedankens ist die Freiheit des Willens, das macht jeden von uns zu einem kleinen Gott. Jede Entscheidung führt Veränderungen herbei, seien sie auch noch so gering. Große Veränderungen brauchen mächtige oder viele Menschen. Oder Gewalt. Mein Weg ist der Weg der Gewalt. Angst und Raffgier sind die Kräfte, die die Welt bewegen. Ich werde Angst säen.

Cécile. Maja. Und dann? Angelina?

▼▼▼

Alexander Kilian lehnte an der hölzernen Brüstung des kleinen Balkons und sah hinunter auf die Türkenlouisstraße. Wie so oft, wenn er Ina und die gemeinsame Tochter besuchte. Heute beugte er sich schon zum zweiten Mal über das nasse Holz, obwohl wirklich nichts zu sehen war, nichts außer den alten Kastanienbäumen im Regen und von Zeit zu Zeit Scheinwerfer von Autos auf der nahen Günterstalstraße, die aus der Freiburger Innenstadt auf den Schauinsland zu führt. Doch irgendetwas war anders als sonst. Er spürte es mehr, als er es sah. Er neigte sich noch weiter vor, bis er den Lichtkegel sah, den die Straßenlaterne auf den regennassen Asphalt des Fußwegs zeichnete, als könne er in den hellen und dunklen Mustern ein Geheimnis entdecken. Da, der Schatten der Kastanie neben der Gartentür! Der Stamm zeichnete sich nicht gerade wie eine Säule auf der Straße ab, sondern er hatte sich auf einer Seite vorgewölbt wie durch eine längliche Geschwulst, die sich in diesem Augenblick verformte. Eine Ecke wuchs in ihrem oberen Teil hervor und fügte sich ein in die Schatten der dicken Äste, verschwand wieder, wuchs erneut. Alexander ließ seine Augen zum Stamm des Baumes wandern, der den Schatten warf. Ein roter Punkt ruckte dort aufwärts, glomm einmal auf und gleich darauf ein zweites Mal, dann bewegte er sich wieder nach unten.

Erst jetzt sah er die Gestalt, die dort lehnte. Das also war die Veränderung: Ein Mensch, der unter dem Baum halbwegs geschützt vor dem Regen stand, um zu rauchen. Nichts sonst gab es vor dem Haus zu entdecken. Eine Weile beobachtete er die Gestalt, aber bis auf eine schwarze Jacke mit einer weit ins Gesicht gezogenen Kapuze konnte er nichts erkennen.

Corinna, deren Plappermaul er hier draußen für ein paar Minuten entkommen war, trat zu ihm auf den Balkon.

»Papa?«

»Ja.«

»Papa, wir wollen dich was fragen.«

»Wer ist wir?«

»Wer wohl? Die Mama und ich natürlich. Wer denn sonst?«

»Mama ist doch gar nicht zu Hause.«

»Trotzdem wollen wir dich fragen.«

Bei einer solchen Einleitung galt es aufzupassen. Die folgende Frage war meistens eine Falle oder zumindest nicht zu beantworten. »Stimmt's, Papa, das weißt du auch nicht!« Er wusste schon im Voraus, was Corinna am Ende dieses einseitigen Spiels sagen würde. Und das zu ihm, der doch sonst so viel wusste! Wozu war er denn Professor!

»Papa?«

»Was denn?«

»Warum gehst du eigentlich nie am Spiegel vorbei, ohne hineinzusehen? Weißt du immer noch nicht, wie du aussiehst?«

Jedes Mal sollte er in den Spiegel gesehen haben? Unmöglich! Er blieb ganz ruhig. Souveränität war jetzt gefragt. Gleiche Augenhöhe, nicht darunter und auch nicht darüber, denn mit Autorität konnte er schon lange nicht mehr punkten. »Das scheint dir nur so. Ich sehe überhaupt nicht in den Spiegel, außer wenn ich mich kämme oder rasiere.«

»Papa, das stimmt doch gar nicht. Als Mama mir gestern vorgelesen hat, war die Tür offen. Jedes Mal, wenn du durch den Flur gegangen bist, bist du am Spiegel stehengeblieben und hast dich angesehen.«

»Ach was! Unsinn, was du da sagst.« Er war heftiger geworden, als er gewollt hatte. Schon wieder hatte Corinna es geschafft, ihn zu diesem Ton zu verleiten! Gleich würde sie seinen Ausbruch mit der triumphierenden Sachlichkeit, zu der sie trotz ihrer gerade mal sieben Jahre durchaus in der Lage war, ins Lächerliche ziehen.

»Kein Unsinn! Die Mama hat es auch gesehen, und du hast nicht einmal gemerkt, dass wir über dich gelacht haben.«

Über ihn gelacht hatten sie! Beide! Wenn das stimmte, war es eine bodenlose Unverschämtheit! – Jetzt bloß nicht den Zorn anmerken lassen! Er hatte doch gleich geahnt, dass Corinna ihn aufs Glatteis führen wollte. Er beugte sich wieder über die Balkonbrüstung.

»Papa?«

Er tat, als höre er nicht.

»Papa!«, trompetete Corinna mit ihrer hellen Kinderstimme.

In diesem Moment schob die Gestalt unter dem Baum die Kapuze etwas zurück und blickte nach oben. Nur ganz kurz fiel der Lichtkegel auf das Gesicht. Ein Gesicht? Alexander beugte sich in jähem Erschrecken noch weiter vor, aber schon war nichts mehr zu sehen als die dunkle Kapuze über der wieder reglosen Gestalt, die mit einer glimmenden Zigarette im Regen stand. Eine verschrumpelte Kartoffel, dachte er, ein zusammengeschnurrtes Koboldsgesicht war das gewesen, was er für einen kurzen Augenblick gesehen hatte. Uralt musste der Mann sein, achtzig Jahre oder neunzig oder noch älter, wenn die Gestalt vor dem Haus denn überhaupt ein Mann war.

»Papa, warum schaust du denn so erschrocken?«

Und als er nicht antwortete: »Du hast wohl nicht gemerkt, dass wir dich beobachtet haben?«

Er lebte in der falschen Zeit. Das hatte er schon oft gedacht, jedenfalls, was den Umgang von Kindern mit ihren Eltern betraf. Früher hatten Kinder respektvoll zu ihren Vätern aufgesehen. Seine Tochter hingegen entwickelte gerade eine wahre Meisterschaft darin, die Autorität ihres Vaters zu zersetzen. Andere Töchter himmelten ihre Väter an – auch heute noch – flirteten förmlich mit ihnen. Sie wären stolz, einen Professor zum Vater zu haben, noch dazu einen berühmten! Nicht so Corinna. Wie sie das wohl machte, immer genau seinen wunden Punkt zu treffen? Wenn sich Töchter über ihre Väter lustig machten, steckten zweifellos ihre Mütter dahinter, also Ina. Aber wie? Sie konnten zu dritt am Tisch sitzen, er merkte gar nichts, und plötzlich kam so eine scharfzüngige, wohlplatzierte Bemerkung von Corinna, ohne dass ihm aufgefallen war, dass Mutter und Tochter etwas ausheckten. Offenbar legte Ina ihrer Tochter Sätze in den Mund, die sie selbst sich um des lieben Friedens willen verkniff. Und Corinna sprach sie aus. Hemmungslos. Aber wie machte Ina das? Mit Augenzwinkern? Telepathie? Oder flüsterte sie sie ihrer Tochter ein? Nicht telepathisch, sondern ganz real, wenn er nicht zugegen war. »Du kommst schon wieder zu spät« – das war einer von Corinnas Lieblingssätzen. Ina sagte das längst nicht mehr, auch wenn sie häufig genug Grund dazu hätte. Wenn er zu spät kam, sah sie nur von ihrer Tätigkeit auf, etwas desinteressiert, etwas überrascht, als habe sie seine Existenz mittlerweile völlig vergessen. Keine Spur von Vorwurf.

Er seufzte. »Ich schaue nicht erschrocken. Ich wundere mich nur über den Menschen da unten.«

Corinna stellte sich auf Zehenspitzen an die Balkonbrüstung und versuchte vergeblich, bis auf die Straße hinunter zu sehen.

»Papa, hebst du mich mal hoch?«

Aha, nun brauchte sie doch seine Hilfe. Er hob sie so hoch, dass sie ungehindert über die Brüstung sehen konnte.

»Da unten ist doch gar niemand!«

Er beugte sich selbst vor und sah hinunter. Nein, da war wirklich niemand. Der Mensch, den er gesehen hatte, war verschwunden, und der Schatten des Baumstammes war so gerade wie an jedem anderen Abend.

»Papa, das hast du dir bloß eingebildet, dass da jemand steht.«

Er widersprach nicht. Das fremde Gesicht war so unwirklich gewesen, dass er sich fragte, ob nicht alles eine gespenstische Täuschung gewesen war, ein Spiel von Licht und Schatten im dicht und schwer fallenden Regen. Aber nein! Dort neben dem Baum hatte wirklich jemand gestanden, und der war alt gewesen. Uralt. Sonst nichts.

Er ging zurück ins Zimmer und sah auf die Uhr. Sie zeigte kurz vor neun. Das Kind musste ins Bett, schnellstens, denn morgen war Schule. Es war sowieso schon viel zu spät geworden. Glücklicherweise gab es das Buch »Mondscheindrache« von Cornelia Funke. Daraus las er nur vor, wenn Ina nicht zu Hause war. Mit der Aussicht auf ein oder vielleicht sogar zwei Kapitel – wenn sie besonders schnell im Bett war – ließ sich Corinna zum Glück fast immer ohne lange Auseinandersetzungen zum Schlafengehen bewegen. Leider hatte das Buch nur achtundfünfzig Seiten, und sie waren schon bei Seite vierzig angekommen. Corinna brauchte keine zehn Minuten, bis sie mit geputzten Zähnen zwischen ihrem Affen und dem Hund aus Plüsch unter der bis zur Nasenspitze hochgezogenen Bettdecke lag. Er las langsam, das erhöhte seine Chance, Corinna noch ein weiteres Mal mit einem Kapitel aus diesem Buch problemlos zu Bett zu bringen. Schon lange bevor das Kapitel zu Ende war, wurden ihre Augen kleiner und fielen immer wieder zu. Sie wehrte sich gegen das Einschlafen und riss die Augen wieder auf. Es blieb ihm nichts anderes übrig, als auch noch das letzte Kapitel zu lesen. Vier Seiten vor Schluss hoben sich Corinnas Lider noch einmal träge, dann blieben ihre Augen geschlossen. Zufrieden mit sich selbst und dem friedlich schlafenden Töchterchen zog er die Bettdecke zurecht, löschte das Licht und schloss leise die Tür.

Da war er wieder, der Blick in den Spiegel! Wenn Corinna es nicht gesagt hätte, wäre er ihm nie aufgefallen, dieser kurze kritische Blick, der mal dieses, mal jenes Gefühl in ihm auslöste. Heute war er mit seinem Spiegelbild durchaus zufrieden. Er blieb mit einem gewissen Trotz länger stehen, schließlich schlief Corinna hinter einer geschlossenen Tür, und seine Lebensgefährtin unterrichtete in einem privaten Bildungszentrum in Rieselfeld ein kleines Grüppchen in Englisch. Es bestand also keine Gefahr, dass ihn jemand beobachtete. Markant, dachte er, markant und dynamisch. Er verstand, dass er den Frauen gefiel. Und diese lebhaften braunen Augen! Nicht so müde und leblos wie bei anderen Männern, die wie er selbst in ein paar Jahren ihren sechzigsten Geburtstag feiern würden. Ein schmales Gesicht sah ihn an, schmäler geworden mit den Jahren, aber nicht zu hager, und die Falten waren nicht schärfer, als man sie bei einem Mann in seinem Alter erwartete. Kein jugendliches Gesicht mehr, aber weit entfernt von dem so fürchterlich verschrumpelten Greisengesicht der Gestalt, die unter dem Baum im Regen gestanden war und geraucht hatte. Selbst mit neunzig würde er nicht so aussehen, wenn er denn dieses gesegnete Alter überhaupt erreichen sollte. Er holte seine Lesebrille und sah wieder in den Spiegel. Sofort nahm er die Brille ab. So also sah er wirklich aus. Ernüchternd. Nein, schockierend! Und wenn er doch eines Tages …? Sein Blick fiel auf seine Haare. Hatte er nicht vor ein paar Tagen noch deutlich weniger graue Haare gehabt? Zweifellos war das so, und das sprunghaft fortschreitende Ergrauen hing offenbar mit den Friseurterminen zusammen. Nur auf seine letzten dunklen Haare hatte es seine Friseuse abgesehen! Er wandte sich vom Spiegel ab. Die vielen grauen Haare störten ihn, zeugten sie doch vom unaufhaltsamen Verrinnen der Zeit. Fünfundfünfzig war er vor ein paar Wochen geworden, nur noch fünf Jahre bis zum Sechzigsten. Was dann noch vor ihm lag, war ein bisschen wie Oktober. Es würde noch ein paar schöne Tage geben, aber der Winter stünde unmittelbar bevor. Ina war zwanzig Jahre jünger als er und gerade erst im Sommer des Lebens angelangt. Ihre von keinen Endzeitahnungen begrenzte Zukunft ließ ihn immer stärker spüren, wie alt er war. Es fiel es ihm nicht leicht mitanzusehen, wie junge Männer ihr den Hof machten, und manchmal dachte er, es wäre nur eine Frage der Zeit, wann er sie an einen Jüngeren verlieren würde. Vielleicht sollte er sie doch heiraten? Ganz so leicht wie einen unverbindlichen Lebensabschnittspartner würde sie einen Ehemann eines Tages nicht zum Teufel schicken können, auch wenn er der Vater ihres Kindes war. Aber nein, keine Hochzeit mehr. Eine gescheiterte Ehe reichte ihm für den Rest seines Lebens.

Er ging in die Küche, räumte das Geschirr in die Spülmaschine, kehrte die Krümel neben der Brotmaschine zusammen und putzte die Spüle so sorgfältig, wie er es noch nie getan hatte. Es war ja so einfach, Ina eine Freude zu machen! Ein paar Falten mehr oder graue Haare spielten dabei überhaupt keine Rolle.

Pünktlich wie immer nach dem Englischkurs hörte er Ina die knarrende Holztreppe heraufkommen. Seit Jahren verwechselte er ihren leichten Schritt nicht mehr mit dem schwerfälligen Steigen der beiden Nachbarinnen, selbst wenn Ina langsamer ging als gewöhnlich. Heute hätte er ihren Schritt nicht erkannt, nur aus der Uhrzeit schloss er, dass sie es sein musste, die sich so mühsam die Stufen hinauf quälte. Er öffnete die Tür und wollte sie in den Arm nehmen, wie er es immer tat, aber Ina wich ihm aus, lächelte nur flüchtig – es war mehr ein Reflex als ein richtiges Lächeln – und ging an ihm vorbei. Ihre Jacke und Hose waren durchnässt, und ihr schulterlanges braunes Haar kringelte sich in nassen Strähnen auf ihren Wangen. Sie murmelte etwas von »Schirm vergessen« und verschwand im Schlafzimmer. Mit hängenden Armen und gleichermaßen überrascht wie enttäuscht über die Missachtung blieb er im Flur zurückt, überzeugt, dass nicht allein der Regen schuld an Inas seltsamem Verhalten war. Er hatte noch keinen Schritt getan, als er sie telefonieren hörte. Sie sprach sehr leise, aber eindringlich. Hier draußen vor der geschlossenen Tür verstand er kein einziges Wort. Er wartete, ging ins

Wohnzimmer, wartete endlos, kehrte in den Flur zurück. Inas Stimme hinter der geschlossenen Tür: ein eindringliches Flüstern, dass ihn ausschloss. Nur für einen kurzen unbeherrschten Augenblick wurde ihre Stimme lauter: »Das geht nicht! Das können wir nicht machen!« Dann wurde ihre Stimme wieder zu unverständlichem Geflüster. Er kehrte ins Wohnzimmer zurück und schlug die Zeitung auf, aber die Worte, die er las, verbanden sich nicht zu sinnvollen Sätzen. Seine Gedanken kreisten in einer Mischung aus Sorge und Zorn um Ina. Eine halbe Stunde oder mehr mochte vergangen sein, als sie endlich kam. Sie hatte eine trockene Hose angezogen, aber ihre Haare waren ungekämmt und hingen in Strähnen auf ihre Schultern. Sie ließ sich in einen der beiden neuen knallroten Sessel fallen und blickte starr geradeaus.

»Hast du den seltsamen Mann vor der Tür gesehen?«, fragte sie plötzlich. »Den verhutzelten?«

»Vor der Tür? Stand er jetzt vor der Tür?«

»Er stand unter dem Vordach am Eingang und rauchte. Als ich ihn fragte, ob er hier wohne, drehte er sich hastig um und verschwand irgendwo auf der anderen Straßenseite.« Sie zog die Stirn kraus, wie sie es immer tat, wenn sie angestrengt überlegte. »Ich glaube, er war vor ein paar Wochen schon einmal hier.« Plötzlich sah sie sich im Zimmer um, als suche sie jemanden. »Wo ist Corinna?«

»Natürlich im Bett«, antwortete er, erstaunt über ihre Frage. Ina sah auf die Uhr. »Natürlich im Bett«, wiederholte sie geistesabwesend, »natürlich, es ist ja schon spät.« Dann starrte sie wieder schweigend vor sich hin.

»Ist irgendetwas nicht in Ordnung?«, fragte er.

Ina sah aus, als erwache sie langsam aus einem Traum. »Doch, doch«, sagte sie, »es ist alles in Ordnung.« Sie erhob sich ganz plötzlich, verzog den Mund zu einem Lächeln, das ihn nicht überzeugte, und gab ihm den Kuss, den sie vorhin schuldig geblieben war. »Alles in Ordnung«, wiederholte sie noch einmal, und jetzt gelang ihr das Lächeln schon etwas besser. Leise ging sie in Corinnas Zimmer, wie sie es immer tat, wenn sie ihre Tochter nicht selbst ins Bett gebracht hatte. Als Ina wieder ins Wohnzimmer kam, war ihr Gesicht so heiter, wie er es gewohnt war, überhaupt schien sie wieder so zu sein wie immer. Ihre Haltung, ihr Gesicht – es war, als hätte jemand einen Schalter umgelegt und alles wieder auf Normalbetrieb gestellt, so, als hätte sich nur für kurze Zeit ein Fehler eingeschlichen, der nun behoben war. Alexander dachte noch immer an ihr ungewöhnliches Verhalten und das Telefongespräch hinter verschlossener Tür, aber er fragte nicht danach. Er war sich sicher, dass sie nur ausweichend antworten würde. Wenn die Angelegenheit wichtig war, würde sie sich ihm schon irgendwann offenbaren.

Ina stand auf, setzte sich auf seinen Schoß und legte ihm die Arme um den Hals. »Es ist riesig lieb von dir, dass du Corinna ins Bett gebracht hast!« Sie gab ihm einen Kuss. »Und die Küche hast du auch so ordentlich aufgeräumt.« Sie küsste ihn noch einmal. »Du bist wirklich ein unbezahlbarer Schatz!«

Er war nicht erfreut, er war beunruhigt über ihr großes Lob, völlig übertrieben fand er Inas Bemerkung und ihre dankbaren Küsse, denn er brachte Corinna immer zu Bett, wenn sie fort war, oder versuchte es zumindest, und regelmäßig räumte er das Geschirr in die Spülmaschine, sobald Corinna schlief. Nun ja, etwas ordentlicher als sonst hatte er die Küche hinterlassen, aber was sie daraus machte, war seltsam. Nein, Ina war nicht wie immer. Sie gab sich alle Mühe, ihn das glauben zu machen, aber es gelang ihr nicht einmal, ihn zu täuschen, einen ihrer Ansicht nach völlig unsensiblen Menschen. Ina rutschte von seinem Schoß auf die Couch, und er legte seinen Arm um ihre Schulter, während sie sich an ihn kuschelte, als könne nichts den Frieden stören.

Tatsächlich lag hinter ihnen ein ungewöhnlich ruhiges und zufriedenes Jahr, ein Jahr ohne Unglück, Krankheit und ohne nennenswerte Auseinandersetzungen, und doch ahnte er, dass jederzeit etwas Schreckliches das Glück zerstören könnte. Die ganz schlimmen Dinge brachen immer überraschend herein, überall und jeden Tag, und niemand konnte sich davor schützen. Man las es ja ständig in der Zeitung, wie bei dem Mädchen, das auf dem Weg zum mündlichen Abitur auf dem Radweg unter die Reifen eines abbiegenden Lastwagens geriet. Jedes Glück hat etwas Brüchiges, auch ohne solche Katastrophen, dachte er, das liegt in der Natur der Sache. Einem Aufstieg folgt immer der Abstieg, ein ewiges Oben gibt es nicht. Nur der eigene Tod auf einem der Höhepunkte des Lebens kann den Niedergang verhindern. Jetzt war er oben, und der Hauch von Familienglück, der ihn in den letzten Jahren gestreift hatte, war verlässlicher geworden. Mehr als das, was er besaß, hatte er nie gewollt: eine gescheite Tochter – wenn auch ihr Mundwerk ziemlich locker war – und eine hübsche, verständige Frau, die es seit jeher, und das waren schon fast acht Jahre, akzeptierte, dass er den größten Teil seiner Zeit bei der Arbeit oder in seiner eigenen Wohnung verbrachte.

Später, als sie im Bett nebeneinander lagen und Ina ihn umarmte und ihren Körper an seinen presste, war doch alles wieder gut, alles in Ordnung, wie Ina es gesagt hatte. Das vom Alter entstellte Gesicht auf der Straße hatte sie erschreckt und auch ihn. Das war der Grund für die Verwirrung. Mit Ina selbst hatte es nichts zu tun. Und schließlich war ihm heute Morgen, als er sich von ihr verabschiedet hatte, noch keine Veränderung aufgefallen.

Es ist dunkel geworden. Der Wald am Ende des Tales steht wie eine schwarze Masse unter dem funkelnden Sternenhimmel. Ich sitze auf meinem viel zu schmalen Balkon und sehe mir im Schein meiner Taschenlampe, ich weiß nicht zum wievielten Mal, das Album mit den Familienfotos an. Die meisten Gesichter sind schwarz. Das sind die Gesichter der Verstorbenen. Ich selbst habe sie geschwärzt und unkenntlich gemacht. Das erste Gesicht, das ich geschwärzt habe, war das meines Bruders. Ich habe seine Züge ausgelöscht, weil ich die Erinnerung an ihn und damit an seinen Tod auslöschen wollte. Mit einem dicken schwarzen Stift und den krakeligen Strichen eines Fünfjährigen wollte ich diesen Stachel aus meinem kleinen Leben reißen. Und mit ihm die Schuld.

Vor sieben Wochen musste ich Judiths Gesicht schwärzen. Seite für Seite habe ich aufgeschlagen, um ihr Bild auszulöschen, weil ihr Leben verloschen ist. Jetzt sind alle Gesichter in dem Album schwarz. Alle bis auf mein eigenes. Seit meiner Geburt begleitet mich der Tod, als gehöre er zu meinem Leben.

Gestern, bei meiner Arbeit an der Johann-Wolfgang-Goethe-Universität in Frankfurt, ist mir ein Buch mit der Fotografie von Friedrich Nietzsche auf dem Buchdeckel aus den Händen gefallen und aufgeschlagen vor meinen Füßen liegen geblieben. Wie ein Magnet zog ein Satz meinen Blick auf sich, als ich das dicke Werk vom Boden hob. Er sprang mir geradezu in die Augen: »Was aus Liebe getan wird, geschieht immer jenseits von Gut und Böse.«

Mein Handeln entspringt der Liebe.

▼▼▼

Am nächsten Morgen beim Frühstück kündigte Ina ganz unerwartet an, dass sie übers Wochenende mit Corinna zu ihrer Mutter fahren würde. Eine Stunde später wolle sie aufbrechen. »Mutter geht es nicht gut«, sagte sie.

»Seit wann weißt du das?«

»Seit gestern Abend.«

»Da warst du bei deinem Englischkurs.«

»Ich habe danach mit ihr gesprochen.«

»Und warum sagst du es mir erst heute?«

Ina zögerte. »Ich habe mich erst jetzt entschieden.«

»Dann weiß deine Mutter noch nicht, dass du kommst?«

Ina errötete. »Ich habe sie vorhin angerufen.«

Er spürte wieder den Ärger aufsteigen, den er gestern Abend mit Mühe unterdrückt hatte. Ina hatte noch nie gut lügen können, und was sie jetzt vorbrachte, war lächerlich. Normalerweise war es ihm recht, wenn Ina ihre Mutter ohne ihn besuchte und er allein in Freiburg bleiben konnte. Er fuhr nicht gern ins Hexenloch, wo Inas Mutter lebte. Die Enge des Tales, dort im finstersten Schwarzwald, und die Dunkelheit hinter den kleinen Fenstern des alten Schwarzwaldhauses bedrückten ihn. »Kaltenbach« stand an der Tür, ein Name, der in diese Gegend passte. Inas Mutter war eine verhärmte, wortkarge Frau, die nach dem Tod ihres Mannes fast verstummt war. »Dieser Mann wird dir nur Unglück bringen«, hatte sie ihrer Tochter schwarzseherisch prophezeit, als er zum ersten Mal in Inas Elternhaus mitgekommen war, und alles, was in den folgenden Jahren geschah, hatte sie als Vorboten der bevorstehenden Katastrophe gedeutet. Trotz ihrer Abneigung gegen den Vater des Kindes liebte sie ihr einziges Enkelkind über alles, und Corinna nahm ihre Zuneigung und ihre Geschenke gern, aber zurückhaltend wie eine huldvolle Prinzessin entgegen.

»Es ist dir sicher recht, wenn ich mitkomme«, sagte er aus einem plötzlichen Misstrauen heraus, noch ehe er diesen Einfall wirklich zu Ende gedacht hatte. »Ich habe deine Mutter seit Jahren nicht mehr gesehen.«

Ihm entging nicht, wie sehr Ina bei seinen Worten erschrak. Ganz blass wurde sie plötzlich, und jetzt zweifelte er nicht mehr daran, dass sie ihm etwas verschwieg.

»Ina, was ist los? Warum soll ich dich nicht begleiten?«

Er sah, wie sie nach einer Begründung suchte, etwas errötete, dann wieder so blass wurde, wie er sie selten gesehen hatte. Natürlich! Keine Frage, dass Ina zu ihrer Mutter fahren wollte, das entsprach der Wahrheit. Corinna würde dort bleiben, aber Ina nicht. Sie hatte anderes vor, etwas, bei dem er störte. – Doch wenn es wirklich ihr Plan war, sich mit einem Mann zu treffen, wie konnte sie sich dann sicher sein, dass Corinna mit ihrem Plappermaul sie nicht verriet? Und was für eine Erklärung würde sie bereithalten, wenn er am Abend anrief, um sie zu sprechen, und sie wäre nicht da? – Alles kein Problem, wenn sie nur nachts fortginge, dachte er. Aber nein, auch das konnte er nicht glauben. Übermorgen würde er für zwei Tage zur Jahrestagung der Gesellschaft für Genetik nach Jena fliegen. Am Mittwoch würde er ein paar Stunden im Institut sein, ehe er in den Flieger nach Wien stieg. Ina hätte volle fünf Tage Zeit, Dinge zu tun, von denen er nichts wissen durfte.

Ina hatte sich wieder gefasst. »Es geht Mutter wirklich nicht gut. Sie möchte, dass ich allein mit Corinna komme.«

»Hast du sie denn gefragt?«

Ina überlegte so angestrengt, dass sich eine steile Falte zwischen ihren Augenbrauen bildete. »Ich habe nicht gefragt, aber ich weiß das«, antwortete sie endlich in einem so bestimmten Tonfall, dass er glaubte, sie würde gleich noch ein »Basta« hinterherwerfen.

Er wollte etwas Böses erwidern, da kam Corinna mit verschlafenem Gesicht und im Nachthemd angeschlurft. Den Affen hielt sie in der einen und den Plüschhund in der anderen Hand. Ihr müder Blick glitt über den Tisch. Den Zwist ihrer Eltern schien sie nicht zu bemerken. »Wo ist mein Kakao?«

»Ich koche ihn dir gleich«, antwortete Ina, um im nächsten Augenblick übergangslos mit der Neuigkeit herauszuplatzen: »Wir fahren heute zur Oma.«

Corinna ließ schlagartig erst den Affen, dann den Hund auf den Boden fallen. Ihre Mundwinkel senkten sich fast bis zum Kinn. »Ich will aber nicht zur Oma!«

»Du fährst doch sonst so gern zu ihr!«

»Heute aber nicht!« Corinna stampfte mit dem Fuß auf. »Leonie hat Geburtstag, und Jana darf auch kommen.«

Ina wurde schon wieder blass. »Ja natürlich«, murmelte sie. »Wir haben ja das Buch für Leonie besorgt.«

»Und wenn du erst morgen zu deiner Mutter fährst?«, warf er ein.

Inas Gesicht veränderte sich, aber nicht wie bei Corinna mit diesen Mitleid erregenden heruntergezogenen Mundwinkeln. Es wurde ganz starr, wie versteinert. Und seine Frage hatte das ausgelöst! Als müsse Ina gleich losheulen, dachte er. Das tat sie aber nicht. So konnte sie doch nicht aussehen, wenn sie einen Liebhaber treffen wollte!

Alexander biss in sein Brötchen, dass es krachte und die Krümel weit über den Tisch flogen. Er kaute geräuschvoll. Kaute leiser. Ein Wochenende allein mit Corinna wäre auch nicht schlecht, dachte er, und auf Ina aufpassen konnte er ohnehin nicht. Beim nächsten Mal biss er vorsichtiger ab, schon etwas versöhnter. Er war sowieso zu der Erkenntnis gekommen, dass er mehr Zeit mit seiner Tochter verbringen sollte. Sonst zählte für sie nur die Mutter, und er war bestenfalls Zielscheibe ihrer Sticheleien und ihres Spotts.

»Hast du denn schon das ›Dschungelbuch‹ im Kino gesehen?«, schaltete er sich in die Diskussion ein.

»Den Film mit Mogli?«

Er nickte. »Wollen wir ihn uns morgen zusammen ansehen?«

Ina sah ihn überrascht an. »Woher weißt du denn, dass das ›Dschungelbuch‹ im Kino läuft?«

»Zufall«, log er.

»Hast du den Film nicht schon gesehen?«

Er zögerte, ehe er sich entschloss, die Wahrheit zu sagen. »Schon zweimal. Und ich gehe gern noch ein drittes Mal rein.«

Corinna bemühte sich immer noch um einen schönen Schmollmund, aber er gelang ihr nicht überzeugend. »Papa, gab es denn den Film schon, als du noch ein Kind warst?«

»Das ›Dschungelbuch‹ ist nicht nur ein Film für Kinder.«

Corinna sah ihn eine Weile staunend und ungläubig an, widersprach aber nicht. Auf Inas Gesicht zeigte sich der Anflug eines spöttischen Lächelns, das Corinna glücklicherweise nicht bemerkte. Sollte sie doch lächeln! Ihm jedenfalls gefiel das »Dschungelbuch«.

Nach dem Frühstück packte Ina ein paar Dinge für sich selbst in eine kleine Reisetasche, während Corinna Berge von Spielzeug und Bilderbüchern zusammentrug, die sie angeblich unbedingt in den kommenden dreißig Stunden brauchen würde. Er holte den größten Koffer aus dem Keller, und Corinna warf alles hinein.

Eine halbe Stunde später kletterte sie halbwegs zufrieden in den Kindersitz im Auto ihres Vaters. Er schloss den Sicherheitsgurt und schlug die Autotür zu. Plötzlich hatte er das Gefühl, beobachtet zu werden. Er drehte sich langsam um. Da war er wieder, der Kapuzenmann! Erst war er sich ganz sicher, auf der gegenüberliegenden Straßenseite, vielleicht zwanzig oder dreißig Meter entfernt, den seltsamen Mann von gestern Abend zu sehen, aber je länger er die Gestalt beobachtete, die ihm den Rücken zuwandte, umso unsicherer wurde er. Er stieg ein und hatte schon den Zündschlüssel gedreht und den Motor angelassen, als Corinna einen Schrei ausstieß, als wäre sie von einer Wespe gestochen worden.

»Mein Fahrrad! Wir haben mein Fahrrad vergessen!«

Er wusste, dass es Zeitverschwendung war, mit Corinna über die Notwendigkeit des Fahrrades zu diskutieren. Er stellte den Motor wieder ab und holte das Fahrrad aus der Nische unter der Treppe. Als er aus dem Haus kam, sah er für einen kurzen Augenblick das Gesicht des fremden Mannes. Der hatte sich eine Zigarette angezündet und drehte sich rasch um, als sich ihre Blicke kreuzten. Es war die Gestalt mit dem verschrumpelten Gesicht! Als Alexander Kilian das Fahrrad verstaut hatte und wieder zu Corinna in den Wagen stieg, war der Mann so plötzlich verschwunden, als hätte ihn der Erdboden verschluckt.

Corinna ließ ihm keine Zeit, über die seltsame Erscheinung nachzudenken.

»Papa?«

»Ja?«

»Jana hat gesagt, dass du im Fernsehen irgendeine berühmte Frau mit Frau Christian angeredet hast, die aber ganz anders hieß. Stimmt das?«

»Wer ist Jana?«

»Das habe ich doch vorhin gesagt.«

»Hast du nicht!«

»Ich habe gesagt, dass Jana auch zu Leonies Geburtstag kommt. Also habe ich dir gesagt, wer Jana ist.«

Es war furchtbar. Entweder hatte Corinna wirklich recht, oder wenn nicht, dann drehte sie die Wahrheit so hin, dass es aussah, als habe er wieder einmal nicht richtig zugehört. Er ließ den Wagen an und trat so heftig aufs Gaspedal, als wolle er auf diese Weise Corinnas Frage entkommen.

»Papa, was ist denn nun: Hast du diese Frau Kann oder Frau Will mit Frau Christian angeredet?«

»Ja und? Hast du noch nie einen falschen Namen gesagt? Außerdem habe ich nicht Christian, sondern Christiansen gesagt.«

»Ich kenne alle meine Freundinnen, aber du vergisst doch jeden Namen.«

Sein Dummerchen von Tochter! Anstatt stolz zu sein, einen Vater zu haben, der so bedeutend war, dass die meisten gebildeten Menschen in Deutschland seinen Namen kannten und der gleich zur zweiten Sendung von Anne Will in der ARD eingeladen worden war, ließ sie sich für solche Belanglosigkeiten missbrauchen. Doch wenn er sie auf den Umstand seiner Berühmtheit hinwies, winkte sie entweder gelangweit ab oder, was noch schlimmer war, riss den Mund so weit zum Gähnen auf, dass er meinte, sie wolle ihn mitsamt seiner Berühmtheit verschlingen. Frau Christiansen statt Frau Will ... das konnte doch mal passieren!

»Was möchtest du denn heute Mittag essen?«, fragte er, ehe ihr noch andere Spitzfindigkeiten einfielen. »Spaghetti?«

Corinna wiegte den Kopf nachdenklich hin und her. »Spaghetti? Nein. Keine Spaghetti!«

Das fing ja gut an! Dabei waren Spaghetti mit Tomatensoße das einzige Essen, das er zu ihrer Zufriedenheit kochen konnte.

»Wir gehen zu McDonald's!«, rief sie triumphierend.

Ihm fiel ein Stein vom Herzen.

Drei Stunden später saß ihm eine glückliche Corinna mit einem unglaublich dicken Big Mac gegenüber, während er ihr ein paar Blätter von seinem Caesar Salad zuschob, um sein Gewissen zu beruhigen.

»Das erzählen wir aber nicht der Mama!«, flüsterte ihm Corinna mit vollem Mund augenzwinkernd zu.

Es schien ihm ratsam, kein Wort dazu zu sagen. Nicht dass es später hieß, er habe Corinna zum Verschweigen dieser diätetischen Sünde angestiftet!

Er lehnte sich zufrieden zurück. Das Wochenende war schon jetzt so gut wie gelaufen. Wenn er Corinna heute Abend vom Kindergeburtstag abholte, würde sie kurz darauf todmüde ins Bett fallen. Morgen Vormittag würden sie gemeinsam das Spielzeug aus dem großen Koffer auspacken und damit spielen. Als Notanker am Vormittag gab es dann noch die »Sendung mit der Maus« im Fernsehen. Der Nachmittag war ohnehin schon mit dem »Dschungelbuch« verplant. Und dazwischen? Noch mal McDonald's oder doch Spaghetti? Oder sollte er mit seinem hübschen Töchterchen einmal »richtig« essen gehen?

Plötzlich schreckte er auf, und seine zufriedenen Gedanken stoben davon wie das erste Herbstlaub, das der Wind von den nahen Platanen durch das Martinstor trieb. Da draußen auf der Kaiser-Joseph-Straße, nur durch die Glasscheibe von ihnen getrennt, ging die Gestalt mit der Kapuze. Der Mann war schon an dem Fenster vorbei und trat in den Schatten unter dem Torbogen. Vor dem Eingang von McDonald's blieb er stehen, als wisse er nicht, was er wolle, trat dann jedoch in einem plötzlichen Entschluss durch die Tür. Noch immer mit der Kapuze auf dem Kopf ging er zum Tresen, war auch hier unschlüssig, bis er endlich etwas bestellte. Kurze Zeit später stand vor ihm ein Becher mit Cola und genau so ein riesiges Gebilde wie das, an dem Corinna kaute. Der Mann zahlte, steckte sein Portemonnaie umständlich in die hintere Hosentasche und griff nach dem Big Mac und dem roten Pappbecher. Die gleiche Bewegung, durchfuhr es Kilian, das gleiche ruckartige Hochziehen der Arme wie bei dem Mann, der rauchend neben der Kastanie unter Inas Balkon im Regen gestanden hatte. In diesem Augenblick drehte sich der Unbekannte um und steuerte auf einen freien Tisch in ihrer Nähe zu. Alexander Kilian atmete tief ein und noch tiefer wieder aus. Er war es nicht. Dieser Mann mit den rotblonden Haaren mochte vierzig sein, aber bestimmt nicht uralt. Offenbar sah er schon Gespenster! Ständig meinte er, diesen Alten zu entdecken, der ihn zu verfolgen schien, wo immer er war. Sogar hier bei McDonald's hatte er ihn zu sehen geglaubt, als würde dieser Mensch nicht einmal vor einem fettigen Burger zurückschrecken, nur um in seiner Nähe zu sein! Das war doch nicht normal, das war Verfolgungswahn. Er brauchte endlich einmal Urlaub, der letzte lag schon eine Ewigkeit zurück. Hoffnungslos überarbeitet war er. Wahrscheinlich war dies auch der Grund für seine unsinnige Befürchtung, dass Ina das Wochenende mit einem Liebhaber verbringen wolle.

Er beachtete den Kapuzenmann nicht länger, wusste später nicht einmal zu sagen, wer von ihnen den Schnellimbiss zuerst verlassen hatte.

Der Sonntagabend mit Ina war eine einzige Enttäuschung. Nach dem ruhigen Wochenende mit Corinna hätte der Kontrast kaum größer sein können. Ina hatte schon den Tisch gedeckt, als er mit seiner Tochter und dem großen Koffer zurück in ihre Wohnung kam, und schien danach tatenlos gewartet zu haben. Beim Abendessen war sie so schweigsam wie vor der Fahrt ins Hexenloch.

Nur Corinna redete: »Mama, Mogli ist bei der Elefantenpatrouille immer in die falsche Richtung gelaufen, und der große Elefant war richtig böse mit ihm.«

Ina strich sich mit den Fingerspitzen beider Hände über die Stirn, als habe sie Kopfschmerzen, und nickte geistesabwesend.

»Eine ganz große Würgeschlange gab es auch.« Corinna zischte wie eine Schlange. »Kaa hieß sie.«

»Was für eine Schlange? Wo habt ihr eine Schlange gesehen?«, fragte Ina plötzlich.

»Nicht wirklich. Kaa ist die Schlange aus dem ›Dschungelbuch‹.«

»Aus dem ›Dschungelbuch‹? Wart ihr im Kino?«

Corinna sah sie ganz verwirrt und ratlos an und nickte. Sie

schwieg mit großen verwunderten Augen, und auch Ina sagte eine Weile nichts mehr.

»Was habt ihr heute gemacht?«

Corinna schwieg und sah ihren Vater Hilfe suchend an. Sie machte ein ganz bestürztes Gesicht, als wolle sie gleich in Tränen ausbrechen. Kein spöttisches Wort für ihre unaufmerksame Mutter! Über ihn hätte sie sich längst lustig gemacht, wenn er so schlecht aufgepasst hätte. Inas geistige Abwesenheit verstörte sie. Um das bedrückende Schweigen zu brechen, erzählte er nun selbst, wie ihr Wochenende gewesen war, aber was er auch sagte, es ging an Ina vorbei, als spräche er eine fremde Sprache. Er verstummte wieder, und da begann Ina leise und mit wenigen Worten zu erzählen. Sie hatte sich schon am Mittag von ihrer Mutter in dem finsteren Schwarzwaldhaus im Hexenloch verabschiedet. Als sie in Freiburg eintraf, war er offenbar schon mit Corinna auf dem Weg zur Nachmittagsvorstellung gewesen, und sie hatte ihn nicht mehr erreichen können.

»Aber das ist doch kein Grund für dein Benehmen!«, erwiderte er unwirsch.

»Mutter geht es nicht gut.« Wieder dieser nichtssagende Satz! Doch mehr erzählte Ina nicht, auch nicht, was es bedeutete, dass es ihrer Mutter nicht gutging. Er ärgerte sich über Ina, und als sie ihn bat, Corinna ins Bett zu bringen, sagte er, er brauche frische Luft und wolle spazieren gehen. Schließlich hatte er sich das ganze Wochenende um Corinna gekümmert! Ina nahm es ohne Widerspruch hin, als er ging.

Er folgte der Waldseestraße, die um diese Zeit einsam vor ihm lag. Hier, am Rande des Sternwalds, wo er oft mit Ina an warmen Sommerabenden entlanggegangen war, tauchte eine Erinnerung auf, die er seit Jahren aus dem Gedächtnis verloren hatte. Daniel hatte der Mann geheißen, Inas verflossene Liebe aus der Zeit, als sie beide sich im Londoner Kensington Gardens kennengelernt hatten. Nach ihren ersten gemeinsamen Tagen in London war der andere in Inas Augen so jäh verblasst wie ein Stern in der Morgendämmerung. Doch dieser Daniel wollte oder konnte die plötzliche Veränderung nach Inas Rückkehr aus London nicht begreifen und stellte sich darauf ein, mit täglichen Blumensträußen und Liebesbeteuerungen in Inas Wohnung auf ein Ende der Krise in ihrer Beziehung zu warten. Eines Tages, der Freund war nicht zu Hause, hatte Ina eine Spedition vor ihrer Wohnung vorfahren lassen. Alles, was Daniel gehörte, seine Möbel, Hausrat und seine Kleidung, hatte sie mitnehmen und in eine Lagerhalle bringen lassen, wo Daniel sein Hab und Gut gegen gutes Geld hatte einlösen können. Kein Zufall, fand Alexander, dass er jetzt an seinen Vorgänger dachte. Wie Ina damals das Verhältnis beendet hatte, war ihre Sache. Was ihn dabei traurig machte, das war der Gedanke, dass eines fernen oder auch nicht mehr so fernen Tages sie sich seiner auf dieselbe radikale Weise entledigen könnte. Die Spedition würde sie sich bei ihm sparen können. Die wenigen Dinge, die ihm in Inas Wohnung gehörten, konnte sie mit geringer Mühe mit ihrem eigenen Wagen vor seine Haustür bringen.

Zehn Minuten nachdem er zu seinem Spaziergang aufgebrochen war, kehrte er zurück und las Corinna eine Geschichte vor. Ina lächelte ihn dankbar an, und doch blieb sie den ganzen Abend so einsilbig, wie er sie noch nie erlebt hatte. Eine Zeit lang dachte er daran, einen Streit vom Zaun zu brechen, tat es aber dann doch nicht. Was auch immer geschehen war, ein glückliches Wochenende lag offenbar nicht hinter Ina.

Am Montagmorgen hatten sich die Regenwolken verzogen, und die Wipfel der Bäume im Sternwald ragten wie frisch gewaschen in einen blassblauen Himmel. Wie Hohn empfand er das verheißungsvolle Licht, wie Gelächter über seine schlechte Stimmung. Wenn es nur der Ärger über Ina gewesen wäre! Seit zehn Minuten schon forschte er ungeduldig und missmutig nach seinem Autoschlüssel, um zu seiner Wohnung in Herdern zu fahren. Es wurde Zeit, den Koffer für die Reise nach Jena zu packen. Überall hatte er schon gesucht. Vergeblich. Immerhin hatte er dabei die Designer-Lesebrille wieder gefunden, die er seit Wochen schmerzlich vermisste. Er sank auf einen der furchtbar roten Sessel, bereit hier auszuharren, bis eine glückliche Fügung ihm seinen Autoschlüssel in die Hand legen würde. Der Zwist mit Ina und die Notwendigkeit, in dieser Woche gleich zweimal zu verreisen, lähmten ihn. Wenn ihm wenigstens Ina bei der Suche geholfen hätte! Aber die war aus dem Haus gegangen, um Corinna ein Stück auf dem Weg zu einer Freundin zu begleiten.

Zu allem Überfluss klingelte jetzt auch noch das Telefon. Also doch aufstehen ohne den Autoschlüssel. Auf dem Display war keine Nummer angegeben. Er nahm den Hörer ab, rang sich ein gequältes »Ja« ab, um im nächsten Augenblick zu bereuen, überhaupt ans Telefon gegangen zu sein. Unverschämt war er, dieser Mensch am anderen Ende der Leitung! Und dann diese Stimme. Ölig war noch vorsichtig ausgedrückt. Wie ein ganzer Topf voll Schmierseife klang diese Stimme, ohne irgendwelche Ecken und Kanten und noch dazu immer auf demselben Ton. Keine Spur von einer Satzmelodie. Der Kerl wollte Ina sprechen. Aber seinen Namen verriet er nicht einmal, als Kilian ihn danach fragte.

»Sagen Sie ihr, dass ich auf ihren Anruf warte.« Der Mann legte auf.

Alexander Kilian zog sich wieder in den Sessel zurück. Dem Ton nach war der Anruf von einem Handy gekommen. Inas Liebhaber? Der Gedanke schien ihm absurd. Oder der Kapuzenmann? Seit Samstagvormittag hatte er ihn nicht mehr gesehen – nur zwei Stunden später sein Phantom bei McDonald's – und doch erschreckte ihn die Vorstellung, diese beklemmende Gestalt könnte bei Ina angerufen haben. Aber nein! Der Mann am Telefon hatte eine Stimme, die überhaupt nicht zu der Hutzelgestalt passte. Und wie hätte Ina wissen sollen, wer er war und wie sie ihn erreichen konnte. – Oder wusste sie es doch?

Er sah auf die Uhr. Bis zu Inas Rückkehr würden noch ein paar Minuten vergehen. Wenn sie nun doch einen anderen hatte? Er stand zögernd auf. Bislang war es Ehrensache für ihn gewesen, Ina niemals hinterher zu spionieren oder zu überprüfen, was sie sagte. Ehrensache! Doch jetzt würde er es tun. Ina forderte es doch regelrecht heraus mit ihren obskuren Andeutungen und dem geflüsterten Telefonat hinter verschlossenen Türen. Er kehrte zum Telefon zurück und rief die

Liste der zuletzt gewählten Nummern auf dem Display des Telefons auf. Unter den letzten drei Nummern war zweimal die von ihrer Mutter, die dritte war eine Nummer in Zürich, wahrscheinlich die von Inas Schweizer Freundin Mira.

Als Ina den Schlüssel im Schloss der Wohnungstür drehte, fuhr er auf wie ein ertappter Verbrecher und ging ihr im Flur entgegen.

»Ein Mann hat eben für dich angerufen.«

»Was wollte er?«

»Dich sprechen.«

»Hat er seinen Namen gesagt?«

»Er hat gesagt, dass er auf deinen Anruf wartet.«

»Ich weiß nicht, wer es war und wie ich ihn anrufen könnte.« Und als er sie skeptisch und unzufrieden ansah: »Alex, glaub mir, ich habe keinen Freund, wenn du das meinst. Ich weiß nicht, wer der Mann war und was er von mir wollte.«

Er glaubte ihr nicht, schwieg aber dazu. »Weißt du wenigstens, wo mein Autoschlüssel sein könnte?«

Zu seiner Überraschung wusste sie es. »Auf der Ablage unter dem Spiegel im Badezimmer.«

Unter dem Spiegel! Wie kam der Schlüssel zum Spiegel? Er holte ihn und war schon an der Tür, als Ina ihn einholte und unvermittelt umarmte. »Entschuldige. Es hat nichts mit dir zu tun. Es ist wirklich nur wegen Mutter. Glaub mir!«

»Aber warum sagst du nicht, wer eben angerufen hat?«

Ina bekam wieder dieses ganz und gar verzweifelte Gesicht. »Weil ich es nicht weiß.«

»Und warum sagst du mir nicht, was deiner Mutter fehlt?«

»Später«, sagte sie und schloss leise die Tür zwischen ihnen.

Langsam und in ungute Gedanken versunken ging er die Treppen hinunter. Er ärgerte sich immer noch, aber jetzt vor allem über Inas Mutter. Ina hätte ganz leicht eine glaubhafte Geschichte über ihre Mutter erfinden können, die ihn beruhigte. Er sprach so selten mit der verhärmten Frau, dass die Wahrheit nie ans Licht kommen würde. Aber irgendetwas hatte die Alte ausgeheckt. Es war schließlich nicht das erste Mal, dass die alte Frau einen Keil zwischen Ina und ihn zu treiben versuchte.

Zwei Tage später hatte er das nasskalte Jena wieder hinter sich gelassen. Altern war das Thema gewesen. Also brandaktuell, wie er fand. Er hatte auf neue Erkenntnisse gehofft, wie der unübersehbar fortschreitende Verfall, der ihm täglich aus dem Spiegel entgegensah, zu stoppen war. Doch er war höchst beunruhigt, ja geradezu schockiert zurückgekommen. Alzheimer war eines der Themen gewesen, Alzheimer und immer wieder Alzheimer. Ihn hatte die Krankheit offenbar schon längst unwiderruflich in ihren Klauen, obwohl er noch gar nicht das übliche Alter erreicht hatte. Ständig war er in Jena mit seinen Symptomen konfrontiert worden. Typisch, diese Unfähigkeit, sich in neuen Situationen zurechtzufinden. Zum Beispiel beim Essen in der Mensa. Die anderen saßen schon längst, und er suchte noch immer: Wo gab es Tabletts, wo Besteck und wo, um Himmels willen, war die richtige Schlange für die Kongressteilnehmer? Die ersten waren fertig mit Essen, während er immer noch mit seinem Tablett durch den Saal irrte. Und das Schnitzel mit Salat, das er eigentlich hatte essen wollen, lag auch nicht auf dem Teller. Stattdessen Pasta. Ein Getränk hatte er auch nicht, als er sich endlich setzen konnte. In Freiburg hatte er sich bislang eigentlich ganz gut zurechtgefunden. Auch typisch! Eine neue Umgebung lässt die Alzheimer-Symptome deutlicher hervortreten. Gesprächen hatte er allerdings auch in Freiburg nicht mehr richtig folgen können. Eine nette Doktorandin war vorige Woche in Tränen ausgebrochen, als sie merkte, wie wenig er von dem behalten hatte, was sie ihm ein paar Stunden zuvor voller Enthusiasmus über ihre Pläne erzählt hatte. Ach ja, sein Kurzzeitgedächtnis! Auch das war offenbar im Eimer, und das schon seit Jahren. Zwar gab es einen Hoffnungsschimmer, dass die nicht selbst von der Krankheit befallenen Genetiker das Leiden in ein paar Jahren behandeln könnten. Immerhin hatten die tüchtigen Kollegen einen molekularen Schalter identifiziert, der es erlaubte, die krank machenden Mutationen in den verantwortlichen Presenilin-Genen schlichtweg abzuschalten. Leider würden allerdings noch Jahre vergehen, bis die ersten Patienten möglicherweise von den neuen Ergebnissen profitieren konnten. Vielleicht sollte er bis dahin doch mit Rotwein,

Knoblauch und Olivenöl dem altersbedingten Verfall gegensteuern. Immerhin hatten kürzlich vertrauenswürdige Wissenschaftler bestätigt, dass diese drei Substanzen lebensverlängernd wirken können.

Heute Nacht habe ich von meinem Vater geträumt. Beim Aufwachen, noch auf der Schwelle zwischen Traum und Tag, lagen mir die Worte »Trau dich« auf der Zunge. Als das Tageslicht durch die Vorhänge drang, wuchsen aus dem Traum einzelne frühe Erinnerungen heraus wie längst vergessene Ungeheuer. »Trau dich.« Das waren Vaters Worte an mich, als mein Bruder noch lebte.

Anstatt zur Arbeit zu gehen, bin ich auf den Dachboden gestiegen und habe in meinem verstaubten Schatz fast vergessener Erinnerungsstücke gewühlt. Ich habe eine Kinderzeichnung gefunden. Sie stammt von meiner Hand. Ein großer Kreis ist darauf, das ist ein zugefrorener See. Ein kleiner Kreis in dem großen, das ist ein Loch im Eis, dann ein noch kleinerer mitten in dem Loch. Punkt, Punkt, Komma, Strich: das Gesicht meines Bruders. Große Ohren, ein paar Stoppelhaare, wie kleine Kinder sie malen. Daneben, auf demselben Blatt, wieder der See und darin ein Kreis. Der Kreis ist leer. Kein Gesicht. – Meinen Bruder gibt es nicht mehr. – Als ich mit meinem Vater zum See zurückgekehrt war, gähnte da nur ein leeres schwarzes Loch, wo ich den verkrümmten Körper meines Bruders auf dem Rand des Eises gesehen hatte. Das Loch war leer, weil ich mich nicht getraut hatte. Weil ich zu schüchtern gewesen war, an einem der Häuser in der Nähe zu klingeln, um Hilfe zu holen. Weil ich bis nach Hause lief, nachdem mein Bruder ins Eis eingebrochen war. Weil ich nicht wagte zu schreien. Weil ich den ganzen langen Weg zu meinem Vater gerannt bin, ohne um Hilfe zu schreien!

Die Vergangenheit ist eine unsichtbare dunkle Bürde, die mich niederdrückt. Erst der Tod, mein Tod, wird das ersehnte Vergessen bringen.

Ich habe das Buch, das mir kürzlich aus der Hand gefallen war, mit nach Hause genommen. Friedrich Nietzsche schreibt: Der Mensch wundert sich über sich selbst, das Vergessen nicht lernen zu können und immerfort am Vergangenen zu hängen: mag er noch so weit, noch so schnell laufen, die Kette des Vergangenen läuft mit. Es ist ein Wunder: der Augenblick, im Husch ist er da, im Husch vorüber, vorher ein Nichts, nachher ein Nichts, kommt doch noch als Gespenst wieder und stört die Ruhe eines späteren Augenblicks. Fortwährend löst sich ein Blatt aus der Rolle der Zeit, fällt heraus, flattert fort – und flattert plötzlich wieder zurück, dem Menschen in den Schoß. Dann sagt der Mensch »ich erinnere mich« und beneidet das Tier, welches sofort vergisst.

▼▼▼

In Freiburg war das Wetter kaum besser als in Jena. Obwohl im August der Sommer doch auf seinem Höhepunkt sein sollte, hing nach den Regenfällen der vergangenen Nacht der Nebel grau und dicht wie im Herbst zwischen den Häusern, und von den alten Kastanien in der Mozartstraße klatschten dicke Tropfen auf den Gehweg. Von seiner Wohnung bis zum Institut für Molekulare Genetik waren es nur ein paar hundert Meter. Schon von Ferne sah er die Stuckquader des nachgemachten Bossenmauerwerks wie eine graue Felswand durch die hohen Bäume schimmern. Er liebte das dreigeschossige Bauwerk aus dem ausgehenden 19. Jahrhundert, das außerhalb des Institutsviertels der Freiburger Universität in einer alten Villengegend lag. Nach aufwendigen Umbauten war in dem ehrwürdigen Gemäuer ein modernes Institut entstanden, von dem die vorsichtig renovierte Fassade wenig ahnen ließ. Mehr als achtzig Mitarbeiter hatten hier ihren Arbeitsplatz, und zu seiner großen Freude hatte wieder einmal eine der Arbeitsgruppen aus seinem Haus weltweit für Schlagzeilen gesorgt. Durchaus zufrieden stieß er die schwere Haustür auf und stieg die breite Steintreppe zum ersten Stock hinauf. Vor der gläsernen Flügeltür blieb er stehen. Nur wenige Meter vor ihm trippelte seine Sekretärin mit dem üblichen schnellen Staccato ihrer hohen Absätze in unüberhörbarer Eilfertigkeit den Flur entlang. Wahrscheinlich quälte sie sich nur für diesen Eindruck mit ihren unbequemen Absätzen quer durch die Stadt über das Kopfsteinpflaster bis zum Institut. Überhaupt hatte jede ihrer Bewegungen dieses betont Eilfertige, zumindest solange sie damit rechnen konnte, beobachtet oder gehört zu werden. Der Professor sah ihr zu, wie sie den vollgestellten Flur entlang eilte und mal in diesem, mal in jenem Zimmer verschwand um irgendetwas zu bringen oder zu holen. Einen wahren Hindernislauf musste sie dafür zurücklegen, um Kühlschränke herum, vorbei an Zentrifugen und Kopierern. Es war nur noch eine Frage der Zeit, dachte er, bis der Flur gänzlich unpassierbar sein würde, denn die Geräte quollen unaufhaltsam aus den Laboren heraus oder drangen von außen über die Treppen und Fahrstühle in das Haus ein und verteilten sich von dort auf jeden freien Platz. Wenn das so weiterging, würde man bald über sie hinwegklettern müssen, um die Räume noch zu erreichen, und seine Sekretärin, die am meisten unterwegs war, müsste eine Gefahrenzulage bekommen.

Hinter der offenen Tür des Sekretariats klingelte das Telefon. Frau Brändle fuhr herum, machte ein paar eilige Schritte in diese Richtung, wurde kurz vor der Tür jedoch spürbar langsamer und fiel regelrecht in ein Zeitlupentempo, als sie ihr Zimmer betrat, während das Telefon klingelte und klingelte. Er ging ganz langsam weiter, und betrachtete ausgiebig die Fotos im Flur, als hätte er sie noch nie gesehen: Großaufnahmen von Mäusen, Zebrafischen, Fadenwürmern und von einer rotäugigen Fruchtfliege, mit denen eine Hobbyfotografin unter seinen Mitarbeiterinnen den Haustieren der Genetiker liebevoll ein Denkmal gesetzt hatte. Erst als er hörte, dass Frau Brändle das Telefongespräch beendet hatte, trat er in ihr Zimmer. Wahrscheinlich war das Gespräch für ihn gewesen, und es war ihm recht, wenn sie die lästigen Anrufe von ihm fernhielt, vor allem heute, wo er in fünf Stunden nach Wien fliegen wollte.

»Oh, da sind Sie ja«, begrüßte ihn Frau Brändle völlig aufgelöst und ohne ihre üblichen perfekten Begrüßungsfloskeln. Selbst das »Guten Morgen, Herr Professor Kilian« war ihrer Aufregung zum Opfer gefallen. Sie war ohnehin die einzige im Institut, die ihn noch mit Titel ansprach. »Professor Prüll hat angerufen«, stieß sie atemlos hervor, »er wollte Sie dringend sprechen.«

Er sah seine auf unbegreifliche Weise veränderte Frau Brändle so fassungslos an, als stünde er plötzlich und ohne sein Zutun einer neuen, ihm völlig unbekannten Sekretärin gegenüber.

»Hat er gesagt, worum es geht?«

»Nein, nichts hat er gesagt, außer, dass er Sie sprechen wolle.«

Kilian schüttelte Kopf.

»Hat er Sie beschimpft oder beleidigt? – Hat er Ihnen einen Heiratsantrag gemacht, oder womit hat er Sie so aus der Fassung gebracht?«

Frau Brändle atmete tief ein, zog die Augenbrauen hoch, senkte sie wieder und bewegte den Mund, als müsse sie ihr Gesicht erst wieder in die übliche Form bringen. Schließlich atmete sie wieder aus. »Ich will ja nichts Falsches behaupten, aber ich glaube, er hat geweint, als ich ihn nach seinem Anliegen fragte«, antwortete sie in dem betont sachlichen Ton, mit dem sie ihre Gefühle zu überspielen pflegte. Kilian sah seine Sekretärin zweifelnd an. Seiner Ansicht nach war dieser Kollege nüchtern bis zur Herzlosigkeit, um nicht zu sagen völlig skrupellos, ein kalter Mann, einer, der über Leichen ginge, wenn dies den ganz großen Erfolg verspräche. Das war zumindest sein Eindruck. Nichts zählte für ihn außer seiner Forschung, obwohl er Familie hatte – eine Frau und zwei Töchter.

»Prüll hat geweint, sind Sie sicher?«

»Ich habe gefragt, ob ich etwas ausrichten könne. Er hat nach Worten gesucht, aber seine Stimme gehorchte ihm nicht. Dann hat er plötzlich aufgelegt.«

Kilian schüttelte ungläubig den Kopf. Typisch Brändle, dachte er. Brändle wie brennen. Es brennt mal wieder. Wie so oft würde sich die Situation als eine ihrer dramatischen oder tränenreichen Interpretationen einer Szene entpuppen, die sich im Nachhinein als völlig harmlos herausstellte. Jede versagende Stimme schien ihr Zeichen eines bevorstehenden Weinkrampfes, so wie jede unerwartete Verspätung für sie Zeichen einer Katastrophe war, deren Opfer der Zuspätkommende geworden sein musste. Nur mit übertriebener Sachlichkeit und Perfektionismus gelang es ihr halbwegs, die gefühlvolle Seite ihres Wesens in Schach zu halten.

Nun ja, in diesem Fall musste er wohl zurückrufen, auch wenn ihm gar nicht danach war. Widerwillig wählte er selbst die Nummer des Kollegen, ganz langsam tippte er auf der Tastatur die Ziffern ein. Vielleicht würde der Kollege Prüll nicht mehr in seinem Zimmer sein, wenn er sich nur lange genug Zeit ließ. Frühestens in einer Stunde würde er dann wieder anrufen. Frühestens! Und wenn besetzt wäre, ebenso. Er verspürte wenig Lust, mit diesem immer angestrengten, missmutigen Professor zu reden, dem die scharfen Falten zwischen Nase und Mundwinkel und die schmalen Lippen selbst dann einen angewiderten Gesichtsausdruck verliehen, wenn er auf Kongressen mit unbeteiligter Stimme und in näselndem Ton seine neuesten, oft sensationellen Forschungserfolge präsentierte. Ein scharf denkender, fleißiger Mensch, eine Mischung, die Kilian durchaus imponierte. Doch dafür, dass dieser versessene Forscher schon morgens um sieben bei der Arbeit erschien und noch abends um zehn den Aufpasser spielte, hatte er wenig Verständnis. Pech gehabt, dachte er, denn jetzt meldete sich diese Stimme, gleichgültig und höflich wie gewohnt: »Besten Dank, dass Sie zurückrufen.«

Kilian murmelte etwas von kein Problem und Selbstverständlichkeit. Um nichts anderes als einen Vortrag in zwei Tagen ging es, und er, Kollege Kilian, möge ihn doch bitte übernehmen. »Sie werden verstehen, dass ich den Veranstalter nicht im Regen stehen lassen möchte, nur weil ich plötzlich verhindert bin.« In welchem Regen?, dachte Kilian und ärgerte sich über den Kollegen schon allein deswegen, weil er sich über Prüll immer zu ärgern pflegte. So dramatisch, wie Frau Brändle geglaubt hatte, war die Angelegenheit offenbar nicht. »Darf ich fragen, warum Sie den Vortrag nicht selbst halten?«, wollte er wissen, denn weder hatte er Lust, sich zusätzliche Arbeit aufzuhalsen, noch wäre Ina erfreut, wenn er schon wieder an einem Abend unterwegs sein würde. Er lauschte in den Hörer. Nichts. Keine Antwort. Er fragte noch einmal. Noch immer Funkstille. Endlich wieder die Stimme, aber ganz anders, stammelnd und kaum noch zu verstehen. Irgendetwas Schlimmes war geschehen, irgendetwas war der jüngeren der beiden Töchter zugestoßen, seiner Angelina, jedenfalls müsse er zu Hause bleiben. Nein, krank sei die Kleine nicht. Und plötzlich brachte der sonst so nüchterne Mensch gar nichts mehr hervor als ein paar fürchterliche, verzweifelte Schluchzer. Dann war es wieder still. Kilian wartete ab, hilflos. Was hätte er auch tun sollen?

»Wäre es Ihnen wohl möglich, den Vortrag zu übernehmen?« Plötzlich war die Stimme des Kollegen wieder wie immer, vielleicht sogar noch eine Spur barscher.

»Moment, ich muss nachfragen, ob der Termin noch frei ist.«

Frau Brändle erschien sofort mit dem Kalender in der Hand, als er nach ihr rief. Offenbar hatte sie gelauscht, wie es nun einmal ihre Art war.

»Um welches Datum geht es?«, fragte sie.

»Den kommenden Freitag.«

»Im Kalender steht, dass Sie erst gegen Mittag aus Wien zurück sein werden. Nein«, sagte sie dann so laut, dass man es auch am anderen Ende der Leitung hören musste, »am kommenden Freitag können Sie keinen Vortrag in Heidelberg halten.« Der Professor sah sie dankbar an. »Es tut mir leid«, sagte er dann ins Telefon, »aber es geht leider nicht.«

»Danke«, sagte Prüll und legte auf. Eine Weile hielt Kilian noch den plötzlich stummen Hörer in der Hand und wunderte sich, dass Frau Brändle so eindeutig gegen den Kollegen entschieden hatte. »Es ging nur um einen Vortrag?«, fragte sie. »Wie man sich doch täuschen kann!«

»Sie haben sich nicht getäuscht.«

Sie hoffte sichtlich darauf, dass ihr Chef noch mehr verraten würde. Als er sich schweigend der Post zuwandte, zog sie sich Schritt für Schritt rückwärts zurück. Einen Augenblick lang wartete sie an der Tür, ob er ihr nicht doch noch ein Bröckchen hinwerfen würde, um ihre Neugierde zu befriedigen. Er tat ihr den Gefallen. Sie hatte es verdient, fand er. Seine treu ergebene Frau Brändle! Leicht hatte sie es ja nicht mit ihm. Kein Wunder, dass das Strahlen in ihren Augen, wenn sich ihre Blicke begegneten, nur noch ganz gelegentlich aufflackerte. Auch die lebhafte Mimik und die schwungvolleren Bewegungen ihres ganzen Körpers, wenn er in ihre Nähe kam, waren mit den Jahren seltener geworden.

»Er hat wirklich geschluchzt, aber fragen Sie mich nicht warum. Ich weiß es auch nicht.« Frau Brändle lächelte ihn so dankbar wie besorgt an, dann verschwand sie hinter der sich geräuschlos schließenden Tür.

Geweint hatte der Prüll! Irgendetwas Schreckliches musste geschehen sein. Und um eine der Töchter ging es. Eine wie seine Corinna, jedenfalls im selben Alter wie sie, wenn er sich richtig erinnerte. Bislang hatte er nicht gedacht, dass dieser Wissenschaftler überhaupt einen Gedanken an seine Töchter verschwendete, genauso wenig wie an seine Frau, die früher einmal selbst als Medizinerin erfolgreich in der Forschung gearbeitet hatte. Natürlich hätte er den Vortrag übernommen, wenn er Zeit gehabt hätte. »Natürlich hätte ich es getan«, sagte er vor sich hin, aber es gelang ihm nicht, das ungute Gefühl, den anderen mit seinem Unglück allein gelassen zu haben, gänzlich loszuwerden.

Er wandte sich wieder der Post zu. Plötzlich strahlte er. Es schien doch noch ein guter Tag zu werden! Endlich war das lang ersehnte Exemplar der Zeitschrift »Science« eingetroffen. Auf dem Titelbild war eine dürre Frau in leuchtend gelben Gewändern auf einem indischen Markt zu sehen. Ihr mageres Gesicht und ihr Körper waren halb verdeckt von fliegenden Weizenkörnern und Spelzen, die sie in einem Sieb hoch über ihrem Kopf schüttelte. – Und innen in dem Heft, da stand sein Name! Erst viermal in seinem erfolgreichen Forscherleben war es ihm oder seinen Mitarbeitern gelungen, in diesem Spitzentitel unter den naturwissenschaftlichen Fachzeitschriften einen Artikel zu veröffentlichen.

Was seine Mitarbeiter geleistet hatten, war zuvor noch niemandem auf der ganzen Welt gelungen. Das sei der Durchbruch bei der Bekämpfung von Aids, hatte er schon vor ein paar Monaten bei einer internationalen Konferenz in Las Vegas gejubelt. »Die infizierte Zelle wird geheilt.« Und: »Wir werden das Virus in den Zellen wieder los. Das hat bisher noch keiner geschafft!«, wohl wissend, dass es noch ein weiter Weg war, bis die ersten Patienten mit Mitteln der Gentechnik geheilt werden konnten, vielleicht so weit, dass er persönlich den Sieg über diese Krankheit gar nicht mehr erleben würde. Irgendwann jedenfalls konnte sich das neue Verfahren als sensationeller Erfolg erweisen, denn in der Tat war der Ansatz revolutionär. Nicht mit Medikamenten waren seine Leute dem Aids-Virus zu Leibe gerückt, sondern, bildlich gesprochen, mit dem Messer. Sie hatten das Virus einfach aus der menschlichen Zelle herausgeschnitten. Natürlich nur im Reagenzglas, und da lag das Problem. Wenn eine Zelle im Reagenzglas vom Virus befreit werden konnte, so war es zwar denkbar, dass mit dieser Methode irgendwann auch erkrankten Menschen geholfen werden konnte, sicher war es aber nicht. Zunächst mussten Stammzellen aus dem Blut der Patienten gewonnen werden und diese vom Virus befreit werden. Wieder zurück im Körper konnten diese Zellen möglicherweise für eine Erholung des Abwehrsystems des Kranken sorgen. Der entscheidende Schritt war mit den guten alten HeLa-Zellen gelungen. Wenn die werte Henrietta Lacks aus Baltimore das hätte erleben können! Ihre Zellen, oder besser gesagt die des Gebärmutterhalskrebses, der sie getötet hatte, wurden seit 1951 ohne Wissen der Spenderin von Forschern vermehrt. Zum ersten Mal war damals das Weiterzüchten von menschlichen Zellen gelungen. Und die Tumorzellen wuchsen immer noch überall in Zellkulturen vor sich hin, waren gleichsam unsterblich geworden. Kiloweise hatte man die Zellen inzwischen vermehrt. Wenn man zusammenrechnete, was die vielen Labore in aller Welt inzwischen aus ein paar Krebszellen gezüchtet hatten, so war das weit mehr, als Frau Lacks zu Lebzeiten auf die Waage gebracht hatte.

Seitdem Angelina bei mir ist, bin ich nicht mehr bei der Arbeit gewesen. Hin und wieder ruft ein Kollege aus der Bibliothek an und erkundigt sich nach mir. Sie glauben mir meine Depression nach Judiths Tod, und sie glauben mir, dass ich wieder arbeiten werde, sobald es mir besser geht. Niemand besucht mich, und ich bin froh darüber. Hier in meinem halb zerfallenen Haus im Taunus, am Rande von dem, was man Ballungsgebiet nennt, ist noch nie ein ungebetener Gast erschienen.

»Was bestimmt unser Lebensglück?«, fragt Friedrich Nietzsche. »Haben wir es den Ereignissen zu danken, von deren Wirbel wir fortgerissen werden? Oder ist nicht vielmehr unser Temperament gleichsam der Farbton aller Ereignisse? Tritt uns nicht alles im Spiegel unserer Persönlichkeit entgegen?« Und weiter: »Es gibt Menschen, die die Kraft Wunden auszuheilen und Verlorenes zu ersetzen so wenig besitzen, dass sie an einem einzigen Erlebnis, an einem einzigen Schmerz, oft zumal an einem einzigen zarten Unrecht, wie an einem ganz kleinen blutigen Risse unheilbar verbluten. Es gibt auf der anderen Seite solche, denen die wildesten und schauerlichsten Lebensunfälle und selbst Taten der eigenen Bosheit so wenig anhaben, dass sie es mitten darin oder kurz darauf zu einem leidlichen Wohlbefinden und zu einer Art ruhigen Gewissens bringen.«

Ich blute noch, ich bin nicht verblutet. Ein ruhiges Gewissen werde ich erst finden, wenn der Wahnsinn, der Judiths Leben ausgelöscht hat, ein Ende findet. Ich bin nicht rachsüchtig. Ich handle nach den Gesetzen zwingender Folgerichtigkeit und logischem Kalkül.

Wie jeden Abend gehe ich in das Zimmer, in dem Judith gelebt hat. Angelina schläft ruhig in Judiths Bett. Angelina, was für ein schöner Name!

▼▼▼

Seit Wochen gebärdete sich das Wetter, als müsse es Tag für Tag vorführen, welche Extreme im späten August möglich sind. Innerhalb von zwei Tagen war die Temperatur um zwanzig Grad in den Keller gestürzt, und das schlechte Wetter hatte die Rheinebene in Novembergrau gehüllt. Dafür war die Stadt gestern unter einem tiefblauen Himmel im Sonnenschein erstrahlt. Schon am Nachmittag war der Hochsommer mit Temperaturen von fast dreißig Grad zurückgekehrt und hatte sommerlichen Dunst über die Ebene gebreitet. Heute sollte der Südwind die Hitze zwischen die Häuser treiben und die Temperaturen noch fünf Grad höher steigen lassen. Alexander Kilian freute sich über den heißen Tag. Wozu lebte er schließlich im warmen Freiburg! Er trat an das Rundbogenfenster seines Arbeitszimmers und blickte auf die alten Kastanien, deren dichtes Blätterdach das Zimmer verdunkelte. Hier blieb es auch bei hochsommerlicher Hitze angenehm kühl. Wenn im obersten Stockwerk des Südflügels am Nachmittag die Temperaturen im Dachgeschoss des Institutes die 35-Grad-Marke überschritten, war er froh über sein Arbeitszimmer. Am besten war es jedoch, bei diesem Wetter den Mauern vollständig und möglichst unauffällig mit einer stichhaltigen Begründung zu entkommen, was heute, nach mehrtägiger Abwesenheit, nicht einfach war. Doch genau das tat er jetzt. »Unauffällig« war wichtig. Wo kämen sie denn hin, wenn an schönen Tagen die ganze Belegschaft das Weite suchte! Nur Frau Brändle wusste, dass er noch »etwas Wichtiges« zu erledigen hatte.

Als er außer Sichtweite des Instituts war, lehnte er sein Fahrrad an eine Mauer, krempelte die Hosenbeine bis zu den Knien hoch und öffnete die Knöpfe seines Polohemds. Die Straßen vor den Kaufhäusern und kleinen Geschäften waren belebt wie immer, und wenn die unterkühlten Schwarzwälder meinten, die Stadt müsse bei solchen Temperaturen in Agonie versinken, so würden sie sich getäuscht sehen, sofern sie sich an einem Hitzetag wie diesem überhaupt in die Stadt wagten. Aber das taten sie offenbar nicht. Vielleicht war das Tempo, im dem die Menge durch die Gassen streifte, etwas langsamer als gewöhnlich, aber in Freiburg gingen die Menschen ohnehin langsamer als in anderen Städten. Angeblich war das sogar wissenschaftlich untersucht worden. Er radelte quer über den Münsterplatz – was natürlich nicht erlaubt war –, erschreckte dabei ein paar Touristen, die sich an den letzten verbliebenen Marktständen an kleinen Holzfiguren ergötzten, überquerte wenige Meter vor einer wild klingelnden Straßenbahn die Kaiser-Joseph-Straße und kaufte bei Herder ein neues Buch von Cornelia Funke in der Hoffnung, dass es Corinna genauso gut gefallen würde wie der »Mondscheindrache«. Wenig später erreichte er den Seepark. Von wegen unerträgliche Hitze! Hier suchten etliche Menschen nicht einmal den reichlich vorhandenen Schatten auf. Der glühenden Nachmittagssonne gänzlich ausgeliefert, lagen sie auf den Sonnenseiten der künstlichen Hügelchen am See, ohne jeden Schutz, ja sogar ohne die allerkleinste Faser Stoff. So schmorten sie vor sich hin, von allen Seiten gebräunt wie Fleisch am Grillspieß. Alexander Kilian ließ die Nackten hinter sich, versuchte den sterbenden Mammutbaumwald zu seiner Rechten zu übersehen und erreichte kurz darauf den Biergarten. Er schloss sein Fahrrad ab, holte sich an der Theke ein Weizenbier und suchte sich einen schattigen Platz unter den Kastanien, um auf Ina und Corinna zu warten. Wie im Urlaub, dachte er, blaues Wasser, in das der leichte Wind immer neue Muster zeichnete, eine Schwanenfamilie mit glitzerndem Kielwasser, Trauerweiden am Ufer mit tief hängenden Zweigen, hellgrün wie ihr Spiegelbild im Wasser. Dahinter, zum Greifen nah, die höchsten Gipfel des Schwarzwalds: weit rechts der Schauinsland, sein mächtiger Turm von hier spielzeugklein wie ein in den Boden gestecktes kurzes Stöckchen, mächtiger zur Linken der Schlossbergturm mit der winzigen Kanzel, die er so liebte, und dazwischen im Hintergrund die Anhöhen des Feldberggebietes, Stübenwasen und Toter Mann, die den sanft geneigten Feldberggipfel verdeckten. Alles war blau heute, nicht nur das Wasser, selbst die Berge wirkten vor dem milchig-blauen Himmel bläulich. Ein paar Wolkenfelder aus zierlichen Schäfchenwolken trieben von Süden heran, Föhnlinsen, die ankündigten, dass auch dieser vielleicht letzte große Anlauf des Sommers so schnell scheitern würde wie die vorherigen.

Er trank einen großen Schluck Bier, dann zog er sein Handy aus der Tasche. Hier musste das Arbeiten Spaß machen. Er klappte das Gerät auf und rief seine E-Mails ab. Glücklicherweise gab es nur noch die von heute, den Rest hatte Frau Brändle schon in den vergangenen Tagen abgearbeitet. Fünfunddreißig neue Nachrichten und nichts als Werbemüll aus aller Welt. Von Viagra und Penisverlängerung bis hin zu bombensicheren Geldanlagen mit garantiert 80 Prozent Rendite … Er löschte eine Mail nach der anderen. Als er auf die Anfrage bezüglich einer Doktorandenstelle stieß, klappte er das Handy zu. Der junge Mann würde sich bis Montag gedulden müssen.

Inzwischen war es vier Uhr, aber noch immer keine Spur von Ina und Corinna. Er holte sich die Badische Zeitung, die auf dem Nebentisch liegen geblieben war.

An einer fettgedruckten Überschrift auf der ersten Seite blieb sein Blick hängen:

Wieder Kind verschwunden

Er las weiter:

Heidelberg. Die Tochter eines Arztes und Leiters eines privaten Institutes für Molekulare Biotechnologie ist möglicherweise entführt worden. Wie die Polizei erst heute mitteilte, verschwand die sieben Jahre alte Angelina P. am vergangenen Dienstag aus dem Europapark in Rust. Zunächst hatte die Hoffnung bestanden, das Mädchen habe sich versteckt, weil die Mutter ihr eine zweite Fahrt auf der Wildwasserbahn verweigert hatte. Angelinas Mutter hatte das Kind nach der Auseinandersetzung für mehrere Minuten aus den Augen gelassen, weil sie durch die ältere Schwester abgelenkt war. Als ihre Suche nach Angelina in der Umgebung der Wildwasserbahn ergebnislos blieb, hatte ihre Mutter die Parkleitung und später die Polizei alarmiert. Eine groß angelegte Suche nach Schließung des Parks verlief ergebnislos. Mittlerweile hat sich ein Ehepaar gemeldet, das Angelina beim Europabrunnen in der Nähe des Ausgangs an der Hand eines etwa 40-jährigen rotblonden Mannes gesehen haben will. Aufgefallen war

ihnen das Kind, weil es gesagt haben soll »aber Mama weiß dann nicht, wo ich bin«. »Die rufen wir an«, soll die Antwort gewesen sein. Das Ehepaar folgte den beiden, verlor sie jedoch wenig später im »Geisterschloss« aus den Augen. Nach dem Mann wird gefahndet.
Als das Mädchen verschwand, war der Park gut besucht. Eine gewaltsame Entführung scheint ausgeschlossen. Lösegeldforderungen seien bislang nicht gestellt worden, teilte die Polizei weiter mit.

Der Professor betrachtete lange das Foto des Mädchens. Aufgeweckt schaute die Kleine in die Kamera, um nicht zu sagen kess, mit ihren dunklen Augen, die von widerspenstigen Locken eingerahmt wurden. Wie Corinna, dachte er, und auf den Mund gefallen war dieses Mädchen sicher auch nicht. Und trotzdem war es passiert. Oder gerade deswegen? Hatten die Eltern ihre Tochter nicht ermahnt, mit keinem fremden Menschen mitzugehen? Das war nicht vorstellbar. Sie hatten es sicher getan, aber es war vergeblich gewesen. »Die siebenjährige Angelina …« Das Mädchen war genauso alt wie Corinna. Plötzlich begriff er. Angelina P., der Vater Leiter eines privaten Institutes in Heidelberg. P. wie Prüll. Das war der Grund für den Anruf seines Kollegen am Mittwochmorgen gewesen! Sein Töchterchen war verschwunden, vielleicht sogar tot. Deswegen die furchtbare Verzweiflung dieses Mannes, der nichts wahrzunehmen schien als seine wissenschaftlichen Erfolge. Deswegen hatte er so unerwartet menschliche Gefühle gezeigt, die Alexander ihm niemals zugetraut hätte. Plötzlich tat ihm der andere zutiefst leid. »Die ganz schrecklichen Dinge brechen immer überraschend herein« – hatte er das nicht selbst erst vor ein paar Tagen gedacht? Jetzt hatten sie Prüll getroffen, diese ganz schrecklichen Dinge, und niemand hatte es vorausgesehen.

Er las noch ein paar gefühlvolle Berichte, legte die Zeitung aber rasch fort, als Corinna auf ihrem Fahrrad wild klingelnd zwischen den voll besetzten Tischen hindurch auf ihn zuhielt. Ina brauchte von der Entführung nicht gerade jetzt zu lesen. Sie lebte sowieso immer in Sorge, dass Corinna plötzlich verschwinden könnte, und er wollte ihr keinen Anlass geben, ihre Angst zu pflegen. Ina hatte ihr Fahrrad vor dem Biergarten angeschlossen und kam mit einem heiteren Lächeln auf ihn zu. Sie umarmte ihn und küsste ihn auf den Mund. Vielleicht eine Spur zu lange und zu verliebt, dachte er, noch dazu hier in aller Öffentlichkeit, wo sich ohnehin schon ein paar Studenten nach ihm umgesehen hatten. Auch ihre Stimme fand er übertrieben fröhlich. »Ich musste noch mit Mutter telefonieren«, sagte sie, was wohl eine Entschuldigung für ihr Zuspätkommen sein sollte.

Er fragte, ob er ihr etwas zu essen oder zu trinken holen solle.

»Ein Viertele«, sagte sie, »vom Weißen.«

Es wunderte ihn, dass sie zu dieser Uhrzeit Wein trank und nichts aß.

»Ich möchte eine Cola und Pommes mit Rot«, rief Corinna, und dann bot sie an, die Pommes mit Ketchup selbst zu holen und ein halbes Hähnchen für ihren Vater noch dazu. Corinna lief davon, als sei sie auf der Flucht vor irgendetwas, rannte ein paar Minuten später mit der Cola zum Tisch zurück, stürmte wieder davon, holte das halbe Hähnchen, die Pommes, rannte und rannte, als müsse sie vor irgendetwas davonlaufen. Beim Essen blieb sie neben dem Tisch stehen und stopfte die Pommes mit ihren ketchupverschmierten Fingern so schnell in den Mund, als habe sie seit Tagen nichts gegessen. Dann lief sie zum Wasser davon, ohne von ihrer Cola getrunken zu haben.

Als Ina nichts sagte, erzählte er von der Tagung in Jena. »Wusstest du, dass Alzheimer seltener bei Menschen auftritt, die sich im Alter zwischen vierzig und sechzig Jahren zunehmend intellektuell betätigen, und dass Menschen, die viel fernsehen, besonders häufig erkranken?«

Ina schüttelte den Kopf und lächelte. Es sollte wohl heiter aussehen, aber es wirkte nur künstlich und angestrengt. Sie drehte Corinnas leeren Teller zwischen den ausgestreckten Händen, bewegte ihn so langsam und konzentriert, als erkenne sie in der Bewegung ein Orakel.

Er erzählte von Wien, wo er anschließend gewesen war, erzählte von dem herrlichen Ausblick von der Gloriette beim

Schloss Schönbrunn und dem Gestank nach Pferdeurin am Stephansdom. Ina nickte hin und wieder, lächelte an den unpassendsten Stellen und von Zeit zu Zeit fragte sie etwas ohne jedoch auf die Antwort zu achten. Es war offensichtlich: Ina war mit ihren Gedanken und Gefühlen immer noch ganz woanders, und es gelang ihr nicht, das zu verbergen. Er hatte es gleich geahnt, als sie so übertrieben heiter und verliebt auf ihn zugekommen war.

Noch ein letzter Versuch, ein Gespräch zu führen, dachte er mit wachsender Ungeduld, und er erzählte von den Begebenheiten, die er eben in der Zeitung gelesen hatte, kam auf das blinde Findelkind zu sprechen, das die Eltern ausgesetzt hatten, als sie von der Blindheit erfuhren, und ihrer tiefen Reue und Trauer, kaum dass das Kind fort war.

Ina schien auch jetzt nicht zuzuhören, obwohl dies eine Geschichte war, die sie normalerweise sehr berührt hätte. Weil sie auf nichts von dem einging, was er erzählte, schwieg auch er. »Woran denkst du gerade?«, fragte er endlich.

Ina sah ihn an, als kehre sie aus einer anderen Welt zurück. Das Lächeln fiel von ihr ab wie eine schlecht sitzende Verkleidung. »An meinen Vater, an seine Beerdigung.«

Er sah sie überrascht an. »Hast du gerade mit deiner Mutter darüber gesprochen?«

Sie schüttelte den Kopf. »Nicht direkt«, antwortete sie vage.

Schon wieder ärgerte er sich über Ina. Eine ehrliche Antwort, und gleich darauf flüchtete sie schon wieder in Andeutungen.

»Und indirekt?«, fragte er.

»Ich verstehe jetzt, was Vater damals unbedingt noch tun wollte. Aber der Tod war schneller.«

»Schneller als was?«

Offenbar musste Ina schon wieder darüber nachdenken, was sie antworten sollte. »Damals, als Vater auf dem Bahnhof in Freiburg mit dem ersten Herzinfarkt zusammengebrochen war und ihn ein Arzt aus dem eingefahrenen ICE reanimiert hat, waren die Helfer schneller als der Tod.« Sie machte eine Pause und sah ihn an, als habe sie damit alles gesagt.

»Aber was meinst du mit ›der Tod war schneller‹?«

»Ich meine, damals, als Vater das Krankenhaus gegen ärztlichen Rat verlassen hat, kaum dass er nach dem ersten Infarkt nicht mehr auf der Intensivstation bleiben musste. Weder Mutter noch ich wussten davon, dass er einfach verschwunden war.« Inas Stimme wurde ganz leise: »Damals, als er in einem Taxi auf dem Weg vom Krankenhaus irgendwohin den zweiten Infarkt bekam und starb, ehe der Notarzt bei ihm war.«

»Das weiß ich doch alles! Aber du meintest doch etwas anderes, als du gesagt hast, der Tod war schneller.«

Ina sah starr geradeaus – ihr Lieblingsgesicht seit dem vergangenen Freitag – und schwieg. »Schneller als was?«, fragte er.

»Als was?«, wiederholte sie, als habe sie schon vergessen, was sie gerade gesagt hatte.

»Was hatte dein Vater noch tun wollen, ehe er starb?«

Ina schüttelte mit einem ganz verzweifelten Gesichtsausdruck den Kopf: »Ich kann nicht darüber sprechen.«

Er schwieg. Eine Szene mit Ina in einem Hotelzimmer fiel ihm ein. Die genauen Umstände wusste er nicht mehr. Seine Erinnerung setzte ein, als Ina genau im selben Augenblick wie er scheinbar ohne Grund an ihren Vater gedacht hatte und sich plötzlich – vielleicht hatte es zuvor geklopft – die Tür öffnete und im Türrahmen zwei Männer erschienen. Er sah vor allem ihre Gesichter. Erst Sekunden später fiel ihm das Besondere an den beiden auf: Die Männer standen nicht farbig in einem farbigen Raum, sondern alles war schwarz-weiß. Und dann erkannte er einen der beiden. Es war Inas verstorbener Vater. Was in den Minuten danach geschah, wusste er nicht mehr. Später hatte er mit Ina darüber gesprochen. Auch sie war zutiefst ergriffen gewesen. Es musste die Gleichzeitigkeit ihres Gedankens gewesen sein, die den toten Vater zu ihnen geführt hatte, da waren sie sich einig. »Hast du ihn auch nur schwarz-weiß gesehen?«, fragte er. Ina überlegte. »So ähnlich«, sagte sie, dann suchte sie nach einem Wort. »Sepia«, sagte er. »Meinst du Sepia?«, worauf sie nickte.

Kurz darauf war er erwacht, und nur ganz langsam hatte

er begriffen, dass alles nur ein Traum gewesen war, Ina, das Hotelzimmer, der gleichzeitige Gedanke an ihren Vater, das Gespräch über die Erscheinung. Aber Ina hatte recht gehabt. Auch er hatte den Vater nicht wirklich schwarz-weiß, sondern in einem bräunlichen Farbton gesehen. Sepia.

Heute verband sie der Gedanke an den Vater nicht. Er trennte sie.

»Warum erzählst du überhaupt vom Tod deines Vaters, wenn du dann doch nicht darüber sprechen willst?«, fragte er und bemühte sich nun nicht mehr, seinen Ärger zu verbergen.

»Du hattest mich gefragt, was ich denke.«

Er sagte nichts dazu. Es war in unbegreiflicher Weise schwer geworden, mit Ina zu reden. Als hätten irgendwelche bösen Geister die Frau an seiner Seite plötzlich ausgetauscht. Oder zumindest verhext. Sonst war er es, auf dessen Marotten Rücksicht genommen werden musste. Sollte es jetzt umgekehrt sein? Undenkbar. Absolut inakzeptabel! Er ließ sich das Wort in Gedanken förmlich auf der Zunge zergehen: Inakzeptabel. Einen Tag höchstens wollte er sich Inas seltsames Verhalten noch mitansehen, einen Tag, nicht länger. – Aber dann? Was würde er nach diesem Tag tun?

Er war froh, dass Corinna gerade jetzt vom See zurückkam. Das ersparte ihm, schlimmste Konsequenzen für Inas Verhalten zu beschließen, deren Umsetzung zweifellos weiteren Verdruss nach sich ziehen würde.

Corinna griff nach dem Brotkorb auf dem Tisch. »Ich gehe Enten füttern!«

Ina nahm ihr den Korb aus der Hand. »Man darf die Enten nicht füttern«, sagte sie so barsch, dass Corinna ihren Vater halb erschrocken, halb fragend ansah.

»Es ist schon richtig, was die Mama gesagt hat.«

Corinna lief schmollend zum Wasser zurück. Nach ein paar Minuten kam sie zurück. »Mama, darf ich mir ein Eis kaufen?«

»Das darfst du.« Ina griff nach ihrer Handtasche, suchte darin und wurde ganz blass. »Mein Portemonnaie ist weg!«

Ihre Aufregung überraschte ihn. »Vielleicht liegt es zu Hause.«

Ina schüttelte den Kopf. »Ich habe auf dem Weg hierher noch ein Brot gekauft.« Für einen kurzen Augenblick hatte sie ihr normales Gesicht gezeigt, dann, als sie ihr Portemonnaie vermisste, sah sie schon wieder todunglücklich aus. »Es ist ja nicht nur das Geld weg, auch alle Karten: Regiokarte, Kreditkarte und ich weiß nicht, was noch alles.«

»Ruf doch bei dem Bäcker an, vielleicht ist dein Portemonnaie gefunden worden.« Ina nahm ihr Handy und rief die Telefonauskunft an, dann den Bäcker. Ihr Portemonaie war nicht gefunden worden.

Corinna hatte stumm und mit großen Augen zugehört. »Ihren Hausschlüssel hat die Mama auch nicht mehr.«

Alexander sah Ina fragend an.

»Ich hoffe, er liegt zu Hause, aber sicher bin ich nicht.«

»Und das Essen war heute angebrannt«, ergänzte Corinna mit traurig herunter gezogenen Mundwinkeln.

Alexander sagte nichts darauf. Es war nicht zu übersehen, dass Ina verwirrt und fahrig war. Er gab Corinna einen Euro für ein Eis, und sie hüpfte davon.

Lange sprachen sie kein Wort. Am Nebentisch lachte eine Frau. Wie ein Huhn, dachte er, sie gackert wie ein Huhn. Ein Mann fiel laut in das Gelächter ein. »Ente«, entschied Kilian. Laut und schnatternd wie eine aufgescheuchte Ente.

Plötzlich störte ihn der Lärm ringsum, das brüllende Mädchen unten am See und die Stimme des viel zu dicken Jungen am Nebentisch. »Mama, ich mag jetzt Pommes«, sagte er.

»Setz dich hin.«

»Papa, ich mag Pommes!«

»Setz dich hin!«

»Ich will Pommes!«

So ging das hinter ihm in einem fort und der Junge gab keine Ruhe. Dazu die lauten Stimmen von drei halbnackten Männern mit braun gebrannten schweißglänzenden Bierbäuchen an ihrem Stammtisch in der glutheißen Sonne. – Das Mädchen am Wasser brüllte schon wieder.

»Kennst du einen Maler Arnold Böcklin?«, unterbrach Ina plötzlich seine Gedanken.

Er wunderte sich über ihre Frage, gerade jetzt, wo sie doch

andere Sorgen zu haben schien als einen Maler, dessen Namen er nie zuvor gehört hatte.

»Nein, ich glaube nicht. Müsste ich ihn kennen?«

»Seine Bilder sind ziemlich teuer.«

»Und warum fragst du?«

Ina verscheuchte die Spatzen, die sich bis auf den Tisch und die Stuhllehnen gewagt hatten. Ihre ganze Aufmerksamkeit schien den vorwitzigen Vögeln zu gehören.

»Warum fragst du?«, wiederholte er.

Ina musste offensichtlich schon wieder nach einer passenden Antwort suchen. »In der Zeitung stand etwas über seine Bilder«, sagte sie endlich.

»In der Badischen?«

Ina wurde unsicher. Sie sah sich suchend um. Keine Spatzen mehr zum Verscheuchen.

»Nein, ich glaube, in der Süddeutschen.«

»Und das fällt dir jetzt ein?«

»Ja. Warum nicht?«

Er schüttelte den Kopf. Nicht einmal über einen Maler konnte Ina reden, ohne sein Misstrauen zu wecken. Jeder Satz war merkwürdig, verdächtig, die ganze Frau war ihm plötzlich fremd und er wusste nicht, warum. Es war, als wäre plötzlich alles zerstört, was ihm vor ein paar Wochen noch sicher erschienen war. Sie hat sich in einen Maler verliebt, dachte er, das konnte die Erklärung für ihre Frage sein. Oder in einen Kunstprofessor. Er sah angestrengt zum Himmel, als könne er dort die Antwort lesen. Weiße Wolken breiteten ihre Schleier über das matte Blau, das sich im Westen bereits bleigrau verfärbte. Schlechtwetterlicht, dachte er, wie ein Vorbote drohenden Unheils. – Oder hatte sich Ina vielleicht in einen Museumsdirektor verliebt?

»Lass uns ein Stückchen gehen«, sagte er. Auf einem ruhigen Weg würde es leichter fallen, verbindende Worte zu finden, als hier zwischen den aufdringlich tschilpenden Spatzen und eingekeilt zwischen fremden Stimmen und fremden Ohren, für die ihre Worte nicht bestimmt waren. Ina nickte stumm und stand auf, um das Geschirr zurückzubringen. Dann rief sie nach Corinna: »Wir gehen zum Spielplatz.«

Zum Spielplatz! Er hatte drüben am anderen Ufer spazieren wollen, wo sich die tief hängenden Zweige der Trauerweiden im ruhigen Wasser spiegelten und sich tellergroße Schildkröten auf den Seerosenblättern sonnten. Er wollte gehen, wo es ruhig war, nicht zum lauten Spielplatz. Widerstrebend schwang er sich auf sein Fahrrad und fuhr betont langsam hinter den beiden her.

Auf dem Spielplatz setzte er sich auf eine Bank und sah zu, wie Corinna den hohen hölzernen Turm hinaufkletterte und ein um das andere Mal durch die längste der drei Röhren sauste. Ina stand unten an der Öffnung der Röhre, rief laut und eifrig Juhu und Hui, wenn ihre Tochter unten auftauchte, und rührte sich keinen Meter von der Stelle. Als Corinna zur Seilbahn lief, hielt sie ihr den Autoreifen zum Aufsteigen. »Ich will allein«, rief Corinna, aber Ina blieb in ihrer Nähe wie eine Glucke bei einem hilflosen Küken. Er stand auf und stellte sich neben Ina, vielleicht erwartete sie das von ihm. Dann begann sie wieder mit ihrem übertrieben begeisterten Juchzen. Er versuchte jetzt nicht mehr, mit ihr zu reden.

Er holte sein Fahrrad. »Ich fahre dann mal«, unterbrach er Inas laute Kommentare zu Corinnas Spiel.

Ina sah ihn gänzlich überrascht und mit einer Mischung aus Enttäuschung und Befremden an. Sogar den Mund vergaß sie zu schließen. »Kommst du nicht mit zu uns?«

Er schüttelte den Kopf.

»Aber wir haben uns die ganze Woche über kaum gesehen!«

Er saß schon im Sattel, einen Fuß auf der Pedale, einen am Boden. »Wenn du mir sagst, worüber wir miteinander reden können, komme ich mit.«

Ina überlegte, zuckte dann aber nur resigniert mit den Schultern.

»Tschüss, Corinna!«, rief er, ohne darauf zu achten, ob sie ihn hörte, dann fuhr er davon.

Später, allein in seinem Wohnzimmer auf dem breiten Sofa, die Hände tatenlos im Schoß gefaltet und ganz der Stille seiner leeren Wohnung ausgeliefert, fühlte er sich plötzlich sehr allein. Er stand auf und öffnete die Terrassentür. Draußen war es immer noch angenehm warm, ein Sommerabend, der viel zu schade war, um ihn missmutig allein zu Hause zu verbringen. Eine Amsel zeterte in der Dämmerung. Eine zweite fiel ein. Von einem Balkon im Nebenhaus klangen Stimmen und unbeschwertes Lachen herüber, vom Stadtgarten glaubte er Musik zu hören. Ein Motorrad dröhnte in der Ferne wie ein wild gewordenes Insekt über den Schlossbergring: Sommerabendgeräusche, die ihn nicht einbezogen. Er schloss die Tür wieder. Mit Bedauern dachte er daran, dass er Corinna versprochen hatte, ihr aus dem neu gekauften Buch von Cornelia Funke vorzulesen, sobald er aus Wien zurück war. Jetzt hatte er sich nicht einmal richtig von ihr verabschiedet.

Ob die kleine Angelina, das Engelchen, auch so versessen auf die Bücher von Cornelia Funke ist wie Corinna? Oder musste er denken: »war«, weil ihr Leben schon zur Vergangenheit gehörte? Weil das Engelchen schon im Himmel war? Er fühlte plötzlich Tränen aufsteigen und verbot sich den Gedanken an Angelinas Tod. Was ihr Vater jetzt wohl tat? Arbeiten und neuen sensationellen Erkenntnissen nachjagen? Oder seine Frau und Angelinas Schwester beruhigen? Oder gar nichts?

Alexander Kilian ging nun doch zum Telefon. Er berührte den Hörer, ließ ihn wieder los, berührte ihn zum zweiten Mal.

Er setzte sich wieder.

Seine Unentschlossenheit war lächerlich!

Er sprang auf, als das Telefon klingelte. Ina rief an! Sie musste das gleiche Gefühl gehabt haben wie er, Gedankenübertragung, wenigstens dieses besondere Band zwischen ihnen war noch intakt. Ehe er sich meldete, fiel sein Blick auf das Display: Keine Nummer. Der Anruf kam nicht von Ina.

»Ja?«

Es war diese ölige Stimme, die er schon kannte, diese träge ineinander fließenden Worte wie ein einziger großer Fettfleck. »Holen Sie Frau Kaltenbach ans Telefon. Ich weiß, dass sie bei Ihnen ist!«

»Ist sie nicht!«

Schweigen. Dann: »Sagen Sie ihr, dass ich nicht mehr

lange warte.« Es knackte in der Leitung. Der Mann hatte aufgelegt.

Unverschämter Kerl! Frau Kaltenbach sollte er holen! Als ob es das Wörtchen »bitte« nicht gäbe. Und warten wollte er auch nicht mehr. Auf Ina? Auf eine Verabredung mit ihr, ein Rendezvous? Man hatte ja schon die verrücktesten Dinge erlebt, wenn es darum ging, in was für schreckliche Männer sich attraktive Frauen verliebten! Und wenn Ina tatsächlich zu diesen Frauen gehörte: Gab es diesen Mann, weil sich zwischen Ina und ihm ein Graben aufgetan hatte, oder hatte sich der Graben aufgetan, weil es diesen Mann gab? Er sah auf die Uhr an seinem Handgelenk, ein Geschenk von Ina, eine sprechende Uhr gegen seine notorische Vergesslichkeit, die vom Hersteller tatsächlich Alexander genannt worden war. Und wenn er Ina selbst anriefe? Wenn er mit ihr redete, so wie er es früher stundenlang am Telefon getan hatte? – Aber nein! Er wusste, wie es kommen würde. Er würde Fragen stellen und tun, als erkundige er sich aus purer Anteilnahme nach diesem unangenehmen Menschen, doch keine einzige Frage konnte jetzt von Ina noch arglos verstanden werden. Das Misstrauen stand längst greifbar zwischen ihnen, und jede Antwort Inas musste es noch vergrößern.

Endlich raffte er sich auf. Er legte die Uhr ab, die er vor allem deswegen trug, weil Ina nicht damit gerechnet hatte, zog Schuhe an, nahm den Hausschlüssel und sein Portemonnaie, ließ sein Handy auf der Garderobe zurück und ging allein Richtung Innenstadt. Als er über den Karlssteg lief, stand der Münsterturm mit seinem Gerüst wie ein riesiges Monument vor dem samtblauen Himmel.

Am Tag bevor Angelina zu mir kam, habe ich für sie eine rote Jacke gekauft, wie Judith sie getragen hat, einen Pullover mit lustigen blauen und weißen Ringelstreifen, genau wie Judiths, und dunkelblaue Jeans in Größe 128.

Judith trug, als sie starb, Kleidergröße 104, viel zu klein für eine normal gewachsene Siebenjährige. Schuhe für Angelina habe ich in drei verschiedenen Größen gekauft. Ich wollte nicht, dass sie Schmerzen hat, weil ihre Schuhe drücken. Ich wollte nicht, dass sie weint. Schöne Tage sollten es sein, für Angelina und für mich, und das sind sie auch gewesen. Angelina ist an Judiths Stelle getreten, und sie hat es gern getan. Sie hat mit Judiths Spielzeug gespielt und in ihrem Bett geschlafen. Am Tag bevor sie starb, habe ich mit Angelina einen Spaziergang zur Burg Falkenstein gemacht, wo ich im vergangenen Jahr mit Judith gewesen bin. Wir haben über die Ebene bis nach Frankfurt hinübergeschaut, und Angelina hat über die vielen gewaltig aufragenden Hochhäuser gestaunt. Später haben wir ein Feuer gemacht und über den glühenden Kohlen Würstchen gegrillt. Angelina sagte, sie habe noch nie an einem Lagerfeuer gesessen. Ich glaube, sie war glücklich.

Bei Friedrich Nietzsche habe ich gelesen: »Wir klagen die Natur nicht als unmoralisch an, wenn sie uns ein Donnerwetter schickt und uns nass macht: warum nennen wir den schädigenden Menschen unmoralisch? Weil wir hier einen willkürlich waltenden, freien Willen, dort Notwendigkeit annehmen. Aber diese Unterscheidung ist ein Irrtum. Sodann: selbst das absichtliche Schädigen nennen wir nicht unter allen Umständen unmoralisch; man straft den Verbrecher absichtlich und tut ihm Leid an, um uns und die Gesellschaft zu schützen. Alle Moral lässt absichtliches Schadentum gelten bei Notwehr: das heißt, wenn es sich um die Selbsterhaltung handelt.«

Ich töte nicht für mein eigenes Leben. Meine Notwehr dient einem höheren Ziel.

▼▼▼

Auf dem Münsterplatz war es windig, regelrecht ungemütlich, Nordseestimmung, aber warm. Alles war irgendwie in Bewegung, die flatternden Tischtücher, vom Wind verwehte Servietten, wehende Haare der Gäste, zerstäubte Zigarettenasche auf den Tischen. Jeden Abend nach heißen Sommertagen war es hier dasselbe. Kaum dass es dunkel wurde, fegte der Höllentäler durch die Gassen und um das Münster herum, Schwarzwaldwind, der die Glut zwischen den Häusern vertrieb. Kühl war es trotzdem nicht. Achtundzwanzig Grad hatte das Thermometer zu Hause noch gezeigt.

Alexander kehrte zurück zur Konviktstraße, fand aber keinen freien Tisch in der engen windgeschützten Gasse. Er setzte sich auf den Rand eines großen steinernen Brunnens. Der Platz war unbequem. Der Rand war zu hoch, und seine Beine baumelten in der Luft. Alt war hier alles, jedenfalls um diese Uhrzeit. Nicht nur die Häuser, die waren es immer, fünfhundert Jahre, und was Krieg, Abriss und Wiederaufbau davon übrig gelassen hatten. Auch die Menschen waren alt, Generation sechzig plus – dazu gehörte er noch nicht. Überhaupt gehörte er nicht dazu. Die anderen kamen paarweise oder in größeren Gruppen, aber allein wie er? Fehlanzeige! Er legte ein Bein über das andere und versuchte wenigstens so auszusehen, als gäbe es nichts Schöneres für ihn, als hier allein zu sitzen und den promenierenden Rentnern aus ganz Deutschland zuzusehen. Endlich trat doch ein junges Paar in sein Blickfeld, die Frau mit hohen Stiefeln zum weißen Minirock und schwarzem, prall vorgewölbtem, ärmellosem Oberteil, er mit haarloser Brust unter dem offenen Hemd. Direkt vor ihm blieben sie stehen. Er griff nach ihrem Po und zog sie an sich. Alexander Kilian sah angestrengt in eine andere Richtung. Als er nach einer oder zwei Minuten wieder geradeaus sah, küssten sich die beiden noch immer. Er drehte den Kopf in die entgegengesetzte Richtung, drehte ihn wieder zurück, dann ging er weiter, ohne auf das Ende des Kusses zu warten. – Er verspürte Sehnsucht nach der Nähe einer Frau. Sehnsucht nach Ina, so wie sie früher war, nach ihrem Mund, ihrem Körper.

Am Schwabentor blies ihm der Höllentäler mit seiner ganzen Kraft entgegen. Vor dem Tor hatte der Schwarzwaldwind die Äste der alten Platane für immer verbogen. Wie im Schlag erstarrte Peitschen krümmten sie sich nach Westen, als könnten sie so dem Wind aus dem Höllental entgehen. Er wollte gerade in die Stadt zurückkehren, als neben ihm ein freies Taxi an der Fußgängerampel hielt. In einem plötzlichen Entschluss öffnete er die Tür und setzte sich auf die Rückbank. »Türkenlouisstraße!«, sagte er. »Türkenlouisstraße«, wiederholte der Fahrer, der mit seiner randlosen Brille und den zu filzigen Zöpfen gedrehten langen Haaren wie ein Student im zwanzigsten Semester aussah. Alexander lehnte sich zurück, atmete tief durch und verbot sich, die Entscheidung noch einmal infrage zu stellen. Vor Inas Haustür bezahlte er das Taxi. Er hatte einmal mehr vergessen, sich genügend Geld für einen Abend der spontanen Entscheidungen einzustecken. Drei Euro blieben ihm noch, als der ewige Student davonfuhr.

Die Türkenlouisstraße war menschenleer wie immer um diese Zeit. Bei den ersten Häusern parkten nur wenige Autos. Fast alle waren ihm vertraut, nur einen großen dunklen Mercedes mit Stuttgarter Kennzeichen kannte er nicht. Den Schlüssel für Inas Wohnung hatte er zu Hause liegen lassen, und er musste an der Haustür klingeln. Alles blieb still, kein Geräusch, nicht das allerkleinste, weder der Summer noch Inas Stimme über die Sprechanlage. – Er klingelte ein zweites Mal. – Stille.

In Inas Wohnzimmer brannte schummriges Licht, das von der neuen Stehlampe neben dem Fenster herrühren mochte. Sonst war alles dunkel. Er bedauerte heftig, sein Handy zu Hause gelassen zu haben. Er hatte für Ina nicht erreichbar sein wollen, jetzt stand er vor ihrer Tür wie ein verschmähter Liebhaber. Es war ein Fehler, überhaupt gekommen zu sein. Als er zum dritten Mal klingelte, fuhr auf der Günterstalstraße die Straßenbahn stadteinwärts. Selbst diese Rückzugsmöglichkeit war ihm für die nächsten fünfzehn Minuten verwehrt.

In diesem Augenblick sah er ihn. Erst war es nur ein Schatten, mehr nicht. Eine dunkle Silhouette, ein unsteter glimmender Punkt, der sich von Zeit zu Zeit ruckartig bewegte, mal auf, mal ab wie ein rötliches Glühwürmchen, nur fünfzehn oder zwanzig Meter von ihm entfernt auf der anderen Straßenseite. Er atmete tief ein und ging rasch auf die Gestalt zu: »Können Sie mir sagen, wie ich von hier nach Herdern komme?«

Jetzt sah er das Gesicht ganz deutlich. Schrumpfkopf, dachte er, ein Gesicht wie die Trophäe der Kopfjäger in Neuguinea, es fehlte nur die Stange, mit der die Kämpfer ihre entbeinten Feinde aufzustellen pflegten. Der Verschrumpelte wandte sich ab. »Ich bin nicht von hier«, sagte er und ging eilig davon.

Alexander spürte, wie sein Herz vor Erregung über die unerwartete Begegnung raste. Diese Stimme! Eine hohe, brüchige Greisenstimme hatte er erwartet, aber nicht diese wie durch ein jähes Erschrecken atemlose Stimme eines Mannes in seinem Alter. Aber in einem Punkt war er sich ganz sicher, absolut sicher: Mit dem öligen Lallen am Telefon hatte diese Stimme nichts gemein. So konnte sich kein Mensch verstellen!

Aus dem Schlafzimmerfenster von Inas Wohnung fiel jetzt ein schwacher Lichtschimmer, Licht vom Flur, wie er richtig vermutete, denn wenig später erschien Inas Silhouette am Fenster. Sie zog die Vorhänge zu, dann ging das Licht im Schlafzimmer an.

Er klingelte noch einmal. Augenblicke später ertönte Inas Stimme aus der Sprechanlage. Sie antwortete nicht, als er sich meldete, aber nach einer Weile hörte er den Türöffner. Als er langsam die Stufen hinaufstieg, steckte ihm die Beklemmung über die seltsame Begegnung noch immer in den Knochen. Seit Tagen hatte er die Gestalt nicht mehr gesehen. Lag es nur daran, dass er selbst nicht hier gewesen war? Stand dieser seltsame Alte jeden Tag vor dem Haus? Stand er hier, weil Ina hier wohnte, oder war das alles nur ein zufälliges Zusammentreffen?

Ina öffnete die Tür. Sie sah ihn an, und die Verwunderung in ihrem Gesicht verwandelte sich in Bestürzung.

»Ist etwas passiert?«

»Nein.«

»Du bist so blass.«

Er sah in den Spiegel im Flur. »So blass bin ich immer.«

Ina blieb – wohl zufällig – so neben ihm stehen, dass er sie im Spiegel sehen konnte. Sie hatte ein weißes Badetuch um ihren Körper geschlungen, der ihm heute besonders zart, ja geradezu kindlich erschien. Ihre Haare fielen nass und dunkel auf ihre Schultern. Ina wich seinem Blick nicht aus und sah ihm stumm und ernst in die Augen. Seit langem war sie ihm nicht mehr so verführerisch erschienen – und so fern. Wie einfach wäre es, wenn er die abstoßende Gestalt vor dem Haus vergessen könnte und alles, was sich in den vergangenen Tagen zwischen Ina und ihn gestellt hatte. Er würde Ina an sich ziehen, das Badetuch lösen und seine Hände über ihre vom Duschen weiche Haut gleiten lassen. Überall hin, bis sie zu der Stelle kämen, wo es ganz feucht war und warm. Sollte er es tun, trotz allem? Vielleicht wäre dann alles wieder gut.

Ina schien seine Gedanken zu erahnen. Sie wandte sich plötzlich ab und verschwand im Schlafzimmer. Die Tür fiel mit lautem Schnappen ins Schloss. Nein, sie wollte seine Hände nicht. Er ging ins Wohnzimmer und wartete. Nach ein paar Minuten kam Ina. Sie trug ein rotes Polohemd und eine weite braune Leinenhose, beides Kleidungsstücke, von denen sie wusste, dass sie ihm nicht gefielen, in dieser Kombination schon gar nicht.

Ina steuerte auf den Sessel zu, der am weitesten von ihm entfernt stand, überlegte es sich dann aber anders. Sie ging in die Küche und kam mit einer angebrochenen Mineralwasserflasche und zwei Gläsern zurück.

»Keinen Wein?«, fragte er.

Ina schüttelte den Kopf. Sie goss eines der Gläser voll und setzte sich. »Warum bist du gekommen?«

»Hmm.« Er überlegte. Ina brauchte nicht zu wissen, wie allein er sich ohne sie gefühlt hatte. »Ich habe es vergessen«, sagte er und versuchte, ein komisches Gesicht zu machen.

Ina lachte ein wenig. »Jedenfalls schön, dass du da bist.« Sie nippte an dem abgestandenen Mineralwasser.

»Wir sollten reden. Vielleicht bin ich deswegen gekommen.«

»Ja. Wir sollten reden.«

Ina stand auf und kam mit einer Weißweinflasche, einem

alten Korkenzieher, mit dem sie nicht umgehen konnte, und zwei Gläsern zurück. Sie gab ihm Flasche und Korkenzieher. »Worüber sollten wir reden?«, fragte sie, nachdem er eingegossen hatte.

»Über deine Mutter.«

Ina hielt ihr Weinglas gegen das Licht und betrachtete es so lange, als gäbe es darin etwas zu entdecken. »Nein«, sagte sie nachdenklich. »Nicht über meine Mutter. Wir sollten über meinen Vater reden.«

»Dein Vater ist tot.«

»Ja.« Sie schwieg wieder.

»Aber?«

Ina stöhnte leise, als habe er mit seiner Frage etwas falsch gemacht.

»Aber?«, wiederholte er.

Ina sah angestrengt auf den Boden. »Sein Leben hat uns wieder eingeholt.«

»Wie meinst du das?«

Ina schwieg lange. Als sie endlich leise weitersprach, war ihre Stimme kaum zu verstehen. »Vater war …«, sie brach ab, schien nach den richtigen Worten zu suchen. »Vater war in dem Jahr, bevor er starb, im Gefängnis.« Ina trank einen Schluck, einen zweiten und stellte dann umständlich das Glas zurück.

Das glaub' ich nicht, dachte er. Er sah Ina an. Oder glaub' ich's doch? Er kniff die Augen zusammen, als könne er auf diese Weise erkennen, ob Ina Witze machte. – Nein, sie machte bestimmt keine Witze. Ihr voller Mund war ganz schmal geworden, und auf ihrem Gesicht lag ein verzweifelter Ausdruck.

»Seit wann weißt du das?«

»Erst seit einer Woche. Seit Freitag vor einer Woche«, korrigierte sie sich dann.

Inas Vater im Gefängnis! Er versuchte, sich den früh gealterten Mann, den er nur von Fotos kannte, in einer kahlen vergitterten Zelle hinter hohen Mauern vorzustellen, aber es war unmöglich. »Und warum war er im Gefängnis?«

Ina antwortete auf seine Frage nicht. Sie stand auf, ging im

Zimmer umher, setzte sich wieder hin. »Weißt du, es ist nicht einfach, über Vaters Geschichte zu sprechen«, sagte sie endlich. »Es tut weh, andere daran teilhaben zu lassen.«

Er wartete, aber Ina schwieg.

»Und deine Mutter?«

»Hat es gewusst.«

»Du nicht?«

Ina schüttelte den Kopf. »Ich war damals nur noch selten zu Hause. Eines Tages hat Mutter erzählt, Vater sei in einer Klinik, um endlich vom Alkohol loszukommen. Er wolle nicht, dass ich ihn besuche. Ich habe ihr geglaubt, obwohl Vater sehr lange fort war.« Sie seufzte. »Schon Monate vorher hatte ich geahnt, dass mir etwas verschwiegen wurde. Dann, als Vater angeblich auf Entziehungskur war, habe ich gedacht, das sei es, was weder ich noch jemand anderer hatte wissen sollen. Als Vater wieder zu Hause war, trank er wirklich nicht mehr, die ersten Wochen jedenfalls.« Ina hielt inne und blickte ihn traurig an. »Danach wurde es schlimmer als je zuvor. In den folgenden Monaten ist Vater geradezu zerfallen. Es war, als würde er sich im Alkohol auflösen. Den ganzen Tag hat er getrunken und ferngesehen. Und wenn Mutter ihn nicht am Abend ins Bett brachte, sank er irgendwann neben dem Tisch auf den Boden und schlief dort.«

Alex unterbrach sie nicht. Ina hatte immer verschwiegen, wie schlimm das Leben mit ihrem Vater gewesen war. Nach den Fotos hatte er geahnt, dass Inas Vater ein Trinker gewesen war: Die schwammige Haut, die aufgedunsenen Augenlider, und oft genug hatte in seiner Reichweite eine Bierflasche oder ein Glas gestanden. Aber nie hatte er sich Inas Vater betrunken vorgestellt. So furchtbar, wie Ina es schilderte, hätte er es nie für möglich gehalten.

»Du musst dir das mal vorstellen«, fuhr Ina fort, »ein erwachsener Mann, dein Vater, wie ein hilfloses Kleinkind, nicht in der Lage, allein ins Bett zu finden.«

Ihr Lachen verstörte ihn, ein leises abgehacktes Lachen. Es klang wie kleine Schluchzer. »Warum war dein Vater im Gefängnis?«, fragte er, als er sie endlich zu unterbrechen wagte. – Sie hatte nicht etwa ohne innezuhalten geredet, ganz im Gegenteil, immer wieder hatte sie Pausen gemacht und sich in Erinnerungen verloren, in die er nicht einzudringen wagte.

Ina sah wieder in irgendeine unbestimmte Ferne und schwieg, so als müsse sie sich erst besinnen. Endlich sprach sie weiter: »Er hat jahrelang Geld unterschlagen, das Kunden an seinen Arbeitgeber überwiesen haben. Niemand hat die Abrechnungen überprüft, bis die Firma aus anderen Gründen in Zahlungsschwierigkeiten kam. Und weil Vater früher schon einmal durch einen Bekannten in einen groß angelegten Betrug mit Autos verwickelt war, kam er dieses Mal nicht mit einer Bewährungsstrafe davon.«

»Etwa dieser Buchhalter bei der Firma für Apparatebau in Furtwangen? Das war dein Vater?«

»Niemand im Hexenloch weiß davon, weil sich dort niemand vorstellen kann, dass einer von ihnen ein Verbrecher ist. Ein Trinker ja, aber kein Verbrecher.«

»Warum hast du es mir nicht gleich erzählt, als du es erfahren hast?«

Statt einer Antwort stand Ina auf und verließ das Zimmer. Nach einer Weile kam sie mit einem vollen Wäschekorb zurück. Sie stellte den Korb vor sich auf den Boden und begann dann, als gäbe es in diesem Augenblick nichts Wichtigeres, sorgfältig die Wäsche zusammenzulegen.

»Warum hast du es mir nicht erzählt?«, fragte er noch einmal.

Ina seufzte wieder und sah nicht von ihrer Arbeit auf. »Ich habe mich geschämt. Verstehst du das nicht?«

Er sah ihr zu, wie sie Corinnas Höschen und Hemdchen glatt strich und mit langsamen, fast zärtlichen Bewegungen zusammenfaltete. Ihre Hände zitterten ein wenig.

»Die Firma hat damals ein Drittel der Belegschaft entlassen, weil die Aufträge stark zurückgegangen waren. Da hat niemand an etwas Böses gedacht, als Vater seinen Job verlor. Ich habe gedacht, meine Eltern hätten so wenig Geld, weil mein Vater Schulden gemacht hat, um das alte Schwarzwaldhaus zu renovieren. Aber das allein war es nicht. Vater musste mehr als hunderttausend Mark von seinem ersten Betrug zurückzahlen. Das hat meine Mutter erst bei seiner zweiten Verurteilung erfahren.«

»Aber deine Mutter hat seit vielen Jahren gewusst, dass dein Vater im Gefängnis war. Warum geht es ihr gerade jetzt deshalb nicht gut?«

Ina zuckte mit den Schultern und sortierte Corinnas bunte Söckchen.

»Warum hat sie dir jetzt davon erzählt?«

Ina schwieg. »Ich weiß es nicht«, sagte sie endlich leise.

Er glaubte ihr nicht. Ein letzter Versuch, dachte er, eine Frage noch. »Du hast vorhin von der Beerdigung deines Vaters gesprochen.«

Ina sah ihn überrascht an.

»Heute im Biergarten im Seepark. Wolltest du da nicht noch etwas anderes von deinem Vater erzählen?«

Ina schüttelte den Kopf.

Jetzt stieg wieder der Zorn in ihm auf, wie so oft seit dem unseligen Freitag vor einer Woche. Damals hatte es angefangen, das Schweigen, das Kopfschütteln, das mit den Schultern Zucken, das Verschweigen. Es war offensichtlich, dass Ina ihm noch immer nicht alles gesagt hatte. Als wollte sie ihn für dumm verkaufen!

Ina legte die fertige Wäsche in den Korb zurück und stand plötzlich auf: »Es ist besser, wenn du jetzt gehst.«

»Warum soll ich gehen?«, fragte er überrascht.

»Ich fürchte, dass es gleich wieder Ärger zwischen uns gibt.«

»Da schmeißt du mich lieber raus?«

»Alex, du wirst alles erfahren, aber zu seiner Zeit.«

»Und wann ›zu seiner Zeit‹ ist, das bestimmst du?!« Er war schon im Begriff zu streiten. Alexander stand auf. »Wann sehen wir uns?«

»Morgen Mittag?«

Schon im Gehen nickte er. Auf dem Treppenabsatz drehte er sich um. Ina stand noch immer in der offenen Tür.

»Ina?«

»Ja?«

»Dieser alte Mann vor der Tür, kann er etwas mit deinem Vater zu tun haben?«

»Welcher alte Mann?«

»Der mit dem Gesicht wie ein Schrumpfapfel. Der, den du letzte Woche gefragt hast, ob er hier wohnt.«

Ina zuckte einmal mehr mit den Schultern. »Ich habe ihn nicht mehr gesehen.« Sie überlegte. »Nein, ich wüsste nicht, was er mit meinem Vater zu tun haben könnte.«

Alexander wandte sich wieder zum Gehen, hielt aber noch einmal inne. »Und der Anrufer? Wer ist dieser unverschämte Mensch mit der widerlichen Stimme?«

Ina schloss die Tür, und er war sich nicht sicher, ob sie seine Frage überhaupt noch gehört hatte. Oder ob sie sie nicht hatte hören wollen.

Erst als er wieder unten stand, fiel ihm ein, dass er mit dem Taxi gekommen war. Also kein Auto, kein Fahrrad und nur noch drei Euro im Portemonnaie. Er hätte die Straßenbahn bis zum Siegesdenkmal nehmen können, doch er entschloss sich, zu Fuß zu gehen. Das erste Stück war Corinnas Schulweg: die Fürstenbergstraße entlang, dann ein paar Schritte auf der Urachstraße, schließlich durch die Turnseestraße bis zur Schule. Einen Augenblick blieb er stehen und blickte an dem ehrwürdigen Jugendstilgebäude empor, dann ging er quer durch die Innenstadt weiter. Der Wind wehte nicht mehr so stark wie vorhin, und auf den Stufen des Augustinerplatzes war kein einziger freier Platz. Nicht nur auf den Stufen, selbst auf dem nackten Straßenpflaster saßen die jungen Leute. Auch in der Konviktstraße waren noch immer alle Stühle besetzt. Er ging nach Hause.

Alexander Kilian riss die Augen auf. Er lag im Bett, und irgendein Geräusch hatte ihn geweckt. Im nächsten Augenblick hörte er wieder, was ihn aufgeschreckt hatte. Es war das tiefe Grollen eines fernen Gewitters. Er stand auf und sah aus dem Fenster: dunkle Wolken, die für den Vormittag nichts Gutes verhießen. Der Blick in den Kühlschrank war ebenso ernüchternd wie der aus dem Fenster. Er verzichtete darauf, sich zu rasieren, und zog sich rasch an. Als er sein Fahrrad auf die Straße schob, war der Himmel über dem Schlossberg tiefschwarz. Fahren oder nicht?, dachte er. Aber die Frage stellte sich nicht wirklich. Er musste aus dem Haus, wenn er nicht die nächsten Stunden hungrig verbringen wollte. Also schwang er sich aufs Rad und jagte unter krachendem Donner die Mozartstraße hinauf bis zur Bäckerei Lienhart. Die Bäckersfrau, Frau Lienhart selbst, kannte er seit Jahren. Sie war eine zierliche, lebhafte Person mit gefärbtem Pagenkopf, die wohl schon seit vielen Jahrzehnten hinter dem Tresen stand. Während sie Brot und Brötchen einpackte, zog er sein Portemonnaie aus der Hosentasche, um zu zahlen. Drei Euro und keinen Cent mehr hatte er bei sich. Er legte die Münzen auf die Theke. »Was bekomme ich dafür?«, fragte er.

»Nehmen Sie alles mit und bezahlen Sie den Rest beim nächsten Mal, Herr Professor.«

Er bedankte sich überschwänglich und nahm die Tüten.

»Aber vergessen Sie es bitte nicht wieder.«

Wie angewurzelt blieb er stehen. »Nicht wieder?«

Die Bäckersfrau zog ein Schubfach auf und holte einen kleinen Zettelstapel hervor. »Hier bitte!« Er nahm den Zettel und las: »Prof. Kilian 5,60 Euro«. Vor zwei Wochen sollte das gewesen sein? Er konnte sich an nichts erinnern. Schon wieder eine von diesen beängstigenden Gedächtnislücken! Er entschuldigte sich und versprach, bei nächster Gelegenheit das Geld vorbeizubringen.

Glücklicherweise war das Gewitter ebenso nachsichtig, wie es Frau Lienhart gewesen war. Er hatte seine Tüten und das Fahrrad schon in Sicherheit gebracht, als sich mit Blitz und Donner ein gewaltiger Wolkenbruch entlud.

Nach so viel Glück deckte er sich den Frühstückstisch ungewöhnlich liebevoll: frische Brötchen, die von Ina selbst gemachte Marmelade, Butter aus der Butterdose und nicht, wie bei ihm üblich, aus dem Papier, frisch gebrühter Kaffee, die aktuelle Zeitung und was sonst noch zu einem anständigen Frühstück dazugehörte. Wenig später hatte er ein Brötchen geschmiert, öffnete schon den Mund, um abzubeißen. Doch er schloss ihn wieder und legte das Brötchen unberührt auf den Teller zurück. Er las:

Schock und tiefe Trauer in Heidelberg: Die kleine Angelina, die seit dem vergangenen Dienstag vermisst wurde, ist tot.
Die 7-jährige Schülerin wurde Opfer eines schrecklichen Gewaltverbrechens, wie die Polizei gestern Nachmittag in Heidelberg berichtete. Vom Täter gebe es noch keine Spur.

Er schloss die Augen. Bei der Überschrift hatte sein Herz zu stolpern begonnen, jetzt war es wie ein Hammer in seiner Brust. Angelina war tot. Aus und vorbei. Keine Hoffnung mehr. Er war so erschüttert, als habe er die kleine Angelina selbst gekannt. Angelina, das Kind eines Kollegen. So nah war der Tod eines Kindes noch nie an ihn herangetreten.

Er las weiter:

Die genaue Todesursache und der Zeitpunkt des Todes sind noch unbekannt. Die Leiche lag unweit des Elternhauses am Rande eines Waldparkplatzes. Wahrscheinlich ist das Mädchen erst wenige Stunden vor dem Auffinden ermordet worden. Die Leiche war vollständig bekleidet, alle Kleidungsstücke einschließlich der Schuhe waren neu und wahrscheinlich nur von Angelina getragen worden. Es handelte sich dabei um eine rote Jacke, einen Pullover mit blauen und weißen Ringelstreifen und eine dunkelblaue Jeans.
Neben der Leiche lag eine Plastiktüte mit dem, was die Schülerin bei ihrem Verschwinden getragen hatte. Lösegeldforderungen seien nicht gestellt worden. Es sei ebenfalls noch nicht sicher, ob sexueller Missbrauch vorliege. Weitere Angaben zu dem Gewaltverbrechen wollten die Ermittler nicht machen.
Die traurige Nachricht traf auch Angelinas Mitschüler schwer. Spontan beschloss die Schule, heute den Unterricht ausfallen zu lassen und um Angelina zu trauern. Polizei und Mitschüler der Schule hatten in den Tagen zuvor auf Handzetteln mit einem Foto des Mädchens die Öffentlichkeit um Hinweise gebeten. Auch am Eingang zum Europapark hatten Freunde des Mädchens Handzettel

verteilt. Tagelang hatten Polizisten den Freizeitpark und die angrenzenden Rheinauen durchstreift. Zeitweilig war vermutet worden, das Mädchen sei in die Elz gestürzt, die durch den Park fließt, und ertrunken.

Möglicherweise war die Entführung von langer Hand vorbereitet. Wie erst jetzt bekannt wurde, hatte die nur am Tag der Entführung gültige Familieneintrittskarte einen Tag vor der Tat im Briefkasten der Eltern gesteckt. Getarnt war die Karte als Werbegeschenk einer bekannten Getränkefirma. Die Firma gab jedoch an, keine derartigen Gutscheine verteilt zu haben. In diesem Zusammenhang warnt die Polizei Empfänger von ähnlichen Gutscheinen vor dem Einlösen und bittet um sofortige Benachrichtigung.

Er aß langsam weiter, aber das Frühstück schmeckte ihm nicht mehr. Angelina. Engelchen. Totes Engelchen. Immer wieder dieselben wirren Gedanken. Lange Minuten saß er vor seinem leeren Teller und starrte auf die Zeitung. Irgendwann fiel ihm ein, dass er noch immer nicht rasiert war. Rasieren, sagte er laut, doch es nützte nichts. Jetzt aufstehen und rasieren! Es war, als sei die Abfolge der alltäglichen Verrichtungen irgendwo auf halber Strecke aus dem Gleis gesprungen. Plötzlicher Stillstand. Rasieren!, sagte er noch einmal. Endlich raffte er sich auf.

Als er aus dem Bad kam, war seine Stimmung nicht besser. Irgendetwas musste er jetzt tun, egal was, aber es musste ihn auf andere Gedanken bringen.

Richtig, er hatte die Stadtbibliothek aufsuchen wollen, um sich in einem der letzten Hefte der Stiftung Warentest die Bewertung von Digitalkameras anzusehen. Ja, in die Bibliothek gehen! Das wäre eine Beschäftigung, etwas, das den Strudel in seinem Kopf zum Stillstand bringen konnte.

Alexander Kilian ging zu Fuß an den tropfenden Magnolien vorbei, durchquerte den vom Gewitterregen fast menschenleer gefegten Stadtgarten und hielt direkt auf den Münsterplatz zu. Als er die Markstände sah, fiel ihm sein leeres Portemonnaie ein. Also erst zur Bank, dann in die Bibliothek. Als er erfreulich schnell den Sieg über den Bankomat davongetragen hatte, stürzte er sich geradezu in das Marktgewühl, in der Hoffnung, hier die tote Angelina zu vergessen. Heute am Samstag war das Gedränge besonders groß, gaffende Touristen mit ihren tropfenden Schirmen neben eifrigen Hausfrauen jeglichen Alters und dazwischen, offenbar von Jahr zu Jahr in ständiger Vermehrung begriffen, umständliche Alte, denen der Markt Höhepunkt des Tages zu sein schien. Männer wie er waren seltener. Er ließ sich mit der Menge weiter schieben, dorthin, wo das Gedränge am dichtesten war. Und wirklich, die Gedanken an das tote Mädchen wurden schwächer. Nach und nach verdrängte sie die Fülle der Farben, Formen und Gerüche um ihn herum.

Selbst wenn er ohne Kalender und nach einer langen Reise aus einem fernen Erdteil in die Stadt zurückgekommen wäre, an den Marktständen der einheimischen Bauern auf der Nordseite des Münsterplatzes hätte er die Jahreszeit jederzeit sofort ablesen können: Im Moment gab es Sonnenblumen, die ersten Weintrauben vom Kaiserstuhl, grünlich-gelbe Äpfel, noch keine rotbackigen, ein paar Zierkürbisse, Chrysanthemen nur im Topf, noch keine Sträuße, stattdessen ein Farbenmeer aus Rosen, Sommerastern und Dahlien. Der Herbst stand vor der Tür, ließ aber noch auf sich warten. Er kaufte ein Kilo Weintrauben, hiesige natürlich, vom Kaiserstuhl, und hielt auf die Stadtbibliothek zu. Und nun? Er sah auf den Plastikbeutel in seiner Hand. Mit den Weintrauben in die Bücherei? Keine gute Idee. Also keine Testergebnisse lesen und die Kamera kaufen, ohne Bescheid zu wissen? Auch keine gute Idee. Außerdem war er extra wegen der Testergebnisse in die Stadt gegangen. Neben dem Eingang zur Bücherei lehnten Fahrräder am Geländer, etliche davon mit Obst oder Gemüse vom Markt im Gepäckkorb. Einen Augenblick dachte er daran, seine Weintrauben in einen der Körbe zu legen und dann blitzschnell … Aber nein. Ehe der Besitzer des Fahrrads mit seinen Weintrauben davonfuhr, würde er vermutlich die Testergebnisse nicht finden. Er überlegte. Dann öffnete er den Knoten der Plastiktüte und band sie ans Geländer. Fünfzehn Minuten später hatte er den Kameratest gelesen. Eigentlich entsprach kein

Apparat so recht seinen Vorstellungen. Er beschloss, den Kauf zu verschieben – wie meist, wenn er eine größere Anschaffung plante – und kehrte zum Geländer zurück, um seine Weintrauben zu holen. Er lief hin und her, suchte auch am Boden unter dem Geländer. Keine Weintrauben! Oder jedenfalls nicht seine. Nirgends. Er sah in die Fahrradkörbe: Brokkoli, Karotten, Blumen, dicke rote Weintrauben, wahrscheinlich aus Italien. Seine waren weiß gewesen und klein. Und jetzt waren sie nicht mehr da. Gleichermaßen enttäuscht wie erbost ging er zum Markt zurück. Ausverkauft, keine Weintrauben mehr, jedenfalls keine aus der Region. Von der Welt enttäuscht kehrte er nach Hause zurück. Wer klaute eine Tüte mit Weintrauben? Ein hungriger Student? Ein Obdachloser? Eine durch Hartz IV verarmte Mutter, die ihren Kindern kein Obst mehr kaufen konnte? Oder hatte jemand die Weintrauben für ein Geschenk des Himmels gehalten?

Der Verlust der Weintrauben, so belanglos er ja eigentlich war, beschäftigte ihn länger, als er selbst erwartet hätte. Vielleicht war es das Zusammentreffen, das ihm so zu schaffen machte: Angelina tot, Inas Vater ein Verbrecher, und jetzt auch noch die Weintrauben geklaut. Er brauchte jemanden zum Reden, und wenn es nur über die Weintrauben wäre.

Als er wieder zu Hause war, wählte er Inas Nummer, aber sie meldete sich nicht. Er wischte einen der Gartenstühle trocken, setzte sich auf die Terrasse und versuchte, Ordnung in seine in Aufruhr geratenen Gedanken zu bringen. Was war so schlimm an dem lächerlichen Diebstahl, dass er ihn so anhaltend schmerzte? Das Vergebliche seines Kaufs? Der Verlust von etwas mehr als einem Euro? Keine Weintrauben bekommen zu haben? Der Eingriff in sein Eigentum? Das Ungewöhnliche dieses Diebstahls? Oder war der Verlust der Weintrauben nur der Tropfen, der das Fass zum Überlaufen brachte? Er wusste es nicht. – Das Telefon klingelte. Ina war am Apparat.

»Wo warst du?«, fragte er.

»Zu Hause.«

»Ich habe eben angerufen, und du hast dich nicht gemeldet.«

»Ich habe telefoniert. Mit Mutter.«

Wie oft hatte er sich schon über diese modernen Anschlüsse geärgert, bei denen man kein Besetztzeichen mehr hörte! Und natürlich hatte sie wieder »mit Mutter« telefoniert. Er holte so demonstrativ Luft, dass Ina es hören musste.

»Es tut mir leid, aber wir können uns heute Mittag nicht sehen. Ich muss sofort zu ihr.« Ina sprach hastig und leierte die Worte ohne Betonung herunter, wie ein Kind ein auswendig gelerntes Gedicht.

Was jetzt?, dachte er. Rumschreien, weil die Mutter immer wichtiger war als er, ohne dass er wusste, warum, und weil Inas Gedanken immer nur um die Alte kreisten und für ihn weder Zeit noch Aufmerksamkeit übrig blieb?

»Ina, was verschweigst du mir?«

Stille in der Leitung. – »Ich kann es nicht sagen.«

»Kannst du nicht oder darfst du nicht?«

Er sah förmlich durchs Telefon, wie sich Ina unter seinen Fragen wand. Zu hören war etliche Sekunden lang nichts.

»Ich darf es nicht sagen.« Inas Stimme klang plötzlich ganz verzweifelt.

»Wer verbietet es dir?«

»Mutter«, sagte sie leise. »Und ich verstehe es.«

Er holte wieder tief Luft. »Wann sehen wir uns dann?«

»Wenn ich zurück bin.«

»Wann wird das sein.«

»Heute Nachmittag, heute Abend, ich weiß es nicht. Ich komme zu dir, wenn ich zurück bin.«

»Und Corinna?«

»Kommt mit und geht zu ihrer Freundin auf dem Nachbarhof.«

Jetzt war seine Stimmung endgültig auf dem Nullpunkt. Minus 273 Grad, dachte er. Absoluter Stillstand. Weiter bergab konnte es kaum noch gehen. Eigentlich hätte er die Post durchsehen wollen, die sich seit seiner Abwesenheit auf dem Schreibtisch stapelte, aber ihm war heute nicht nach Arbeit zumute. Eine lästige Unruhe trieb ihn aus dem Haus. Er nahm nur den Hausschlüssel mit und ging am Landratsamt vorbei zum Alten Friedhof.

Ich empfand kein Bedauern, als Angelina starb. Ich konnte nichts anderes denken, als dass Angelina durch meine Hände eine Welt verließ, die Eigennutz und Ungerechtigkeit auf ihre Fahnen geschrieben hat. – Ich bin überzeugt, dass es Angelina gut gehen würde, wenn mit dem Verlassen dieser Welt nicht alles zu Ende wäre.

Nach meiner Überzeugung gibt es jedoch kein Leben nach dem Tode. Der menschliche Geist, als solcher nichts anderes als die Folge der Aktivität von Nervenzellen im Gehirn, lässt durch seine Struktur und seine bioelektrischen Eigenschaften jeden halbwegs normal empfindenden Menschen sich als einzigartiges Individuum wahrnehmen. Zwangsläufig ergeben sich aus diesem rein biologisch begründeten Gefühl Fragen nach dem Woher und Wohin dieses »Geistes«. Diese Überlegungen wiederum müssen zwangsläufig zur Erfindung eines ewigen Lebens führen.

Angelina, Maja, Cécile. Sie alle schliefen, als der Tod kam. Sie haben nichts gespürt. Krankheit, Schmerzen, Angst und das Wissen um den nahen Tod – wie Judith es hatte – sind ihnen erspart geblieben.

– Warum fürchten wir den Tod? Der Tod ist kein Ereignis des Lebens, denn der Tod ist nicht, wo das Leben ist, und wo der Tod ist, da gibt es kein Leben.

Ist es nicht ein Geschenk, zu sterben, solange das Leben noch schön ist?

▼▼▼

Auf dem Alten Friedhof wurde Alexander ruhiger. Die Grabsteine und die Geschichten, die sie erzählten, stimmten ihn versöhnlich. Hier ruhten sie, deren Namen noch heute in der Stadt gegenwärtig waren, die von Rottecks, die Wenzingers und die Gräfin mit dem langen Namen: Maria Gertrudis Antonia de Colombi y de Bode. Das Colombischlössle! Nur zwei Jahre hatte seine Erbauerin bis zu ihrem Tod darin gelebt, seither freuten sich Generationen an dem schmucken

Schlösschen. Er ging weiter zum Grab der jungen Caroline Walter an der Friedhofsmauer. Sie lag dort bedeckt mit einem Laken aus Stein, auf einem steinernen Bett, auf steinernen Kissen, und das Buch war ihr aus der Hand geglitten, als wäre sie beim Lesen entschlafen. Auch heute lag eine rote Rose auf dem Grab. So oft er auch hier war, noch nie hatte er das alte Grab ohne frische Blumen gesehen, und noch nie hatte er mitbekommen, wer sie brachte.

Beim runden Wasserbecken in der Mitte des Friedhofs trocknete er mit dem Taschentuch einen Platz auf einer Bank und setzte sich. Das frische Grab eines Kindes, an dem er irgendwo auf einem fremden Friedhof stehen geblieben war, fiel ihm ein. Unübersehbar war es das Grab eines kleinen Mädchens gewesen mit Puppen, Windrädern und – was ihn am schmerzlichsten berührte – einem Teddy mit weiß-braunkariertem Hemd, genau wie der Teddy auf Corinnas Bett eines trug. Das Fell des Bären auf dem Grab war nass wie seine Kleidung, und sein Gesicht sah so traurig aus, als weine er mit den Menschen um die kleine Tote. Neben einem schlichten Holzkreuz stand das Foto des Kindes: ein fröhliches, pausbäckiges Mädchen mit blonden Locken, dem die Nähe des Todes nicht anzusehen war.

Neben der Bank, auf der er saß, lag eine mächtige, vom Sturm Lothar gefällte Platane, deren grün belaubte Äste sich meterhoch in den Himmel reckten. Den Bibelspruch auf einer Messingtafel am Boden hatte er schon so oft gelesen, dass er ihn auswendig kannte: »Denn für den Baum besteht noch Hoffnung, ist er gefällt, so treibt er wieder, sein Sprössling bleibt nicht aus« Ijob 14,7.

Plötzlich war die Unruhe wieder da, die ihn ursprünglich aus dem Haus getrieben hatte. Mit einem Mal konnte er nicht mehr begreifen, dass er vorhin am Telefon alles so hingenommen hatte, was Ina sagte. Hatte ihn denn sein Verstand gänzlich verlassen? Inas Verzweiflung und Aufregung, ihre Geheimnistuerei, gerade jetzt, wo sie erfahren hatte, dass ihr Vater im Gefängnis gewesen war! Was hatte es mit dieser Aussage »Der Tod war schneller« im Zusammenhang mit ihrem Vater auf sich? Vertuschen, verschweigen, verstecken: Immer tiefer verstrickte sie sich gemeinsam mit ihrer Mutter in dieses fatale Spiel. Etwas musste doch geschehen sein, dass ihr Vater so plötzlich aus dem Grab auferstanden war und in ihr Leben eindrang. Nein, es hatte nichts mit ihm zu tun, dass sich Ina so verändert hatte, kein Nebenbuhler war aufgetaucht, sondern finstere Kräfte aus ihrem Elternhaus streckten die Arme nach ihr aus und schickten sich an, sie ins Unglück zu stürzen. Ina war noch immer die gehorsame Tochter, die sie schon als kleines Kind gewesen war, koste es, was es wolle. – Was wollte der unangenehme Anrufer, was war mit dem seltsamen Alten vor ihrer Haustür?

Alexander ging rasch nach Hause zurück und holte den Autoschlüssel. Wenig später lag unter dunklen Regenwolken der Schwarzwald vor ihm. Am Ende des Kappeler Tunnels erschreckte ihn ein rötlicher Blitz. Das Gewitter? – Nein, eine Radarfalle. Schon wieder hatte er einen Grund für schlechte Laune!

Seine Unruhe wuchs, je weiter er sich von Freiburg entfernte. Bei Buchenbach verließ er die Bundesstraße. Hinter Wagensteig wurde das Tal enger, und die Straße führte in steilen Kurven bergauf. Endlich tauchten vor ihm die Türme der Klosterkirche von St. Märgen aus dem Nebel auf. Oben am Neuhäusle hingen die feuchten Schwaden noch dichter über der Landschaft und dämpften die Farben des scheidenden Sommers. Alexander folgte dem Wegweiser zum Hexenloch und fuhr die schmale Straße steil hinab, dort hinunter, wo der Schwarzwald am finstersten war. Enge Kurven im dichten Wald führten ihn immer tiefer in das einsame Tal. Auf der Straße lag Geröll, das von den mit Blaubeeren bewachsenen Felsen gestürzt war. Kein einziges Auto begegnete ihm. Dann öffnete sich unvermittelt der Wald, und zwischen von Felsgestein durchbrochenen Matten erschienen die Häuser von Glashütte. Das war der Schwarzwald wie aus dem Bilderbuch, mit Holzbrücken aus rohen Stämmen über dem schäumenden Bach. Danach wieder Wald, gleich darauf das Straßenschild »Hexenloch«. Am Kirchlein bog er in den schmalen asphaltierten Weg ein, der im Dobel aufwärts führte. Er parkte den Wagen beim Spritzenhäuschen der Freiwilligen Feuerwehr und folgte zu Fuß dem Wanderweg zum Thurner, an dem der Hof von Inas Mutter lag. Hier oben war es kühl, und er fröstelte. Nach hundert Metern stand er vor dem alten Schwarzwaldhaus. Fast unmerklich hatte es sich verändert, seit er es vor acht Jahren zum ersten Mal gesehen hatte. Die hölzerne Verkleidung eines kleinen Anbaus auf der Bergseite des Hauses hing morsch und lose an rostigen Nägeln. Unter dem weit vorgezogenen Schieferdach stand eine ausgediente Waschmaschine, und das früher so sorgfältig aufgeschichtete Brennholz lag unordentlich neben der Hauswand. Alexander stoppte so plötzlich, als wäre er gegen eine Mauer gelaufen. Alles an ihm erstarrte, auch der Atem stockte ihm, nur das Herz beteiligte sich nicht an dieser Versteinerung, es schlug viel zu schnell, und das Blut rauschte in seinen Ohren. Er schloss die Augen, öffnete sie wieder. Doch es blieb dabei: Neben Inas Golf parkte ein anderes Auto. Ein großer Geländewagen, ein Grand Cherokee, und dessen Fahrer musste der Grund für Inas plötzliche Fahrt ins Hexenloch gewesen sein. Der Fahrer eines Grand Cherokee! Er hätte es nicht für möglich gehalten! Nicht bei Ina! – Oder war es doch nur ein Handwerker mit einem Hang zu großen Autos? Oder Besuch für ihre Mutter? Oder vielleicht jemand, der zufällig hier parkte? Nein, alles Unsinn. Er musste der Wahrheit ins Gesicht sehen. Die beiden Autos nebeneinander waren eindeutig: Ina traf sich hier im abgelegenen Hexenloch mit dem Menschen, dem dieser protzige Geländewagen gehörte. Er schloss noch einmal die Augen, öffnete sie. Nein, er konnte es nicht glauben, dass sich Ina mit so einem Kerl traf. Unschlüssig ging er ein paar Schritte, blieb stehen, starrte auf die gewaltigen chromblitzenden Rammstangen, ging wieder weiter. Rammstangen. An dem Wort blieb er hängen.

Da kam er schon aus der Haustür, der Mann, dem das unsympathische Fahrzeug gehören musste. Alexander Kilian wandte den Blick ab und ging auf dem Feldweg hinter dem Haus weiter, scheinbar gleichgültig, ein einsamer Spaziergänger im Nieselregen, den das Haus am Hang nicht interessierte. Der Weg war aufgeweicht, und er rutschte auf dem lehmigen Boden. Ohne den Kopf zu drehen, beobachtete er den Mann, der mit seltsam federnden Schritten zu seinem Wagen ging. Schwer zu sagen, was ihm diesen Menschen auf den ersten Blick unsympathisch machte: das »Hoppla,-hier-komm-ich-Auto«, das schwammige, blasierte Gesicht mit dem fliehenden Kinn, die hellbraunen, offenbar gefärbten Haare, die ebenso gut eine Perücke sein konnten, oder die übertrieben geschmeidigen, gummiartigen Bewegungen, denen trotz ihrer Schnörkel – oder gerade deswegen? – etwas Wütendes anzuhaften schien. Der Mann mochte fünfzig sein, vielleicht etwas jünger, er war dicklich, aber nicht fett. Er trug ein am Rücken zerknittertes graues Jackett, ein offenes, hellblau gestreiftes Hemd und eine helle Hose unter dem hängenden Bauch, also eine ganz gewöhnliche Erscheinung bis auf die Bewegungen – ein Büroangestellter vielleicht, wenn da nicht dieses Auto gewesen wäre! Das sprach für Geld, also eher ein Kaufmann, Immobilienmakler womöglich. Also doch nicht Inas Liebhaber? Nein, sie war bestimmt nicht hier, um sich mit diesem Typen in einem der fürchterlich knarrenden Betten ihres Elternhauses zu verkriechen, sie war hier um mit ihm zu reden. Und was es zu reden gab, betraf ihre Mutter. – Oder etwa ihren Vater? Alexander sah dem davonfahrenden Wagen nach. Zu spät fiel ihm ein, dass er sich das Kennzeichen hätte merken können. Ein Wagen aus Stuttgart, so viel hatte er gesehen.

Unschlüssig ging er noch ein kleines Stückchen auf dem Wanderweg weiter, vorbei an verkrüppelten Obstbäumen mit winzigen Äpfeln und an stämmigen Schwarzwaldpferden, deren helle Mähnen vor Nässe trieften. Der Fremde war fort, und von den beiden Frauen war auf dieser Seite des Hofes nichts zu sehen. Er kehrte um. Als er den Hof erreichte, fiel ihm auf, dass das Holztor, durch das früher einmal Wagen von der Bergseite des Anwesens auf die Tenne gefahren waren, einen Spaltbreit offen stand. Das schwere Vorhängeschloss, das seit jeher den Zutritt verwehrt hatte, hing geöffnet am Riegel. Vorsichtig drückte er das Tor so weit auf, dass er sich hindurchzwängen konnte. Er lauschte. Nichts war zu hören, kein einziges Geräusch, Totenstille. Ein Lichtstreifen fiel durch das Tor auf den schmutzigen Boden, sonst war der große Heuboden dunkel. Er wartete eine Weile, bis sich seine Augen an das Dämmerlicht gewöhnt hatten, dann tastete er sich weiter. Im nächsten Augenblick fuhr er erschreckt zurück. Die breite Öffnung direkt vor ihm im Bretterboden hätte er beinahe übersehen. Er beugte sich vorsichtig über das gähnende Loch. Unter ihm, im schwachen Licht nicht gleich zu erkennen, befand sich der ehemalige Stall. Seine Fenster waren blind von Staub und Schmutz. Ein uraltes Motorrad verrottete dort, der Lenker war wie startbereit direkt auf die Stalltür gerichtet. In einer Ecke standen ein alter Kühlschrank und eine große Kommode, deren Schubfächer halb geöffnet waren. Er ging nun behutsamer über die sich unter seinem Gewicht biegenden Bretter des Bodens, immer in der Sorge, das morsche Holz könne unter seinem Gewicht nachgeben und er in die Tiefe stürzen. Sachte zog er sich wieder zum Lichtstreifen beim Tor zurück. Plötzlich stutzte er. Er hatte es bereits vorhin gesehen, aber er hatte dem keine Beachtung geschenkt: Die Reste von Strohballen, die in einer Ecke lagerten, waren offenbar kürzlich verschoben worden, obwohl hier schon lange kein Vieh mehr im Stall stand. Auch an anderen Stellen sah er jetzt frische Spuren im Staub, die nicht von ihm stammen konnten. – Er lauschte. Die Stille war nicht mehr so vollkommen, wie es ihm zuvor erschienen war. – Da war es wieder, ein Rascheln, dann ein Scharren direkt über seinem Kopf. Er duckte sich unwillkürlich und wagte kaum zu atmen. Eine Weile blieb es still. Dann hörte er feines Piepsen, kurz darauf ein Trippeln: Mäuse, direkt über ihm. Erst jetzt sah er, dass zwischen Tenne und Dachstuhl noch ein Zwischenboden eingezogen war. Er tappte umher, bis er endlich in einer Nische neben dem Tor eine steile Stiege fand. Auch dort waren sie, die frischen Fußspuren im Staub! Er tastete sich die Stufen hinauf. Hier oben, wo das Licht noch spärlicher war, klafften große Lücken zwischen den Brettern, die ohne jede Befestigung über die tragenden Balken gelegt waren. Trotzdem trieb ihn seine Neugierde weiter. Gespannt versuchte er zu erkennen, was denjenigen, der sich vor ihm auf den unsicheren Bretterboden gewagt hatte, hierher getrieben haben konnte, doch die Dunkelheit gab nichts preis als die unscharfen Konturen von ein paar Strohballen. Enttäuscht kletterte er wieder zur Tenne hinunter, suchte und fand endlich den Lichtschalter neben dem Tor. Noch einmal tappte er vorsichtig zur Öffnung über dem Stall: Kein Zweifel, auch dort unten waren die frischen Spuren, selbst der alte Kühlschrank, der dort vergeblich auf den vollständigen Zerfall wartete, war vor kurzer Zeit verschoben worden. Was ihm noch auffiel: Die Spuren im Staub waren immer dort, wo Stroh oder Gerümpel ein Versteck geboten hätten. Jemand hatte hier kürzlich etwas gesucht oder versteckt.

Er ging zum Tor zurück und löschte das Licht. Auf dem Weg zum vorderen Eingang des alten Hofes sah er, dass hinter den kleinen Scheiben in der Stube Licht brannte. Das war nicht ungewöhnlich, denn selbst am Vormittag wurde es in dem niedrigen Raum mit der dunklen Holzdecke nicht richtig hell. Ina saß mit dem Rücken zum Fenster, ihre Mutter ihr gegenüber auf dem plüschigen Sessel, der noch älter sein mochte als sie selbst. Sie hielt ein großes weißes Taschentuch in den Händen, mit dem sie immer wieder über ihre Augen fuhr. Die alte Frau weinte. Inas Gesicht konnte er nicht sehen, aber an ihren Bewegungen erkannte er, dass sie heftig auf ihre Mutter einredete. Er wich vom Fenster zurück, als Ina plötzlich aufstand. Auch ihre Mutter erhob sich jetzt. Hinter ein paar Büschen halbwegs verborgen, wartete er ab. Kurze Zeit später erschienen beide Frauen an der Haustür. Ina legte ihren Arm mit einer versöhnlichen Geste um die Schultern ihrer Mutter, dann gingen sie langsam und mit gesenkten Köpfen auf den Nachbarhof zu, wo Corinna mit der kleinen Enkeltochter befreundet war. Als Ina hinter der hölzernen Haustür unter dem Balkon verschwand, kehrte er zu seinem Wagen zurück. Er hatte hier nichts mehr verloren.

Gestern haben sie Angelina gefunden. Warum schreiben sie nichts von dem Buchstaben, den ich auf die Stirn der kleinen Toten geschrieben habe? – Angelinas Buchstabe ist das I. Majas Buchstabe war das D, der von Cécile das C. Noch weiß niemand, wohin die Spur führt. CDI. Nur noch ein Buchstabe fehlt: S. Und wenn dann nichts geschieht, bleiben drei weitere: Zweimal das A und einmal das D.

Friedrich Nietzsche schreibt: Was ist gut? – Alles, was das Gefühl der Macht, den Willen zur Macht, die Macht selbst im Menschen steigert.

Was ist schlecht? – Alles, was aus der Schwäche stammt.

Was ist Glück? – Das Gefühl davon, dass die Macht wächst, – dass ein Widerstand überwunden wird.

Nicht Zufriedenheit, sondern mehr Macht; nicht Frieden überhaupt, sondern Krieg; nicht Tugend, sondern Tüchtigkeit.

Nach Ansicht meines Vaters habe ich mich sehr zu seinem Verdruss in der kurzen Zeit unseres gemeinsamen Lebens durch Schüchternheit und Zurückgezogenheit ausgezeichnet. In den Augen meiner Frau war ich ein Schwächling, der nicht in der Lage sein würde, ein Kind zu erziehen. Rebecca hat mich geheiratet, um mir zu beweisen, dass ich sogar zu schwach bin, um meine selbstgewählte Absonderung von den Menschen durchzusetzen.

Nach weniger als zwei Jahren hat sie mich wieder verlassen. Sie starb siebzehn Wochen nach Judiths Geburt an einer Lungenembolie.

Sieben Jahre später, als ich nach Judiths Tod allein in dem Haus zurückgeblieben war, das einmal drei Menschen Platz geboten hatte, habe ich beschlossen, nicht länger ein Schwächling zu sein.

Wer wird etwas Großes erreichen, wenn er nicht die Kraft und den Willen in sich fühlt, große Schmerzen »zuzufügen«? Das Leidenkönnen ist das Wenigste. Darin bringen es schwa-

che Frauen und selbst Sklaven oft zur Meisterschaft. Aber nicht an innerer Not und Unsicherheit zu Grunde gehen, wenn man großes Leid zufügt und den Schrei dieses Leides hört – das ist groß, das gehört zur Größe. So schreibt Friedrich Nietzsche.

▼ ▼ ▼

In Freiburg lugte die Sonne zaghaft zwischen den Wolkenlücken hervor, als Alexander Kilian aus dem Nieselregen des Schwarzwaldes zurückkehrte. Obwohl Samstag war, fuhr er direkt ins Institut. Noch wusste er nicht, ob er Ina verraten würde, dass er ihr gefolgt war. Um ein Alibi für den Vormittag brauchte er sich keine Gedanken mehr zu machen: Er war ja tatsächlich ins Institut gefahren.

Seine tagelange Abwesenheit hatte erwartungsgemäß das Chaos auf seinem Schreibtisch nicht verringert. Ganz im Gegenteil: Papiere, Bücher, Zeitschriften lagen darauf verstreut, manche aufgeschlagen, manche Blätter steckten als Lesezeichen in Büchern. Nicht einmal die Tastatur des Laptops ragte noch aus dem Papierberg. Nur der senkrecht stehende Bildschirm hielt sich an der Oberfläche wie der Schornstein eines sinkenden Schiffes. Auch auf dem Boden sah es noch wüster aus als sonst. Er kniete gerade neben einem der Zeitschriftenstapel vor dem Fenster, um eine kürzlich erschienene Arbeit von Prüll herauszusuchen, als es klopfte. Natürlich Frau Brändle. Sie stand schon in der Tür, ehe sie sein »Herein!« gehört haben konnte.

Ihr Blick, als sie ihn am Boden kniend entdeckte!

»Ich suche etwas«, erklärte er.

»Kann ich Ihnen helfen?«

Er erhob sich rasch. »Danke, danke, ich komme schon zurecht!«

Einmal, Jahre lag das inzwischen zurück, da hatte Frau Brändle seine Abwesenheit genutzt, um in seinem Zimmer aufzuräumen. Unter Tränen hatte sie hinterher beteuert, nichts, wirklich nicht das kleinste bisschen – außer altem Butterbrotpapier und zwei oder drei gebrauchten Papiertaschentüchern – weggeworfen zu haben. Doch was nutzten ihm die von ihrer Hand sorgfältig aufgeschichteten Stapel von Büchern und Zeitschriften und die nach Größe geordneten Zettel und Aufzeichnungen? Verloren waren sie für ihn. Für alle Ewigkeit. Genauso gut hätte sie alles nach Farben oder irgendeinem anderen nutzlosen Prinzip ordnen können.

Er lächelte sie an, dazu ein tiefer Blick, und trotz ihrer mehr als vierzig Lenze errötete sie wie eine Fünfzehnjährige. Seine Sekretärin musste geahnt haben, dass er heute kommen würde. Wen oder was hätte sie sonst an einem Samstag hier suchen sollen. Und warum war sie da? Aus wieder erwachter Liebe zu ihm? Oder nur wegen des guten Eindrucks?

»Falls Sie mich brauchen – ich bin in meinem Zimmer.« Mit einem verbindlichen Lächeln trat sie ab.

Er vertagte seine Suche und setzte sich an den Computer. In der Datenbank Pubmed.com rief er den Namen seines Kollegen auf. Prüll oder Pruell oder einfach nur Prull? Am kürzesten war die Liste unter Pruell. Prull oder Prüll machte keinen Unterschied. In der Forschung über Chimären – Mischwesen aus Mensch und Tier – engagierte sich der Kollege neuerdings, natürlich nicht in Deutschland, wo er ein privates Institut für Molekulare Biotechnologie leitete, sondern von seinem zweiten Arbeitsplatz im nordenglischen Newcastle aus. Eizellen von Kühen hatte er benutzt, um menschliche Zellkerne einzufügen. In Deutschland wäre so etwas undenkbar. Noch jedenfalls. Die Briten waren da fortschrittlicher, wenn man es so nennen wollte. Oder skrupelloser. Denn wo hatte das erste Retortenbaby vor mehr als einem Vierteljahrhundert das Licht der Welt erblickt? Natürlich in England. Und wo in Europa wurden 2004 erstmals Versuche zum Klonen menschlicher Embryos durchgeführt? Auch in England, genauer gesagt: in Newcastle, und Prüll war daran beteiligt gewesen. Ein paar Jahre später gehörte er zu den geistigen Vätern des ersten geklonten menschlichen Embryos, natürlich wiederum in Newcastle. Und nun die Chimären. Man wolle Frauen lästige Eizellenspenden ersparen, lautete die Begründung. Seit einiger Zeit war es möglich, Zellkerne aus menschlichen Hautzellen in menschliche Eizellen zu verpflanzen. Hautzellen gab es im

Überfluss, aber an menschlichen Eizellen haperte es naturgemäß. Was lag folglich näher, als Eizellen von Kühen zu verwenden? So weit, so gut. Das Verfahren versprach puren Nutzen: So erhielt man menschliche embryonale Stammzellen in großer Zahl. Und die würde man brauchen, um die Behandlung von schweren Krankheiten wie Parkinson mit ganz neuen Mitteln voranzutreiben oder Gewebe zu züchten, das sich dem Spender des Zellkerns problemlos implantieren ließ. Der Plan war einfach: Statt des tierischen Zellkerns packte man das menschliche Erbgut aus einer Hautzelle in die leere Zelle. Wo bitte war da das Problem? Allerdings hatte die Sache doch einen Haken. Schließlich war die entkernte Eizelle einer Kuh keine leere Hülle, sondern auch in ihr steckten Erbinformationen, vor allem in den Mitochondrien, den kleinen, wie plattgedrückte Knödel aussehenden Zellkraftwerken. Und deswegen würde man mit dem geplanten Verfahren – Hokuspokus! – Mischwesen aus Kuh und Mensch züchten. Noch dazu als neue totipotente Zellen, also Alleskönner, die sich wie eine befruchtete Eizelle zu einem Embryo entwickeln konnten. Vor lebenden ausgewachsenen Chimären aus Kuh und Mensch müsse sich niemand fürchten, beteuerten Prüll und seine Mitstreiter, denn auch nach britischen Gesetzen müssten die dann stecknadelkopfgroßen Zellhaufen dieser Kuhmenschen oder Menschenkühe – zu 99,9 Prozent Mensch und zu 0,1 Prozent Kuh – nach spätestens zwei Wochen zerstört werden. Von den Schmetterlingen und den Mörderspinnen mit menschlichem Antlitz aus Arno Schmidts »Gelehrtenrepublik« wären die winzigen Zellhaufen noch weit entfernt, aber wo lagen die Grenzen? In seinem Institut beschäftigte sich niemand mit Chimären, aber die moralischen und biologischen Fallstricke lauerten überall in der Gentechnik.

Mit ungutem Gefühl dachte der Professor daran, dass er sich jahrelang für die Keimbahntherapie begeistert hatte. Wie dumme Jungen, die auf dem Küchentisch Kaliumnitrat, Schwefel und Holzkohle für Schwarzpulver zusammenmixen, weil es so schön knallen wird, ohne die geringste Vorstellung von den verheerenden Folgen einer Explosion zu haben, hatten sie sich auf die menschlichen Keimzellen stürzen wollen. Alles war so einfach und vielversprechend erschienen, als man die ersten krankmachenden Gene identifiziert und Methoden entwickelt hatte, um die Urheber von Erbkrankheiten zu entfernen. Was wussten sie denn damals schon von dem komplizierten Zusammenwirken der Gene? Fast nichts! Und ob sie andere Gene zerstörten, wenn sie ein schadhaftes austauschten, war ebenfalls nicht bekannt. Den Gedanken, dass sie für ihre Forschungen lebensfähige Embryonen brauchen würden, hatten sie vorsichtshalber erst einmal ganz beiseite geschoben. Mittlerweile hatte die Ethikkommission Eingriffe in die Keimbahn des Menschen ohnehin verboten. Bitter für die Forschung, aber trotzdem richtig, fand er heute. Der Wissenschaft mussten Grenzen gesetzt werden, denn welcher Forscher ruhte sich freiwillig auf dem Ast aus, den er erklommen hatte, wenn darüber noch andere lockten, die schönere Früchte versprachen, noch dazu, wenn Geld und Ruhm nicht der einzige Lohn waren, sondern reale Chancen bestanden, tödliche Erbkrankheiten schon beim Embryo und damit auch gleich bei allen seinen Nachkommen zu verhindern. Nur: Welche Grenzen an welcher Stelle gesetzt werden sollten, war die Frage.

Nie in ihrem Leben ist Judith gesund gewesen. Sieben unbeschwerte Wochen lang, bis zum Tod ihrer Mutter, ahnte niemand etwas von ihrer Krankheit. Was dem kleinen Körper fehlte, bekam er mit der Muttermilch. Nach Rebeccas Tod wurde Judith jedoch so schwer krank, dass ich dachte, sie würde ihrer Mutter noch vor dem ersten Geburtstag ins Grab folgen. Nach einer Lungenentzündung, die sie auf der Intensivstation nur knapp überlebte, bat mich die Stationsärztin zu einem Gespräch. Wir saßen in einem engen Zimmer an einem Schreibtisch, der mit Krankenakten und Papieren überhäuft war. Ich spürte den Zorn auf die junge Frau, die mir Judiths Krankheit erklärte, als wäre die Tragödie ihre Schuld. Ja. Judiths Leid war *ihre Schuld, aber das habe ich erst viel später begriffen. Ohne sie und ohne die Selbstherrlichkeit der anderen Ärzte wäre Judith gestorben, lange bevor das Bewusstsein für ihr Kranksein in ihr hätte erwachen können. Für Judith wäre es so besser gewesen. Der Tod eines Kindes ist furchtbar für die Angehörigen – für die Kleinen kann er eine Erlösung sein.*

Nach dem Gespräch mit der Ärztin, das nichts anderes war als ein unverständlicher Monolog, verließ ich die Kinderklinik der Frankfurter Universität und ging in ein Café, an das ich mich schon am nächsten Tag nicht mehr erinnerte. Dort saß ich halb benommen und dachte über das neue Unglück nach. Judith fehle das Immunsystem, so weit glaubte ich die Ärztin verstanden zu haben. Heilung sei möglich, wenn ein geeigneter Knochenmarkspender gefunden würde und die Transplantation erfolgreich wäre.

Fünf Wochen waren seit dem Tod ihrer Mutter vergangen, als Judith – man stelle sich vor: ein drei Monate altes Baby – in ein steriles Plastikzelt gesteckt wurde. Vier lange Jahre war diese durchsichtige Blase ihr Zuhause. Ein heranwachsender Mensch in einer Plastiktüte, abgeschirmt von jeglicher Berührung mit menschlicher Haut, von Zärtlichkeit und von Liebe. Alles, was Judith zum Leben benötigte – rein physisch, mehr war nicht möglich –, Luft, Nahrung und Kleidung, musste desinfiziert werden, bevor es in ihr keimfreies Zelt gelangte.

Judith war ein Kind, das in einer undurchlässigen Blase lebte, wuchs und älter wurde. Ich habe versucht, mit ihr zu spielen, ich habe Bilderbücher an die dünne Folie gehalten, ich habe sie sprechen gelehrt. Ein Knochenmarkspender wurde für Judith nicht gefunden. Während andere Kinder in den Kindergarten gingen, Freunde und Freundinnen hatten und die Welt erkundeten, blieb die Blase Judiths Wohnung und das Krankenhaus ihre Heimat.

Deswegen habe ich Judith getötet, nicht mit meiner Hand, aber mit meinem Wort. Das Leben wollte ich für Judith wählen, aber hinter dem Leben verbarg sich der Tod.

Nietzsche schreibt: Das, woran wir am tiefsten und persönlichsten leiden, ist fast allen Anderen unverständlich und unzugänglich: darin sind wir dem Nächsten verborgen, und wenn er mit uns aus einem Topfe isst.

▾▾▾

Auf Alexanders Schreibtisch klingelte das Telefon. Ina! Er hatte es gewusst, ohne auf das Display des Telefons zu sehen. Offenbar rief sie vom Handy an. »Hast du Lust, mit uns spazieren zu gehen? Corinna möchte zu den Wasserfällen, wo wir im Frühjahr waren.« Wieder hatte sie diese bemüht heitere Stimme, die ihn irritierte.

»Wo seid ihr denn?

»In Sankt Peter.«

»Was tut ihr in Sankt Peter?«

»Wir haben Mutter hier bei einer alten Schulfreundin abgesetzt. Sie hielt es nicht mehr aus, so ganz allein in ihrem Haus.«

»Nanu, so plötzlich?«

Wieder einmal wartete er vergeblich auf eine Antwort.

»Wir würden uns freuen, wenn du mitkommst.«

Wasserfälle, im Frühjahr? Er konnte sich mal wieder nicht erinnern. Keine Spur von Wasserfällen fand er in seinem Gedächtnis. »Wann und wo wollen wir uns treffen?« Er bemühte sich, beschäftigt zu klingen. Schließlich war er ja im Institut.

»Am besten bei dem Bauernhof, wo wir letztes Mal geparkt haben.«

Er schwieg und hoffte, sie würde noch etwas hinzufügen, was seiner Erinnerung auf die Sprünge half, ehe er dieses neue Zeichen des fortschreitenden Verfalls seines Gedächtnisses offenbaren musste. Doch das tat sie nicht.

»Sagst du es mir etwas genauer?«

Ina zögerte einen Augenblick. »Etwas genauer?«

»Welche Stelle meinst du?«

»Na, beim Plattenhof, wie beim letzten Mal.«

»Ich erinnere mich«, sagte er, was eine glatte Lüge war. »Und wann?«

»Um 14 Uhr. Ich werde mit Corinna vorher hier etwas essen.«

»Okay«, sagte er. »Also um zwei beim Plattenhof.«

Er suchte im Internet nach den Zweribachfällen und dem Plattenhof, fand tatsächlich beides beschrieben und fuhr den Computer herunter.

Als er sich von Frau Brändle verabschiedete, sah sie tatsächlich enttäuscht aus. »Sie gehen schon wieder?«

Er nickte. »Bis morgen dann!«

»Morgen?« Sie sah ihn überrascht an. »Am Sonntag?«

»Bis Montag«, korrigierte er sich.

Über der weiten Hochebene von Sankt Peter hingen tiefe Wolken und verhüllten die hohen Berge des Schwarzwalds. Wo sonst der Kandel mit seinen dunklen Wäldern aufragte, verloren sich heute die grünen Wiesen im Nichts. Er fuhr weiter Richtung Waldkirch, folgte dann auf einer schmalen Fahrstraße dem Wegweiser »Platte«. Hier sollte er schon einmal gewesen sein? Er schob die Erinnerungslücke auf den Nebel, der die Konturen der Landschaft verwischte und jeden der zwischen Wald und Wiesen hingestreuten Schwarzwaldhöfe aussehen ließ wie alle anderen. Kilometerweit fuhr er so auf dem menschenleeren Sträßchen und fürchtete schon, den Hof verfehlt zu haben, als endlich der mächtige, zum Tal gewandte Giebel des Plattenhofs vor ihm auftauchte. Jetzt war auch die Erinnerung wieder da, ein alter Schwarzwaldhof mit einer kleinen Kapelle und einem Kruzifix am Wegesrand, dahinter der Stausee, dessen Wasser grau und aufgewühlt gegen das Ufer klatschte.

Der Nieselregen hatte aufgehört, aber es war kühl, und die Stühle und Tische für die Gäste waren an der Hauswand zusammengestellt. Nebelschwaden zogen über die Wiesen. Kein Mensch war zu sehen. Er wollte eben wieder in seinen warmen Wagen einsteigen, als ein kleines blaues Auto das Sträßchen entlang gekrochen kam, sich hinter Bäumen versteckte, wieder sichtbar wurde, in Senken tauchte und plötzlich hinter der letzten Biegung erschien. Er freute sich über den vertrauten Anblick, war plötzlich glücklich wie über eine unerwartete Begegnung mit einem lieben Freund in der Fremde. Ina und Corinna in ihrem blauen Corsa! Am liebsten wäre er ihnen entgegen gerannt, als hätte er schon lange auf ein Wiedersehen gewartet. Er wunderte sich selbst über seine große Freude. Ina und Corinna, als wenn das etwas Besonderes wäre! Nein, es war nichts Ungewöhnliches, dass die beiden in wenigen Augenblicken bei ihm sein würden, aber es war nicht selbstverständlich. Das offenbar Gewisse konnte von einem Augenblick zum anderen für immer verloren sein. Wie für Angelinas Eltern. Wie für alle anderen, denen der Tod ohne Vorwarnung einen nahen Angehörigen entriss.

Ina parkte neben dem hölzernen Kruzifix. Die hintere Tür öffnete sich, und Corinna kletterte aus dem Auto. Sie hatte nur einen kurzen Blick für ihn, ein ganz kleines Lächeln, dann lief sie zur Rutsche beim Gasthof. Ina kam auf ihn zu und begrüßte ihn mit einem Kuss. Furchtbar blass fand er sie wieder, geradezu erschreckend.

Sie bemerkte seinen forschenden Blick und wandte sich ab. »Ich dachte, du wolltest zu den Wasserfällen?«, rief sie Corinna zu.

Corinna saß oben auf der Rutsche, wackelte hin und her, aber das feuchte Blech war zu stumpf zum Rutschen. Ina hob sie herunter.

»Ist es weit bis dahin?«

»Du bist den Weg doch im Frühjahr schon gegangen«, antwortete Ina.

»Weiß ich nicht mehr.«

Sie nahmen Corinna in ihre Mitte, ihre kleine warme Hand schob sich in seine. »Sooo ein kleines Kälbchen habe ich gesehen«, sagte sie und zeigte mit der anderen Hand die Höhe eines kleinen Hundes, und sie erzählte von dem Bauernhof im Hexenloch, wo sie den Vormittag verbracht hatte, von den Schweinen, die so fürchterlich gequiekt hatten, dass sie sich die Ohren zuhalten musste, und von dem »Vater« der rosigen Ferkel, der seinen Nachwuchs am liebsten auffressen würde. Dann gab sie Ina die andere Hand. So hüpfte sie zwischen ihnen und plapperte ohne Unterlass, während Ina und er schwiegen, nur hin und wieder eine kurze Bemerkung machten oder eine Frage stellten. Schließlich hörte er nicht mehr zu, seine Gedanken wanderten zu dem Haus im Hexenloch, zu den Spuren im Stall und dem Mann mit den gummiartigen Bewegungen. Er zwang sich, seine Aufmerksamkeit wieder auf Corinna zu lenken, hörte ihre Worte, aber er nahm ihren Sinn nicht mehr auf. Wie von weitem sah er sich durch die graue Landschaft gehen, Teil einer heilen Familie, Vater, Mutter und ein zufriedenes Kind in ihrer Mitte. Heile Familie, ja, so sahen sie aus, aber alles war brüchig, das spürte er, alles war hohl und irgendwie ins Wanken geraten.

Am letzten Hof vor dem Wald endete die Asphaltstraße, und ein schmaler, von Buchen gesäumter Grat führte zur Schlucht hinunter. Das erste Herbstlaub am Boden machte den steinigen Pfad glitschig. Corinna lief voran. Geschickt wie ein Zicklein sprang sie ein paar Meter vor ihnen über den mit Felsen durchsetzten Weg. »Sei vorsichtig!«, rief Ina ihr zu, und Corinna ließ als Antwort irgendetwas hören, das wie »lahme Enten« klang, aber so richtig hatte er es nicht verstanden. Wahrscheinlich war das auch besser so. Ina hakte sich bei ihm ein, so gingen sie schweigend weiter. »Es ist vorbei«, stieß Ina plötzlich hervor. Er wäre fast gefallen, so plötzlich stockte sein Schritt vor Schreck über diese Worte, die nur ihm gelten konnten. Er sah Ina an, die seinen Arm losgelassen hatte, und ihm nun gegenüberstand. Ein Zucken lief um ihren Mund, und er wusste nicht, ob sie ein Lächeln versuchte oder gegen aufsteigende Tränen ankämpfte.

»Was um alles in der Welt ist vorbei?«

Ina fiel ihm weinend um den Hals. »Alles«, sagte sie, und dieses eine Wort klang wie ein verzweifelter Schluchzer. »Alles«, brach es noch einmal aus ihr hervor. Sie ließ ihn los. »Die Angst ist vorbei. Und die Unsicherheit.« Sie seufzte. »Und Mutters Hoffnung, mit einem Schlag alle Schulden und alle Sorgen los zu sein.«

Er atmete auf. Immerhin schien das Ganze nichts mit ihm zu tun zu haben. Beinahe hätte er gelacht, aber Inas verzweifeltes Gesicht verbot es ihm. Er wartete, dass Ina mehr erzählen würde, aber sie schwieg. Nur das Rauschen des Baches in der Tiefe der Schlucht und der Wind in den Wipfeln der hohen Weißtannen waren zu hören. »Was ist vorbei?«, fragte er wieder.

Ina seufzte tief. Als sie endlich sprach, war ihre Stimme fest und ruhig. »Mutter hat geglaubt, auf der Tenne sei ein wertvolles Gemälde versteckt, aber dieses Bild gibt es nicht mehr.«

Er schüttelte den Kopf. »Wie konnte deine Mutter so etwas glauben?«

Ina zögerte, ehe sie fortfuhr. »Vor ein paar Wochen hat ein Mann angerufen, den sie nicht kannte. Er wusste zu dem Zeitpunkt nicht, dass Vater nicht mehr lebt, aber er wusste offenbar, dass er im Gefängnis gewesen war.«

»Etwa dieser unangenehme Kerl, der auch bei dir angerufen hat?«

»Genau der.«

»Und mit ihm habt ihr euch heute getroffen?«

»So ist es.«

»Wo bleibt ihr denn?« Corinnas Stimme schallte durch den Wald.

»Warte!«, rief er.

Corinna blieb stehen, bis sie nur noch ein paar Meter von ihnen entfernt war, dann lief sie weiter.

»Und was ist das für ein Bild, das es nicht mehr gibt?«

»Ein Bild von dem Maler Arnold Böcklin.«

Böcklin? Irgendwann hatte er den Namen schon gehört. Richtig! Ina hatte ihn nach dem Namen gefragt.

»Kannst du nicht etwas genauer werden? Wieso gibt es ein Bild nicht mehr, das es eigentlich geben sollte? Und was wollte der Mann von deinem Vater?«

»Ach Alex, wir wissen ja selbst kaum, was wirklich geschah.«

»Versuch's der Reihe nach.«

Ina blieb stehen, holte tief Luft, zog die Augenbrauen hoch und machte ein Gesicht, als wolle sie gleich vom Zehnmeterbrett im Schwimmbad springen. »Also, der Mann rief vor ein paar Wochen an und wollte Vater sprechen. Mutter sagte nur, er sei nicht da, weil Fremde ja nicht zu wissen brauchen, dass sie allein in dem Haus lebt. Der Mann vermutete Vater daraufhin im Gefängnis. Als er hörte, dass er nicht mehr lebt, hat er aufgelegt.«

»Und dann?«

»Dann erschien er plötzlich eines Abends im Dunkeln bei meiner Mutter auf dem Hof.«

»Im Dunklen auf dem Hof?«

»Meine Mutter hatte Geräusche gehört und wollte nachsehen, ob jemand am Haus wäre.«

»Ich wusste gar nicht, dass deine Mutter so mutig ist.«

»Nebenan wohnen junge Leute. Wenn deren Besucher nicht das richtige Haus finden, stehen sie bei meiner Mutter vor der Tür.«

»Hallo, wo seid ihr?« Gedämpft hörten sie Corinnas Stimme aus der Ferne. Zu sehen war sie nicht.

»Wir kommen!«, rief er zurück und versuchte seiner Tochter schneller zu folgen. Die Sohlen seiner Schuhe hatten kein Profil, und er konnte gerade noch einen Sturz vermeiden, als er auf einer nassen Baumwurzel ausrutschte. Als Ina hinter ihm zurückblieb, ging er wieder langsamer.

»Und was wollte der Mann?«

Ina suchte mit den Augen nach Corinna. Unter ihnen leuchtete jetzt wieder das Rot ihres Anoraks, verschwand hinter Bäumen, tauchte wieder auf. – »Als meine Mutter ihn entdeckte, machte er sich am Tor zur Tenne zu schaffen. Meine

Mutter sprach ihn an und er sagte, er wolle zu meinem Vater und suche den Eingang.«

»Er wusste doch, dass dein Vater nicht mehr lebt.«

»Er hat wohl nicht damit gerechnet, dass meine Mutter ihn wiedererkennt. Aber diese unangenehme Stimme hatte sie nicht vergessen.«

»Schmieröl«, sagte er.

»Genau. Eine Stimme wie Schmieröl.«

Eine umgestürzte Tanne versperrte den Weg. Für Corinna mochte es leicht gewesen sein, sich unter dem Stamm hindurchzuwinden, für sie beide war es unmöglich. Er versuchte über den vom Sturm gefällten Baumriesen zu steigen, aber die ausladenden Zweige versperrten den Weg. Schließlich folgte er Ina auf einem Trampelpfad um den Stamm herum.

»Und dann?«, fragte er.

Ina blickte besorgt in die Schlucht hinunter. Seine Frage schien sie überhört zu haben. »Und dann?«, fragte er noch einmal.

»Meine Mutter hat ihm auf den Kopf zu gesagt, dass sie mit ihm am Telefon über Vaters Tod gesprochen hat. Er solle sofort sagen, warum er gekommen sei, sonst würde sie die Polizei holen.«

»Die Polizei ins Hexenloch? Bis dahin wäre der doch längst über alle Berge gewesen.«

»Er blieb aber. Und sagte, Vater habe ihm ein Gemälde verkaufen wollen. Niedhard hieße er, ob Vater seinen Namen denn nie genannt hätte. Am Tag, nachdem sie sich gemeinsam das Bild angesehen hätten, sei Vater ins Krankenhaus gekommen. Zwei Wochen später sei er gestorben, ohne dass sie sich wieder getroffen hätten.«

Ina stockte. Ihr Gesicht war voller Unruhe, während sie immer wieder den steilen Hang mit den Augen nach Corinna absuchte.

»Und weiter?«

Ina ließ ihre Augen nicht von der Schlucht, als sie weitersprach. »Mutter wusste nichts von dem Bild, aber er sagte, er habe es mit eigenen Augen gesehen. Für ihn sei eine schöne Erinnerung mit dem Bild verbunden, deswegen wolle er es kaufen.« Ina versuchte schneller zu gehen. Auch ihre Stimme klang plötzlich gehetzt. »Dieser Niedhard wollte mit Mutter im Haus über das Bild reden, aber sie hat ihn nicht hineingelassen.«

»Verstehe.«

»Als er ging, ist Mutter ihm heimlich gefolgt und hat sich die Autonummer notiert.«

»Alle Achtung!« – So geistesgegenwärtig war er nicht gewesen.

Ganz weit unter ihnen tanzte Corinnas roter Anorak zwischen den Bäumen.

»Corinna!«, rief Ina. »Langsamer!«, aber sie wussten nicht, ob Corinna sie hörte.

»Lass sie laufen, sie kann den Weg ja nicht verfehlen. Sie wird am Wasserfall warten.«

Ina schien nicht ganz überzeugt, aber sie erzählte weiter. »Dann kamen die Anrufe. Niedhard hat Mutter immer wieder bedrängt, ihm das Bild zu verkaufen, und später auch mich. Ich habe keine Ahnung, woher er wusste, dass ich die Tochter bin und wie er mich erreichen kann. Allmählich merkte Mutter, wie wertvoll das Bild sein musste, denn er hat immer höhere Summen geboten, am Schluss achtzigtausend Euro. Erst als sie gedroht hat, gar nicht mehr mit ihm zu reden, sondern die Polizei einzuschalten, hat er den Namen des Malers genannt, Arnold Böcklin, ein Schweizer Maler aus der zweiten Hälfte des neunzehnten Jahrhunderts, dessen Namen wir beide noch nie gehört hatten.«

»Warum hat er das Bild nicht einfach geklaut, wenn es ihm so wichtig war?«

»Mutter hat ihm gesagt, dass sie ihn anzeigt, wenn das Bild gestohlen wird.«

»Und das hat er ihr geglaubt?«

»Als sie ihm seine Autonummer sagte, sofort.«

»Wundert mich, dass ihn das beeindruckt hat.«

Ina sah ihn unsicher an. »Das hoffen wir jedenfalls.«

»Warum seid ihr nicht mit dem Bild zu einem Auktionshaus gegangen?«

»Der Mann hat nie verraten, wo das Bild ist.«

»Wie bitte?« Er glaubte nicht richtig gehört zu haben. »Ihr wisst es nicht?«

Ina schüttelte den Kopf. »Wir haben immer wieder danach gesucht – vergeblich.« Sie sah traurig aus und schien mit ihren Gedanken ganz bei dem Bild zu sein. Keinen Blick für die Schlucht, als habe sie ihre Sorge um Corinna für den Moment vergessen. »Heute wollte Mutter ihm das Bild verkaufen. Niedhard sagte, es sei in einem alten Schrank auf der Tenne. Es läge in braunes Packpapier gewickelt in einer großen Schublade unten in dem Schrank. Er brauche es nur herauszuholen. Wir gingen zu dritt auf die Tenne. Einen Schrank gab es dort nicht und auch kein Bild. Nur Stroh und ein paar alte Gartengeräte. Mutter glaubte, sich an einen alten Schrank zu erinnern – einen Schrank oder eine Kommode –, aber ganz sicher war sie sich nicht.«

»Ein Schrank mit einem wertvollen Bild soll plötzlich verschwunden sein?«

Ina hob die Schultern. »So ist es. – Dieser Niedhard stieg dann noch auf den Dachboden über der Tenne.«

»Dort, wo die steile Leiter hinaufführt?«

Ina sah ihn erstaunt an, zögerte, als wolle sie etwas fragen, nickte dann aber nur. »Auch dort oben war kein Schrank und auch nicht im Stall unter der Tenne. Niedhard hat noch überall gesucht, wo man vielleicht ein Bild verstecken könnte, aber er hat es nicht gefunden.«

»Vielleicht hat der Typ das Bild mittlerweile doch geklaut.«

»Und den Schrank gleich mit?«

Er gab nicht zu, dass diese Vorstellung tatsächlich wenig überzeugend klang. »Ina! Wieso habt ihr mir nichts davon gesagt?«, stieß er stattdessen in einer Mischung aus Fassungslosigkeit und Entsetzen über die unglaubliche Geschichte hervor. »Warum wart ihr so …«, er schluckte das »dumm« herunter, das ihm auf der Zunge lag, »so leichtsinnig, euch allein mit so einem Kerl einzulassen?«

Ina biss sich auf die Lippe. »Ich wollte dich da nicht hineinziehen.«

»Was soll das heißen?«

Ina schien sich die Worte zurechtzulegen, vorsichtig und zurückhaltend.

»Weil du bestimmt dagegen gewesen wärst, das Bild zu verkaufen.«

»Warum das denn?«

Ina sah aus wie ein Schulkind, das etwas angestellt hat und sich deswegen schämt. »Ich glaube nicht, dass Vater das Bild ordnungsgemäß gekauft hat. Warum hätte er es sonst vor uns versteckt?«

Er brauchte eine Weile, bis er die Tragweite dessen begriff, was Ina gerade gesagt hatte. »Ihr wolltet ein Bild verkaufen, dessen rechtmäßige Besitzer ihr gar nicht seid?« Er war ehrlich empört.

»Mutter braucht dringend Geld für das Dach. Seit Jahren muss sie untätig zusehen, wie das Haus verfällt.« Und als er sie verwundert ansah: »Es tropft durchs Dach, wenn es regnet. Die Balken verfaulen.«

»Ich glaube, deine Mutter ist von allen guten Geistern verlassen! Sie kann doch nicht Geld für ein gestohlenes Bild kassieren!«

»Ob Vater das Bild gestohlen hat, wissen wir nicht. Und was hat Mutter denn für eine andere Wahl, als das Bild zu verkaufen?« Inas Lippen zuckten, als sei sie den Tränen nahe. »Mutter hat Angst vor diesem Mann, dessen Geld sie braucht. Seit der ersten Begegnung kann sie kaum noch schlafen. Es geht ihr nicht gut damit.«

»Klar«, sagte er. »Es geht ihr nicht gut damit.«

Ina richtete sich im Gehen sehr gerade auf, keine Spur mehr von den Tränen, die er erwartet hatte. »Weißt du, das ist auch nicht leicht, dein ganzes Leben hart arbeiten, und wenn dein Mann stirbt, stellst du fest, dass du bettelarm bist und die Gläubiger wie hungrige Geier auf ihre Beute warten. Vaters Schulden sind auch ihre Schulden. An Gütertrennung hat sie nie gedacht. Wie könnte Mutter jemals wieder ohne Schulden leben, wenn nicht durch den Verkauf dieses Bildes?«

»Und du hast dieses Spiel mitgespielt?!«

»Ich wollte mich nicht gegen Mutters Entscheidung stellen. Auf andere Weise kann ich sie nicht unterstützen.«

»Ihr seid verrückt. Ihr macht euch strafbar. Was ihr da geplant hattet, ist Hehlerei!«

»Recht und Ordnung geht dir über Menschlichkeit.«

Er schwieg und dachte verwundert über Inas Worte nach. Wenn er sich als eines nicht fühlte, dann als Recht-und-Ordnung-Typ.

»Hättest du es denn zugelassen?«, fragte Ina vorsichtig.

Alexander ließ seine Augen über die Schlucht gleiten. Weiter unten, nicht mehr weit vom Wasserfall entfernt, glaubte er Corinnas roten Anorak zwischen den Bäumen zu erkennen.

»Nein«, antwortete er. »Aber nicht, weil mir Recht und Ordnung über alles gehen, sondern weil die Gesellschaft einen Anspruch darauf hat, dass solche Kunstwerke nicht bei Kriminellen landen, die sie der Öffentlichkeit vorenthalten.«

»Oder bei ganz normalen Kunstliebhabern, die nicht wissen, dass sie ein gestohlenes Bild kaufen.«

»Ina, der Mann ist ein Profi. Er wird Kunden haben, die grundsätzlich nicht nach der Herkunft des Bildes fragen oder die Wahrheit akzeptieren.«

Ina sah sehr unglücklich aus. Sie tat ihm leid, und er bereute schon, so harte Worte gesagt zu haben. Plötzlich fühlte er sich leer und nutzlos. Ein Bild, das Inas verschuldete Mutter besitzen sollte, obwohl sie es nie gesehen hatte und das bei einem regulären Verkauf möglicherweise einen sechs- oder gar siebenstelligen Preis erzielen würde, dazu ein potenzieller Käufer, an dessen kriminellem Hintergrund nach seiner Einschätzung keine ernsthaften Zweifel bestanden, und zwei Frauen, die diesem Verbrecher Tür und Tor geöffnet hatten, auf dass er sich selbst bedienen konnte! Immerhin würde sie dieser Umstand davor schützen, sich in ihrer Naivität der Hehlerei schuldig zu machen. Er schluckte seinen Zorn hinunter. Es nützte nichts, wenn er sich jetzt aufregte. Es gab Schlimmeres als diese bizarre Geschichte. Ein totes Kind zum Beispiel. Angelina.

»Ich verstehe nicht ganz, was ihr euch dabei gedacht habt«, sagte er mild und kam sich vor wie ein nachsichtiger Vater mit seinen noch sehr kleinen unwissenden Kindern. Ina sagte nichts dazu, aber er sah ihr an, dass sie ärgerlich war.

Eine Weile gingen sie schweigend weiter. Als er sich einmal nach ihr umsah, hatte sich die senkrechte Falte auf ihrer Stirn wieder geglättet. Sie schien sich nicht in ihrem Groll vergraben zu wollen.

»Dein Vater brauchte doch auch Geld. Warum hat er das Bild nicht selbst verkauft?«

Ina hob die Hände in einer Geste der Ratlosigkeit. »Darüber habe ich lange nachgedacht. Vielleicht wusste er nicht, wie und wo er es verkaufen sollte, und hatte erst im Gefängnis die richtigen Kontakte. Oder er ist erst dort aus irgendeinem Grund in den Besitz des Bildes gekommen.«

»Inzwischen sind zehn Jahre seit dem Tod deines Vaters vergangen und plötzlich geschieht etwas. Warum gerade jetzt?«

Ina zuckte ratlos mit den Schultern. »Wir wissen es nicht. Wir glauben, dass sich Vater und Niedhard aus dem Gefängnis kannten. Vielleicht ist Niedhard erst jetzt entlassen worden, vielleicht hatte er aber auch andere Gründe, sich nicht vorher zu rühren.«

Vor ihnen verschwand der Weg in einem alten Felssturz. Vorsichtig kletterten sie über die bemoosten Felsblöcke. Von Corinna war nichts mehr zu sehen. Er sah Ina die Sorge an, als sie den menschenleeren Weg vor sich sahen.

»Sie wird am Wasserfall warten«, sagte er.

Inas »Ja« klang wenig überzeugt.

»Hast du das Bild gemeint, als du von deinem Vater gesagt hast, der Tod war schneller? Hast du gemeint, der Tod habe ihn gehindert, es selbst zu verkaufen?«

Ihre Augen schweiften über den Hang. »Ja, das habe ich gemeint.«

»Aber wie bist du auf diesen Gedanken gekommen?«

Sie schien beunruhigt, und es überraschte ihn, dass sie ihm nicht nur ein paar ausweichende Worte hinwarf. »Es war bei Vaters Beerdigung. Die Trauergäste hatten sich schon zurückgezogen, und ich stand mit Mutter allein am Grab. Da kam ein alter Mann zu uns und sprach uns sein Beileid aus.«

Ina blieb stehen. Nach einer Weile lächelte sie. »Dort!«, sagte sie und zeigte auf das kleine Mädchen, das sich mutig und mit schlenkernden Armen ganz allein durch den menschenleeren Wald bewegte.

Sie erzählte weiter: »Der Sarg wurde gerade ins Grab gesenkt, da tauchte der Alte ganz unerwartet auf. Ein neugieriger Friedhofsbesucher, dachte ich, ein zufälliger Passant, denn er war gekleidet, als habe er nur für eine kleine Erledigung die Wohnung verlassen wollen: Strickjacke, eine alte ausgebeulte Hose und die Füße ohne Strümpfe in Sandalen, kein bisschen feierlich für eine Beerdigung. Er wartete, bis wir allein waren, und gab sich dann als Freund von Vaters Vater aus. Er machte Andeutungen wegen eines Bildes, die ich damals nicht verstand. ›Hat es jetzt der Sohn mit ins Grab genommen?‹, oder so etwas Ähnliches hat er gesagt. Als wir nachfragten, schien der Mann uns nicht zu glauben, dass wir wirklich nichts von einem Bild wussten. ›Schade‹, hat er gesagt und dabei unverschämt gegrinst. Wir sahen ihm nach, bis er hinter der Friedhofsmauer verschwand. Wir haben ihn nicht wieder ausfindig machen können. Wir wissen nicht einmal, wie er zum Friedhof gekommen ist. Zu Fuß? Mit einem Auto? Mit dem Bus? Niemand kannte ihn. Monatelang haben wir nach Vaters Beerdigung über die Worte gerätselt, dann haben wir den Alten allmählich vergessen. Heute denke ich, er meinte, Vater habe das Wissen um das Bild mit ins Grab genommen.«

Alexander zog die Augenbrauen hoch, ließ sie wieder sinken. »Du hast nie mit mir darüber gesprochen.«

»Damals kannten wir uns doch noch gar nicht.«

»Aber auch nicht, als wir uns kannten.«

»Da hatte der Alte mit seiner obskuren Bemerkung längst keine Bedeutung mehr.«

Seine Augenbrauen wanderten wieder nach oben. »Das hast du geglaubt. Und jetzt, Jahre später, taucht plötzlich dieser dubiose Kunsthändler auf, und vor deiner Tür steht ein entsetzlich verschrumpelter alter Mann.«

»Du meinst, das könnte der Alte vom Friedhof sein?«

»Natürlich!«

»Ich weiß nicht«, antwortete Ina zögernd. »Der Alte bei der Beerdigung war anders. Ein ganz normaler alter Mann. Nicht so fürchterlich. Nicht so entstellt.«

Sie waren langsamer geworden beim Reden. Als sie nach einer Biegung die Schlucht bis zum Wasserfall überblicken konnten, war Corinna nicht mehr zu sehen. Bäume, steile Felswände, ein schmaler Pfad, aber keine Corinna. »Corinna!«, rief Ina. Keine Antwort. »Corinna!« Sie schrie den Namen, und auch er rief. Sie hätten Corinna jetzt sehen müssen! Plötzlich hatte er Angst um seine Tochter. Er brüllte ihren Namen, lauschte. Nichts war zu hören. Nur der tosende Wasserfall, der schon ganz nah war. Keine Antwort von Corinna, auch kein Weinen, kein Schreien. Keine Spur von ihrem rotem Anorak.

»Sie hört uns nicht, weil das Wasser so laut rauscht«, sagte er, aber er spürte wie die Angst sich wie ein Würgegriff um seine Kehle legte. Keine Corinna, nur ganz weit unter den Wasserfällen ging ein einsamer Wanderer auf dem schmalen Weg Richtung Wildgutach.

Noch steiler führte ihr Pfad jetzt abwärts, und der Grund der Schlucht verschwand wieder unter den Felsen des schwindelerregenden Abhangs zur Linken. Wolfsschlucht, dachte er, so hatte er sich als Kind eine Wolfsschlucht vorgestellt. Er ging schneller. Dann sah er die Tafel am Weg. Er überflog die Worte: »Zum Gedenken an unsere liebe Mutter, die hier am 25. 4. 2003 beim Wandern ums Leben kam.« Darunter Verse aus dem 62. Psalm:

Meine Seele ist stille zu Gott, der mir hilft.
Denn er ist mein Hort, meine Hilfe, mein Schutz,
daß mich kein Fall stürzen wird, wie groß er ist.

»Meine Hilfe, mein Schutz …« Verwunderliche Zeilen angesichts eines tödlichen Sturzes! Ehe Ina ihn einholte, ging er weiter und hoffte, sie möge die Tafel nicht bemerken.

Mehr als zuvor zwang er sich zur Ruhe. Ein falscher Schritt, ein Stolpern konnten hier tödlich sein. Kurz vor dem Wasserfall, dort, wo sich beim letzten Mal eine Gruppe Pfadfinder unter Anleitung der Bergwacht in die Schlucht abgeseilt hatte, wartete er wieder auf Ina, die ihm mit vor Sorge geweiteten Augen folgte. Auch an dieser Stelle war am Fels eine Tafel, an die er sich vom letzten Mal nicht erinnerte. Ein junger Mann namens Alfons Trenkle aus Wildgutach war hier 1976 abgestürzt und umgekommen. Wie hatten sie Corinna hier nur ganz allein laufen lassen können!

»Corinna!«, rief er wieder. Keine Antwort. Wenige Meter folgten sie noch dem Weg, den sich an dieser Stelle ein kleiner Bach als Bett ausgesucht hatte, dann standen sie am Wasserfall. Finster war es, kalt und feucht. Viele Meter stürzte das Wasser über eine Felswand in die Schlucht. Hier hätte Corinna doch sein müssen! Aber sie war nicht da. – »Es ist vorbei«: Inas Worte von vorhin wirbelten plötzlich durch seinen Kopf und schürten eine panische Angst, die er nicht mehr beschwichtigen konnte. Ina war ganz still. Leichenblass beugte sie sich über das Geländer des Steges, der den Wildbach überbrückte, und versuchte vergeblich über die Felsstufe nach unten zu sehen. Einen Augenblick dachte er daran, dort hinunterzusteigen, um Corinna zu suchen, aber es war unmöglich. Unter ihm war nur nackter Fels und tosendes Wasser. Und wenn das Wasser sie mitgerissen hatte? Sie konnte doch nicht einfach weitergegangen sein! Sie wusste doch gar nicht, wohin!

»Wir hätte sie nicht vorgehen lassen dürfen«, stöhnte Ina. »Wir hätten sie überhaupt nicht allein lassen dürfen in diesem gefährlichen Gelände!«

Noch weigerte er sich, das Schlimmste zu glauben. Und wenn Corinna doch weitergegangen war? Natürlich war sie das! Es musste ihr langweilig geworden sein, und sie war weitergegangen, um den Weg zu erkunden! Hinter dem Steg gabelte sich der Weg. Ein Pfad führte über eiserne Leitern steil abwärts nach Wildgutach, der andere fast eben an einer Felswand entlang. Er überquerte den Wildbach.

»Huhu!«

Corinnas Stimme! Beim Tosen des Wassers kaum zu hören und doch direkt neben ihm! Er seufzte tief. Er hatte es doch gewusst! Das ganz große Unglück machte einen Bogen um seine Familie, wie es hierzulande überhaupt die meisten Menschen verschonte. Seit dem Tod seiner Eltern vor fast fünfzig Jahren in den Trümmern ihres Autos war keiner seiner Angehörigen mehr eines jähen Todes gestorben.

»Hallo, wo bleibt ihr denn?« Corinna krabbelte hinter der kleinen Mauer hervor, die den Wildbach auf der gegenüberliegenden Seite begrenzte, und sah ihre Eltern verwundert an. »Was ist denn?«

»Ach nichts«, sagte Ina, und er sah, dass sie Tränen in den Augen hatte. Sie wandte sich rasch ab, ehe Corinna es bemerken konnte.

»Du darfst niemals wieder so weit vorauslaufen«, ermahnte er seine Tochter.

»Aber wenn ihr so trödelt …«

»Auch dann nicht!«

Ina hatte sich wieder gefasst und nahm Corinna in die Arme. »Hast du verstanden, was der Papa gesagt hat?«

»Ja«, antwortete Corinna gehorsam, aber sie klang nicht überzeugt.

Alexander versuchte ein Gesicht zu machen, als habe er die fürchterliche Angst schon vergessen, und studierte den Wegweiser. »Wir können über den Potsdamer Platz zurückgehen«, sagte er, er sei sich ganz sicher, den Namen beim Plattenhof gelesen zu haben.

Ina schüttelte den Kopf. »Lass uns auf dem Weg zurückgehen, auf dem wir gekommen sind. Wir hatten heute schon genug Aufregung.«

»Lieber den anderen«, bettelte Corinna und hielt schon auf die Felswand zu.

Ina widersprach nicht mehr. Alexander ging jetzt voran, Corinna in der Mitte und Ina am Schluss.

Entlang der Felswand war ein Drahtseil gespannt, an dem sich Corinna brav festhielt. Noch war der Weg bequem.

»Und wenn der Alte am Grab doch derselbe war, der jetzt vor deiner Haustür stand? Es sind Jahre vergangen, seit du ihn gesehen hast.«

Ina schüttelte den Kopf, legte den Finger auf die Lippen und deutete auf Corinna, die staunend die hohe Felswand betrachtete und ihre Eltern anscheinend gar nicht beachtete.

Immer noch diese Geheimnistuerei! Was spielten solche Dinge jetzt noch für eine Rolle, wo Corinna wieder wohlbehalten bei ihnen war. »Warum können wir denn nicht darüber reden?«

Auf Inas Stirn erschienen sogleich zwei steile Zornesfalten. »Bitte!«, sagte sie in einem Ton, als würde sie Corinna ermahnen. Insgeheim ärgerte er sich jetzt darüber, den weiteren Weg vorgeschlagen zu haben. Es konnte noch lange dauern, bis Ina ihm mehr erzählen würde.

Sie hatten die Felswand passiert. Jetzt stieg der Weg steil an. Serpentine für Serpentine wand er sich neben einem Bachlauf zwischen Felsen in die Höhe, wurde schmaler, war schließlich kaum noch zu erkennen. Sie kamen nur noch langsam voran. Immer schwieriger wurde der Aufstieg.

»Bist du ganz sicher, dass wir auf dem richtigen Weg sind?«, keuchte Ina.

»Natürlich sind wir richtig. Hast du die gelbe Raute am Baum nicht gesehen?«

»Wo?«

»Da hinten.« Er machte eine vage Bewegung nach unten. »Also bitte, wir müssen richtig sein.« Doch musste er zugeben, während er sich auf dem rutschigen Untergrund weiter hinaufquälte, dass so kein Wanderweg aussah. »Ich wusste gar nicht, wie schwierig und gefährlich die Wege im Schwarzwald sein können«, sagte er ungewöhnlich kleinlaut. »Wollen wir lieber umkehren?«

Ina sah den fürchterlich steilen Hang erst hinunter, dann hinauf. »Weitergehen«, entschied sie. »Denn da kommen wir niemals heil hinunter.«

Also klammerten sie sich an Baumwurzeln und Felsen und kämpften sich weiter den Hang hinauf, Corinna zäh und verbissen noch immer zwischen ihnen. Endlich trafen sie auf einen schmalen, aber deutlich sichtbaren Pfad. Das musste der Weg sein, den er irgendwo verfehlt hatte. Über ihnen leuchtete plötzlich ein tiefblauer Himmel. Kurz darauf endete der Wald. Im warmen Licht eines Sommernachmittags lag die weite Hochebene der Platte vor ihnen, und das Sträßchen, das sie bald darauf erreichten, dampfte in der Sonne. Nur an den bewaldeten Anhöhen hingen noch die grauen Nebelschwaden. Eine Frau mit zwei Hunden war in der Ferne zu sehen, ansonsten waren sie allein. Kilometerweit zog sich der Weg vom Potsdamer Platz hinüber zum Plattenhof, viel weiter, als er erwartet hatte.

»Papa, trägst du mich?«

»So ein großes Mädchen kann ich nicht mehr tragen.«

»Du wolltest den weiten Weg gehen, jetzt musst du mich auch tragen, wenn ich nicht mehr laufen kann.«

»Du warst doch auch für diesen Weg!«

Corinna sagte darauf nichts mehr, wahrscheinlich war sie zu müde, um zu widersprechen. Lustlos stolperte sie weiter.

»Wie weit ist es noch?«

Hinter jeder Biegung stellte sie dieselbe Frage, aber sie wich nicht von seiner Seite.

Was ist mit dem Alten, was ist mit dem Bild?, dachte er.

Jede Zeit, jedes Land, jedes Volk hat seine Gewohnheiten und seine Neuerungen, Grausamkeiten, Wohltaten, hat Belastendes und Befreiendes, Vorzüge und Nachteile, hat Mächtige und Ohnmächtige, Peiniger und Gepeinigte. Zum wirklich schweren, bisweilen fürchterlichen und schließlich tödlichen Konflikt kommt es, wenn sich die Wut einer ohnmächtigen Masse wie in der gewaltigen Explosion eines Vulkans entlädt. Tote auf beiden Seiten – die der Peiniger wie die der Gepeinigten, die auf diese Weise sich einander ähnlich werden – sind die natürliche Folge. Doch der Sieg der Mächtigen ist nur ein vorübergehender, wie die Geschichte zeigt.

Und der Ohnmächtige als Einzelner? Für gewöhnlich wird er nicht ernst genommen, denn es ist sein Los, eine Meinung zu vertreten, die seine Zeit nicht teilt. Die vermeintliche Wahrheit wird von der Masse der nicht Denkenden diktiert, nicht von Vernunft und logischen Schlussfolgerungen, schon gar nicht von der Erkenntnis eines Außenseiters.

Der Widerstand leistende Einzelne wird zum Verrückten erklärt, denn er ist fortgerückt aus der Menge der Gleichdenkenden. In ihren Augen ist er ein Verblendeter, der durch seine Beschränktheit unfähig ist, die Sinnlosigkeit seines Tuns zu erkennen. So wird er zum Don Quichote gegen die gefährlichen, ja tödlichen Windmühlenflügel seiner Zeit. Er weiß, je schneller sich die Flügel drehen, umso schwerer sind sie aufzuhalten. Deswegen kämpft er.

Was beschäftigt den Menschen, in meinem Fall einen Mitteleuropäer, genauer gesagt: einen Deutschen? Schlechtes Wetter und drohende Arbeitslosigkeit, die Gier in der Finanzwelt, Erschütterungen durch private Ereignisse, Gesundheit und Krankheit, die eigene Sicherheit, doch ohne Zusammenhang mit dem Weltganzen, mit den wesentlichen Ereignissen.

Der Mensch kreist um sich selbst. Er spult die alltäglichen Notwendigkeiten ab, und wenn er satt ist, strebt er nach neuen Zielen. Der Gebildete greift nach dem Schöngeistigen, fühlt sich dadurch erhaben, macht sich die Kunst untertan durch sein Urteil, seinen Zuspruch, seine Ablehnung.

– Kann sich der Mensch in der gegebenen Welt verändern? Oder wird er von der Welt zu dem gemacht, der er ist, und muss sich erst diese verändern, damit sich der Mensch verändern kann?

Es muss etwas geschehen gegen den Wahnsinn, der Judith das Leben gekostet hat. Es wird etwas geschehen, und sei es vorerst nur der Aufschrei über den Tod eines Kindes, ein kurzes Aufschrecken aus der dumpfen Wohnzimmer-Behaglichkeit.

▾ ▾ ▾

Endlich tauchte der Plattenhof vor ihnen auf. Die Häuser waren schon in die Schatten des nahenden Abends getaucht, nur der Kranz aus hohen Fichtenwäldern hinter dem Hof lag noch im goldenen Licht der untergehenden Sonne.

»Darf ich zum Spielplatz?«

»Lauf nur«, sagte Ina, und Corinna stürmte davon. Keine Spur mehr von Müdigkeit.

Jetzt war der Augenblick gekommen, beleidigt zu verstummen, das hatte sich Alexander jedenfalls vorgenommen. Kein Wort über den Alten, falls Ina darüber reden wollte. Das hatte sie nun davon, dass er in Corinnas Gegenwart nicht über die Ereignisse im Hexenloch hatte sprechen dürfen. Jetzt wollte er schweigen. Er kämpfte mit sich – schweigen, sagte er sich –, aber seine Ungeduld war unüberwindlich. »Und wenn der Alte am Grab doch derselbe war wie der, der jetzt vor deiner Haustür stand?«

Ina schüttelte ablehnend den Kopf. »Ich weiß es wirklich nicht. Ich habe ihn nur einmal und gleichzeitig mit vielen fremden Gesichtern gesehen. Seither sind Jahre vergangen.« Sie hob die Schultern in einer hilflosen Geste: »Vielleicht ist er längst gestorben.«

»Ja«, sagte er, »vielleicht«, aber der Gedanke an den Alten ließ ihn nicht los. »Wann wurde dein Großvater geboren?«

Ina überlegte eine Weile. »Vielleicht 1920, vielleicht früher, ich weiß es nicht genau.«

Corinna drehte sich nach ihnen um. Sie war wieder langsamer geworden. Der Weg zum Hof war noch immer weit.

Er verlangsamte seinen Schritt, um sie nicht einzuholen. »Dann würde der Freund oder Kamerad, selbst wenn er zehn Jahre jünger wäre als dein Großvater, jetzt um die Neunzig sein.«

Ina nickte, und er dachte an das vertrocknete und eingeschrumpfte Greisengesicht vor der dunklen Haustür, das ihn so erschreckt hatte. – Die Bewegungen hatten nicht zu einem Neunzigjährigen gepasst und die Stimme auch nicht!

»Ein Mann ungefähr im Alter von dem am Grab damals steht vor deiner Tür, ohne etwas zu sagen, gleichzeitig verhandelt ein anderer mit deiner Mutter über ein Bild, nach dem er vergeblich allein auf ihrem Hof gesucht hat.«

»Richtig. Und was, meinst du, verbindet die beiden, wenn nicht der Zufall?«

»Das Wissen um das Bild.«

»Aber worauf wartet der Alte vor meiner Wohnung?«

»Vielleicht auf eine Möglichkeit, dort nach dem Bild zu suchen.«

Ina machte eine wegwerfende Handbewegung und schüttelte den Kopf. »Bei mir ist kein wertvolles Bild.«

»Und wenn du dich irrst?«

»Unsinn, ich weiß, was in meiner Wohnung ist.«

»Und im Keller?«

»Ach Alex. Wer sollte es denn dorthin gebracht haben?«

»Trotzdem könnte es der Alte bei dir vermuten.«

Ina widersprach nicht mehr, aber er sah ihr an, dass sie seine Ansicht nicht teilte.

Sie hatten endlich den Plattenhof erreicht. Corinna sauste von der jetzt trockenen Rutsche, dann lief sie ihnen entgegen. »Ich möchte schaukeln!«

»Und warum tust du's dann nicht?«

Sie machte ein bekümmertes Gesicht. »Zu hoch!«

»Ich helfe dir.«

Er setzte seine Tochter auf die Schaukel, gab ihr einen kräftigen Stoß, und dann holte sie selbst Schwung und flog juchzend höher und höher, dem verdämmernden Licht des Abendhimmels entgegen. Er kehrte zu Ina zurück, die am Weg gewartet hatte. Plötzlich hatte er das Gefühl, sich beeilen zu müssen, aber noch wusste er nicht, was ihn beunruhigte.

»Ihr habt zu dritt nach dem Bild gesucht und es nicht gefunden?«

Ina nickte. »Es soll auf der Tenne versteckt gewesen sein, und jetzt ist es weg, einfach so. Auf dem Dachboden über der Tenne hat der Typ dann noch allein gesucht, auch vergeblich.« Sie lehnte sich an ihn, um sich vor dem kalten Abendwind zu schützen, der über die Hochebene wehte, und er legte seine Arme um ihre Schultern.

»Und wenn er das Bild doch gefunden hat und es holen will, wenn er allein ist?«

Ina trat einen Schritt zurück und bekam vor Schreck große Augen. »Er weiß, dass jetzt niemand zu Hause ist.«

»Dann sollten wir uns beeilen.«

»Was hast du vor?«

»Wir fahren zum Hexenloch und sehen nach, ob im Haus alles in Ordnung ist.«

Ina zog die Augenbrauen hoch. »Mit Corinna?«

Er überlegte. Wenn dieser Niedhard tatsächlich zurückgekommen war? Wenn er sich noch immer im Hause zu schaffen machte? Oder man die Spuren eines Einbruchs sah?

»Ich fahre allein.«

Ina blickte besorgt zu Corinna hinüber, sah wieder ihn an und überlegte. »Und was tust du, wenn er tatsächlich dort ist?«

»Dann rufe ich die Polizei.«

»Die Polizei? Für Mutter wäre das eine Katastrophe.«

»Warum Katastrophe? Es ist doch alles ganz einfach. Die Polizei erfährt dann, dass dein Vater wahrscheinlich ein Bild versteckt hatte, von dem weder deine Mutter noch du etwas wusstet. Ihr habt nichts Unrechtes getan.«

»Das darfst du nicht tun«, widersprach Ina heftig. »Mutter würde es nicht ertragen, wenn der Name meines Vaters mit einem möglicherweise gestohlenen Bild in Verbindung gebracht wird.« Sie wurde immer aufgeregter. »Auf keinen Fall darfst du die Polizei rufen. Alles käme an die Öffentlichkeit, auch die Unterschlagung und dass Vater im Gefängnis war. Eher würde sie sich das Bild stehlen lassen.«

»Also keine Polizei.«

»Sondern?«

»Ich sehe nach, ob alles in Ordnung ist und der Typ sich nicht am Haus zu schaffen macht.«

»Und wenn doch?«

»... rufe ich dich an, und wir überlegen gemeinsam.« Er zögerte einen Augenblick. »Unsinn! Der haut natürlich ab, wenn er mich sieht.«

Ina schaute an ihm vorbei, blass und ängstlich, und schwieg.

»Also abgemacht?«

Ina rührte sich nicht.

»Gibst du mir den Schlüssel?«

Ohne ein Wort reichte Ina ihm den Schlüssel zum Haus ihrer Mutter. Ihre Hände zitterten.

»Flieg nicht gleich bis in den Himmel«, rief er Corinna zu. »Ich will dir heute Abend noch etwas vorlesen.«

Er wartete Inas unvermeidliches »Sei vorsichtig!« ab, dann steckte er den Schlüssel ins Zündschloss, startete den Motor aber nicht. Er stieg noch einmal aus.

»Und ihr beide passt auch auf euch auf«, sagte er ernst. Er fuhr auf dem Sträßchen zurück, auf dem er Stunden zuvor gekommen waren. Corinna lebt, dachte er. Nichts war ihr zugestoßen, aber seine Angst und Sorge beim Anblick der einsamen Schlucht und des menschenleeren Platzes vor dem Wasserfall waren ihm plötzlich wieder gegenwärtig.

Sei vorsichtig!, hatte Ina gesagt.

»Ja, Mama«, sagte er laut in die einsame Landschaft hinein.

Als er das Hexenloch erreichte, war die Dunkelheit schon in das enge Tal gekrochen. Er parkte den Wagen etwas abseits des Hofes und stieg aus.

Er roch das Feuer sofort!

Das war nicht der gewohnte Rauch des Holzfeuers in dem

alten Kachelofen von Inas Mutter. Kein Zweifel: Das, was ihm der kühle Wind entgegentrug, war der beißende Geruch eines Brandes. Zu sehen war nichts. Dunkel und verlassen lag der alte Schwarzwaldhof unter dem tief herabgezogenen Dach. Auf dem Nachbarhof, wo jetzt die jungen Leute wohnten, brannte Licht hinter den Fenstern im Erdgeschoss. Auch hier war alles ruhig. Er ließ den Wagen unverschlossen stehen und lief zum Tor der Tenne. Das schwere Schloss hing wieder im Riegel und versperrte ihm den Zugang. Nichts Verdächtiges war hier zu hören oder zu sehen, kein Knistern, kein Feuerschein, kein Rauch, der durch die Ritzen quoll. Aber er roch das Feuer! Dann sah er es. Auf der Talseite des Hauses stiegen dunkle Schwaden in den Abendhimmel. Er rannte um das Haus herum, stolperte über das herumliegende Brennholz, lief weiter, kam endlich zum windschiefen Anbau. Dort, direkt an der hölzernen Giebelwand, war das Feuer. Er riss an der Tür des Schuppens. Sie war unverschlossen. Hustend wich er vor dem Rauch zurück, der ihm schwarz entgegenquoll. Er atmete tief ein, dann wagte er sich näher an das Feuer heran. Auf einer Kommode, im schwachen Licht kaum zu erkennen, standen übereinander zwei Pappkartons, die bis zum Rand mit Holzwolle und Papier gefüllt waren. Helle Flammen züngelten aus einer Ecke des unteren Kartons. Im Luftzug der offenen Tür breiteten sie sich rasend schnell auf den oberen aus, geradezu explosionsartig, und loderten im nächsten Augenblick bis zum Schuppendach. Sofort war die Hitze unerträglich. Draußen hörte er jetzt Stimmen. »Einen Feuerlöscher!«, brüllte er, »Wasser!«

»Kommen Sie da raus!« Eine Frauenstimme überschlug sich vor Aufregung.

»Wasser!«, brüllte er wieder.

Er griff den obersten Karton, warf ihn durch die offene Schuppentür nach draußen, dann den zweiten. Brennendes Papier und Holzwolle bedeckten den Boden des Schuppens. Von der schwelenden Seitenwand breitete sich beißender Rauch in dem engen Raum aus. Er floh ins Freie. Vom Nebenhaus kam ein Mann gerannt, eine Frau folgte. Endlich brachten sie Wasser. Eine Sirene gellte durch das enge Tal. Er schüttete das Wasser ins Feuer, dann floh er wieder hustend und keuchend vor dem stinkenden Rauch der verlöschenden Glut. Ein junger Mann drang mit einem Feuerlöscher zu dem Brandherd vor. Minuten später, noch ehe die Freiwillige Feuerwehr vom nahen Spritzenhaus angerückt war, hatten sie das Feuer gelöscht.

Ein plötzlicher Schwindel zwang Alexander, sich zu setzen. Niemand beachtete ihn, als er sich auf dem Hackklotz neben dem Haus niederließ. Sein Gesicht war schweißbedeckt, seine Hände waren schwarz vom Ruß. Der Schlüssel in seiner Tasche fiel ihm ein. Nach einer Weile stand er auf und ging zur Haustür. Hier war niemand. Unbemerkt trat er ein, wusch sich in der Küche Gesicht und Hände und ging wieder nach draußen. Dann setzte er sich in seinen Wagen und fuhr davon. Keine Polizei, hatte Ina gesagt. Es war besser, wenn er verschwand, ehe man ihn fragen konnte, was er hier verloren hatte. Als er die Hauptstraße erreichte, wurde ihm bewusst, dass die Polizei nach ihm suchen würde. Immerhin war er als Erster am brennenden Schuppen gewesen. An einem Gasthaus neben der Straße hielt er an. Und nun? Weiterfahren oder umkehren? Er starrte zu den hell erleuchteten Fenstern hinüber. »Und nun?«, sagte er laut. Er schloss die Augen. Die Angst um Corinna, die anstrengende Wanderung, die Hitze, der Qualm, die Aufregung in dem brennenden Schuppen, das alles lag jetzt hinter ihm. Er war unendlich müde. Ina anrufen!, dachte er. Auf der Straße fuhr ein Auto mit Blaulicht und Martinshorn. Die Polizei. Er drehte den Zündschlüssel und fuhr weiter Richtung Freiburg. Erst jetzt wurde ihm bewusst, dass seine Kleidung und seine Haare nach dem Qualm rochen. Das ganze Auto stank. Er hielt an und stieg aus. Die frische Luft tat ihm gut. Ina anrufen, dachte er wieder. Er sah auf das Display seines Handys. Kein Empfang, wie in so vielen Schwarzwaldtälern.

Erst in Buchenbach konnte er Ina anrufen. »Wo seid ihr?«, fragte er.

»Im Treppenhaus, auf dem Weg nach oben.«

»War er da?«

»Ja«, sagte Ina, und in ihrer Stimme lag noch das Entsetzen

und der Schreck über die Begegnung. Sie holte tief Luft wie für eine große Anstrengung und atmete wieder aus. »Er war da. Ich habe ihn angesprochen, und da ist er verschwunden.«

»Was hast du gesagt?«

»Ich habe ihn gefragt, ob er ein Bild sucht.«

Er wartete, ob sie noch mehr erzählen würde, aber sie schwieg.

»Ich bin in zwanzig Minuten bei euch.«

Als er seinen Wagen in der Türkenlouisstraße abstellte, war der Alte nirgends zu sehen. Ina kam ihm auf der Treppe entgegen. Sie schrie auf, als sie ihn sah.

»Alles in Ordnung?«, sagte er.

»Alles in Ordnung?« Ihre Stimme war heiser vor Aufregung. Jetzt sah er, dass sie geweint hatte. »Die Polizei hat angerufen. Sie suchen Mutter. Das Haus brennt.«

»Quatsch!«, sagte er nur.

»Alex, um Gotteswillen, wie siehst du denn aus?«

»Ich habe das Feuer gelöscht. Es hat bloß im Anbau gebrannt.«

Corinna wartete ängstlich und verstört an der Wohnungstür. »Riech mal«, sagte er und hielt ihr seinen Arm unter die Nase. Sie verzog das Gesicht und wich zurück.

»Dein Papa ist jetzt Feuerwehrmann«, schwindelte er und es klang ein bisschen stolz.

Corinna sah unsicher zwischen ihren Eltern hin und her.

»Wirklich?«

»Nur heute.«

»Warum nur heute?«

»Weil man vom Rauch so stinkt.«

»Alex, was um Himmels willen ist passiert?«

»Soll ich das jetzt erzählen?«, fragte er mit einem kurzen Blick zu Corinna.

»Natürlich jetzt.«

»Als ich kam, qualmte es im Schuppen am Haus. Ich bin hin und habe mit den Nachbarn zusammen gelöscht, dann bin ich wieder weg.«

»Du warst nicht im Haus?«

»Doch. Zum Händewaschen.«

»Und?«

»Nichts ›und‹.«

Ina sah ganz ratlos aus. »Und wenn das Haus angefangen hat zu brennen, nachdem du fort warst?«

»Dann hat es die Feuerwehr gelöscht. Die stand mit der ganzen Mannschaft vor der Tür und langweilte sich. Glaub mir, es ist wirklich nichts Schlimmes passiert.« Er ging auf Ina zu und wollte sie in den Arm nehmen.

Sie wich zurück. »Du siehst schrecklich aus.«

Er wandte sich an Corinna. »Stimmt das?«

Sie nickte sehr ernsthaft. »Ganz schwarz. Wie ein Schornsteinfeger.«

Er sah an sich herunter. »Dann werde ich jetzt mal duschen.«

Er ging ins Schlafzimmer, holte saubere Kleider aus dem Schrank und kehrte in den Flur zurück. – Wieder einmal kam er nicht am Spiegel vorbei, ohne hineinzusehen. Er blickte zum Kinderzimmer, wo Ina mit ihrer Tochter verschwunden war. Die Tür war geschlossen, also keine Gefahr, dass Corinna ihn beobachtete. Er betrachtete sich lange: Wie der rettende Held in einem Action-Film, fand er, mindestens wie Joaquin Phoenix in *Ladder 49*! Grund genug jedenfalls, um in den Spiegel zu sehen …

Zufrieden mit sich selbst ließ er unter der Dusche das warme Wasser über seinen Körper rinnen. Er hatte wirklich allen Grund, erfreut zu sein. Sein sechster Sinn hatte ihn mal wieder nicht getäuscht. Nun ja, mit einem Feuer hatte er nicht gerechnet, aber das war ja gerade das Besondere an seinem sechsten Sinnes: eine Gefahr zu spüren, von der er keine Kenntnis haben konnte. »Qué sera sera …« Jetzt war der richtige Zeitpunkt gekommen, um zu singen, hier unter der Dusche, und zwar laut, so laut, wie er es liebte. Leider teilte Ina diese Begeisterung nicht. Wegen der Nachbarn, wie sie sagte. »Qué sera sera«, er holte tief Luft, da drückte ihm ein heftiger Schreck die Kehle zu. Im nächsten Augenblick sah er rot, tiefrot – vor Zorn. Er, der tüchtige Feuerwehrmann!

Der Held! Lächerliche Eitelkeit! Kindisch geradezu. Die Gefahr, die er vermutete, hatte er über seinen albernen Stolz völlig aus den Augen verloren. »Keine Polizei!« Auf diesen Wunsch von Ina würde er sich immerhin berufen können, um seine gleichermaßen überstürzte wie dumme Flucht zu rechtfertigen. In Wirklichkeit war er blind gewesen wie ein Höhlenmolch.

Er drehte das Wasser stärker auf, als könne er auf diese Weise den Ärger fortspülen. Wo war Niedhard, als er selbst den Hof verließ? War er womöglich noch dort gewesen? Im Haus? Oder war er längst mit dem erbeuteten Bild auf der Flucht?

Und der Brand? Wenn Niedhard das Bild heimlich geholt hatte, konnte das Feuer kein Vorteil gewesen sein. Ganz im Gegenteil: Warum hätte sich der Dieb einer Brandstiftung schuldig machen sollen? Ohne sein eigenes geistesgegenwärtiges Einschreiten wäre der Hof vermutlich bis auf die Grundmauern abgebrannt, und auf Niedhards Fersen hätte sich gleich ein ganzes Geschwader von Polizisten geheftet. Für den Diebstahl eines Bildes, das womöglich gar nicht existierte, interessierte sich hingegen vermutlich kein Mensch.

Er hatte Ina nicht gesehen oder gehört und fuhr zusammen, als sie an die Duschkabine klopfte. Als er ihr bestürztes Gesicht sah, fühlte er sich plötzlich sehr nackt, unangenehm nackt, und das lag nicht daran, dass er nichts anhatte. Er zeigte sich noch immer gerne unbekleidet. Peinlich war ihm, dass er wusste, warum sie kam, und der Grund für das Gefühl der Entblößung waren seine Fehler und seine Gedankenlosigkeit.

»Warum hat es gebrannt, Alex, um Himmels willen, warum?« Ina schrie die Worte, um sich über das Rauschen des Wassers hinweg verständlich zu machen. Er drehte die Dusche aus und trat aus der Kabine. Umständlich wickelte er ein Handtuch um seine Hüften. »Ich weiß es doch auch nicht.« Er machte keine Anstalten, sich abzutrocknen oder anzuziehen. Tropfend und ratlos stand er mit hängenden Armen vor ihr.

»Ich muss mich anziehen.«

Ina sah auf die Pfützen, die sich neben seinen Füßen bildeten, und rührte sich nicht von der Stelle.

»Ich komme gleich.«

Ina zog die Augenbrauen hoch, sah wieder auf die Pfützen am Boden.

»Gleich«, wiederholte er.

Ina zog die Mundwinkel nach unten wie Corinna kurz vor dem Weinen und ließ ihn allein.

Langsam und besonders gewissenhaft zog er sich an. Miserabler hätte er sich gar nicht fühlen können. Absturz von ganz oben direkt in den Abgrund. Nicht zum ersten Mal erschrak er über sich selbst, über seine übergroße Empfindlichkeit, die ihn in das tiefste Loch stürzen ließ, wenn er etwas getan hatte, was er weder vor sich noch vor Ina, noch vor irgendeinem anderen Menschen gutheißen konnte.

Und jetzt? Er brauchte Zeit zum Überlegen.

Mich zu ändern war der erklärte Wille meines Vaters. Aus dem Schwächling, der zu träge oder kraftlos war, seinen Mund zu schließen und den Speichel zurückzuhalten, sollte ein Mann werden, der seiner würdig war. Diese Forderung, die mit den Jahren zu einer Obsession geworden war, hat er mit dem Leben bezahlt.

Ich bin überzeugt, dass er nicht sofort tot war, als er zehn oder zwanzig Meter über mir am Seil hin und herschwang. Er saß aufrecht im Klettergurt, den Kopf grotesk verdreht und zum Seil hin gezogen, das Gesicht blau und aufgedunsen. Seine Arme und Beine hingen schlaff, aber in meiner vom Lauf der Zeit getrübten Erinnerung sehe ich seine verzweifelten Bewegungen. Ich stand daneben, als andere Kletterer meinen toten Vater bargen. Sein Anorak und das Band seines Helmes hatten sich in den Metallring hineingezogen, der ihn sichern sollte.

Die Trauer um den Verlust eines Menschen ist egoistisch. Was bedeutet es für einen Menschen, tot zu sein? Nichts, denn er weiß es nicht. Der Tod hat jegliches Empfinden ausgelöscht.

▼▼▼

Ina hockte mit angezogenen Beinen auf ihrem roten Lieblingssessel im Wohnzimmer. Sie hatte ihre Knie an den Körper gezogen und den Kopf auf die umeinander geschlungenen Arme gelegt. So verharrte sie wie eine in sich geschlossene Kugel, die die Welt nicht an sich herankommen lässt. Als sie den Kopf hob, sah er, dass sie wieder geweint hatte.

»Möchtest du meine Meinung hören?«

Sie rührte sich nicht und sah auch nicht aus, als wolle sie seine Ansicht zur Kenntnis nehmen.

»Ihr müsst der Polizei die ganze Geschichte erzählen. Wenn Niedhard das Bild hat, kann er es sonst ungehindert verkaufen, und deine Mutter geht leer aus.«

»Mutter geht in jedem Fall leer aus, wenn das Bild nicht mehr in ihrem Haus ist.«

Er wusste, dass Ina recht hatte. »Aber das Bild verschwindet nicht bei irgendwelchen Kriminellen, sondern kommt in ein Museum.«

Ina schwieg lange. Sie starrte wortlos auf ihre Hände und bewegte die Finger, als sähe sie diese heute zum ersten Mal. »Ich werde mit Mutter reden«, sagte sie endlich, »aber ich bin sicher, dass sie nicht mit der Polizei über Niedhard und das Bild sprechen wird. Mutter würde nie zugeben, dass Vater in ein Verbrechen verwickelt war. Sie wird alles dafür tun, dass sein guter Namen nach seinem Tod nicht beschmutzt wird.«

Auch in dieser Sache würde Ina recht behalten.

Sie stand auf, ging in der Wohnung hin und her, goss die Blumen, zupfte die verwelkten Blätter ab, rückte die Kochbücher im Küchenregal zurecht, fuhr mit dem Staubtuch über die Stuhllehnen, scheinbar geschäftig, aber sie tat nichts von Bedeutung, als müsse sie sich beschäftigen, um ihrer Unruhe Herr zu werden.

Er dachte an sein Geld, das zwar nicht übertrieben üppig floss, aber für das Dach eines Schwarzwaldhauses würde es wohl reichen. Er baute sich vor Ina auf, die sich gerade anschickte, den Staub vom Spiegel im Flur zu wischen. »Und wenn ich das Dach bezahlen würde?« Er presste erschreckt die Lippen aufeinander, kaum dass er den Satz gesprochen hatte. Sein innerer Zensor musste geschlafen haben, als er diese Worte aus seinem Mund entkommen ließ! Nichts verband ihn mit Inas Mutter, außer dass er ihre Tochter liebte. Auf dem alten Bauernhof war er nie willkommen gewesen.

»Du willst das Dach bezahlen?«, fragte sie ungläubig.

Er nickte eifrig.

»Ich werde es ihr sagen.«

Nach dem großzügigen Angebot schien es Alexander ratsam, das Thema zu wechseln. »Was weißt du überhaupt über Arnold Böcklin und seine Bilder?«

»Nicht viel mehr, als ich dir schon erzählt habe: ein Schweizer Maler, der den Idealisten zugerechnet wird, 1827 in Basel geboren, 1901 in Fiesole gestorben, hat lange Zeit auf Anerkennung für seine Bilder warten müssen. Jetzt erfreuen sich seine Werke gerade wieder zunehmender Beliebtheit.«

»Ist das alles, was ihr wisst? Nichts über den Wert, nicht, ob ein Bild gestohlen wurde?«

»Nein.«

Er schüttelte den Kopf. Da verhandelten die Frauen mit diesem Niedhard und wussten kaum, was für einen Schatz sie zu vergeben hatten – wenn denn das Bild überhaupt existierte! Wie gut tat es ihm, über die Versäumnisse der Frauen nachzudenken, das lenkte von den eigenen ab. Es wurde Zeit, dass er die Sache in die Hand nahm. Vor allem mussten die größten Wissenslücken geschlossen werden.

»Kann ich deinen Computer benutzen?«

Ina nickte.

»Arnold Böcklin gestohlen« gab er bei Google ein. Ina setzte sich neben ihn. Gemeinsam lasen sie:

In der Nacht zum Donnerstag wurde aus dem Künstlerverein »Malkasten« in Düsseldorf ein Gemälde Arnold Böcklins gestohlen. »Triton und Nereide« war das Kernstück der Ausstellung »Arnold Böcklin und Repliken«, die am nächsten Tag enden sollte. Es hing im Restaurantbereich des Gebäudes, in das die Einbrecher durch ein Fenster eingestiegen waren. Das um 1870 entstandene Werk war mit zwei Millionen D-Mark versichert. Für die Wiederbeschaffung hat die Victoria Versicherung eine Belohnung von 50 000 D-Mark ausgesetzt. Am frühen Morgen hatten die Täter ein Fenster der Terrasse eingeschlagen, ohne dass die Alarmanlage des Gebäudes reagierte. Der Bewegungsmelder in dem Raum wurde aus bisher unbekannten Gründen nicht aktiviert. Das Kunstwerk selbst besaß keine eigene Sicherung. Eine Putzfrau bemerkte den Diebstahl, kurz nachdem sie ihre Arbeit angetreten hatte.
Die mythologische Szene ist eine von vier Versionen dieses Themas. Das Werk stammt aus dem Familienbesitz einer Züricher Freundin von Katharina Fritsch, die als Kuratorin die Ausstellungen des Malkastens betreut.

Er spürte, wie Inas Atem mit jedem Satz, den sie las, schneller wurde.

»Zwei Millionen«, stieß sie hervor. »Und fünfzigtausend für die Wiederbeschaffung! Von wann ist die Notiz?«

Er suchte nach dem Datum. »Der Artikel ist aus dem Jahr 2000.«

»Da lebte mein Vater nicht mehr. Als er starb, hing das Bild also noch bei einer betuchten Schweizer Familie.«

Er wechselte das Thema. »Hast du eigentlich schon mit deiner Mutter gesprochen?«

»Ich habe sie vorhin nicht erreicht.«

»Besser, du sagst ihr noch nicht, dass ich das Dach bezahle.«

»Ach, hattest du das ernst gemeint?«

Er fand es sinnvoll, ihre Frage zu übergehen.

Kurz darauf telefonierte Ina mit ihrer Mutter. Wieder verstand er kein Wort, aber Inas Stimme war weniger eindringlich, weniger beschwörend als in den vergangenen Tagen.

Er wandte sich wieder dem Computer zu und ersetzte »gestohlen« durch »Raub«. Die einzige interessante Notiz beschäftigte sich damit, dass ein Teil von Böcklins Bildern aus den Berliner Kunstsammlungen im Zweiten Weltkrieg verschollen waren, aber das lag lange zurück. Trotzdem las er den Text:

Am 3. Februar 1945 erreichen die Angriffe ihren Höhepunkt. Hunderte von Kampfbombern setzen das Zentrum in Flammen. Im Alten Museum brennt es lichterloh. Stadtschloss, Altes Palais, Zeughaus, Museumsinsel – die historische Mitte Berlins wird zum Trümmerfeld. Die berühmten Sammlungen, während des Krieges in Flakbunkern oder Bergwerken untergestellt, werden von den Siegermächten beschlagnahmt, als Trophäen verschleppt, geplündert oder durch Brände beschädigt. Den spärlichen Rest trennt der Kalte Krieg in zwei Hälften.

Ina hatte ihr Telefonat beendet und sah über seine Schulter auf den Bildschirm. Er übersprang ein paar Sätze, dann las er laut:

Die Alte Nationalgalerie vermisst noch 850 Bilder und 90 Skulpturen, darunter solche von Gottfried Schadow, Karl Friedrich Schinkel, Adolph von Menzel, Caspar David Friedrich, Arnold Böcklin, Paul Klee und Oskar Kokoschka. Ein Großteil dieser Werke ist nach offizieller Version einem Brand im Flakbunker Friedrichshain im Mai 1945 zum Opfer gefallen. Doch bis heute halten sich Gerüchte, das Feuer sei nur gelegt worden, um einen Kunstraub zu vertuschen. Nicht nur aus den Flakbunkern mit ihren meterdicken Wänden verschwanden damals Kunstwerke, auch aus den Tresoren der Neuen Münze, den Museumskellern und den Bergwerken in Mitteldeutschland. Wer die kostbaren Objekte in den letzten Kriegstagen mitgehen ließ, ob flüchtende Nazis oder kunstsinnige Besatzungsoffiziere, ist weitgehend ungeklärt. Manche Exponate tauchten auf dem Kunstmarkt wieder auf oder wurden auf dem Schwarzmarkt angeboten.

»Und? Warum liest du mir das vor? Zu dieser Zeit war Vater noch ein kleines Kind.«

»Ja, richtig«, sagte er. »Ich hatte es vergessen.«

In dieser Nacht konnte Alexander nicht schlafen. Mehrmals rissen ihn knisterndes Feuer und hell lodernde Flammen in Inas Wohnung aus dem Schlaf. Dann wieder stand das mächtige Dach eines Schwarzwaldhofes in Flammen. Auch Ina fand keine Ruhe. Sie stand auf, lief in der Wohnung herum, sah nach Corinna, kehrte ins Bett zurück und streckte ihre kalten Füße zu ihm hinüber. Für eine Weile schlief sie ein, murmelte unverständliche Worte, sprang wieder aus dem Bett.

Am nächsten Morgen ging er zu Fuß zum Institut. Eine halbe Stunde, um seine wie ein Mückenschwarm durcheinander wirbelnden Gedanken zur Ruhe zu bringen. Er liebte die alten Villen in der Wiehre, die Gässchen der Innenstadt, den Weg durch den Stadtgarten. – Aber heute war nichts wie sonst. Statt Freude nur Ärger. Überall lag Dreck: Papierfetzen auf der Straße, Getränkedosen in einem Vorgarten, vor der Turnseeschule auf dem Gehweg die Fetzen eines zerrissenen

Schulhefts. Und dann die Graffiti! Explosionsartig hatten sie sich seit gestern ausgebreitet. Kaum ein Haus in der Innenstadt war davon verschont geblieben. Gehörten diese fremden und abweisenden Straßen noch zu seinem schönen Freiburg? Oder war es seine miese Stimmung, die eine ganze Stadt über Nacht verändert hatte? Wahrscheinlich verhielt es sich so. Er versuchte, die Stadt wieder so zu sehen, wie er es gewohnt war, aber es gelang ihm nicht. Er ärgerte sich über alles, was er sah.

Überhaupt diese Sprayer! Wie eine Seuche waren sie um den Globus gefegt. Er würde sich nicht einmal wundern, ihre Hinterlassenschaften eines Tages irgendwo im Dschungel unter dem Schilfdach einer Rundhütte zu entdecken. Das Drama fing ganz allmählich an: Ein erster Schriftzug, dann war das Haus schon verloren. Zwei, drei Tage später, im Dunkel der Nacht, fand sich der zweite Sprayer ein. Das Objekt bewährte sich, die Spuren blieben, offenbar kümmerte sich niemand darum. Das war das Kommando für die Szene, und nach ein paar Wochen war die ganze Hauswand bunt. Der Besitzer rührte sich noch immer nicht. Wenn er dann endlich eines Tages die Schmierereien überstreichen ließ, betrachtete die nächtliche Kundschaft das Haus längst als ihre Beute. Die teuer bezahlten Maler waren kaum fertig, da ging die Schmiererei von vorne los.

Niemals würde er sich so etwas an seinem Haus gefallen lassen! Am besten besorgte er sich gleich heute einen Eimer Farbe. Keine zehn Minuten würden er vergehen lassen, dann hätte er die Spuren der Sprayer übermalt. Eigenhändig! Und wenn dann die Bösewichte wieder kämen, wäre alles verschwunden. Null Erfolg, Farbe umsonst versprüht, Zeit nutzlos investiert, dazu das Risiko, ertappt zu werden! Und vor allem: Es gäbe keine Visitenkarten am Haus, die andere anlocken konnten.

– Er hatte das Institut erreicht. Gott sei Dank, hier gab es noch keine Graffiti.

»Haben Sie das gelesen?«

Frau Brändle hielt ihm eine Zeitung entgegen, nachdem sie die üblichen Begrüßungsfloskeln viel schneller als gewöhnlich abgespult hatte. Selbst das Strahlen in den Augen, das ihm in letzter Zeit eine neue Phase der Verliebtheit verraten hatte, war heute jäh verloschen.

Er las:

Die 7-jährige Angelina P. aus Heidelberg ist möglicherweise Opfer eines Serienmörders geworden.
Wie die Polizei mitteilte, fanden sich deutliche Parallelen zu zwei anderen Mordfällen. Das vermutlich erste Opfer des Serienmörders war die 7-jährige Cécile M. aus Brüssel im Juli dieses Jahres. Auf die Stirn des toten Mädchens war mit Filzstift der Buchstabe C geschrieben, was damals für eine Abkürzung des Vornamens gehalten wurde. Zwei Wochen später starb in Berlin die 7-jährige Maja B. Auch auf ihre Stirn war, ebenso wie bei Angelina P., ein Buchstabe geschrieben. Über diese Buchstaben schweigt sich die Polizei aus. Ihre Bedeutung sei unklar, eine Beziehung zu den Namen der Kinder bestünde nicht. Die Morde an Cécile und Maja wurden nicht miteinander in Verbindung gebracht, weil es keinen routinemäßigen Datenaustausch zwischen Berlin und Brüssel gibt. Erst der Tod von Angelina deckte die Zusammenhänge auf. Weitere Übereinstimmung bestünde darin, dass alle drei Väter angesehene Wissenschaftler seien. Alle drei Mädchen waren in der gleichen neuen Kleidung aufgefunden worden. In keinem Fall fänden sich Hinweise auf sexuellen Missbrauch.
Die Polizei erklärte, es gäbe wegen der Parallelen keinen Zweifel daran, dass alle drei Morde auf das Konto desselben Täters gingen. Da die Buchstaben auf der Stirn der Kinder der Öffentlichkeit bislang nicht bekannt waren, schließt die Polizei aus, dass ein Nachahmungstäter den zweiten oder dritten Mord begangen haben könnte.

Es folgte noch die übliche Aufforderung an die Bevölkerung, sich mit sachdienlichen Hinweisen an die Polizei zu wenden. Außerdem wurde mit einem Phantombild nach dem rothaarigen Mann gefahndet, der im Europapark möglicherweise in

Angelinas Nähe gesehen worden war. Alexander betrachtete das Bild lange. Diesen Mann kannte er nicht.

Gebannt hatte Frau Brändle ihn angesehen, während er las. »Ist diese Angelina nicht …«

»Doch«, sagte er, ehe sie den Satz zu Ende bringen konnte. »Das ist sie.«

»Sie haben das gewusst?«

»Ich habe es mir gedacht, als zum ersten Mal etwas über die Entführung und den Vater des Mädchens in der Zeitung stand«, sagte er und wunderte sich, dass dies seiner hellsichtigen Sekretärin entgangen war.

Er starrte noch immer auf die Zeitung: Alle drei Väter waren angesehene Wissenschaftler – wie er.

»Was gibt es noch?«, wandte er sich endlich wieder Frau Brändle zu und bemühte sich, seine tiefe Betroffenheit zu verbergen.

Frau Brändle schluckte ein paarmal, räusperte sich umständlich, versuchte, ihren in Aufruhr geratenen Gesichtszügen die von ihr bevorzugte Sachlichkeit zu verleihen, ehe sie mit noch immer belegter Stimme die belanglosen Alltäglichkeiten berichtete.

Als Frau Brändle sich in ihr Zimmer zurückgezogen hatte, griff er nach der Postmappe. Cécile, Maja, Angelina, dachte er und starrte auf die Vordrucke und Anträge, die ihn einmal mehr für Stunden beschäftigen sollten. Angelina, Maja, Cécile … Warum ausgerechnet die Töchter anerkannter Wissenschaftler? Wer traf eine solche Wahl? Ein gescheiterter Student, der seinen Professoren die Schuld an seinem Misserfolg gab? Ein erfolgloser Doktorand, der sich auf diese Weise für sein Schicksal rächen wollte?

Er sah angewidert auf die Mappe auf seinem Schreibtisch. Das war die Realität der sogenannten anerkannten Wissenschaftler, zumindest, wenn sie an einer deutschen Universität gestrandet waren. Er klappte die Mappe zu. Warum weigerte er sich nicht einfach, seine Zeit mit diesen Nichtigkeiten zu vergeuden? Warum zwang er die Verwaltung nicht, auf einen organisatorischen Ausweg zu sinnen? Schließlich machte es wenig Sinn, Leute, die die Besten ihres Faches sein sollten –

sonst wären sie ja nicht Professoren geworden –, mit Aufgaben zu überhäufen, die schon einen kleinen Büroangestellten langweilen würden. Er schloss die Augen. – Angelina, Maja, Cécile.

Das Telefon klingelte. Frau Brändle meldete sich. »Herr Gessler ist am Apparat, soll ich das Gespräch durchstellen?«

»Bitte«, sagte er, froh über den Aufschub. Jörg Gessler, Hauptkommissar bei der Freiburger Kripo, war einer seiner wenigen ganz privaten Freunde, vielleicht der einzige. Wie lange war es jetzt her, dass er ihn kennengelernt hatte? Er rechnete: Fünfzehn Jahre? Zwanzig Jahre? Damals waren sie noch junge Männer gewesen, vergleichsweise zumindest. An ihre erste Begegnung am 4545 Meter hohen Dom in den Walliser Alpen erinnerte er sich noch so genau, als habe sie sich erst gestern ereignet. Müde und erschöpft war er mit einem inzwischen längst abhanden gekommenen Freund bis zu einer Wand abgestiegen, über die sie sich mühelos hätten abseilen können, wenn nur ihr Seil etwas länger gewesen wäre. Vor ihnen lag ein stundenlanger Umweg. Ein rotblonder Mann, eben Jörg, hatte sie zurückgerufen und ihnen sein Seil geliehen, das lang genug war, um die Steilwand zu überwinden.

»Bist du sehr beschäftigt?«

»Natürlich. Wie immer.«

»Hast du trotzdem ein paar Minuten Zeit?«

»Für dich selbstverständlich.«

»Ich mache es kurz.«

Irgendetwas verriet Kilian, dass es nicht wie sonst ein rein freundschaftliches Gespräch werden würde. Etwas Kühles, Geschäftsmäßiges lag in der Stimme des Kommissars. Mehr noch. Er ahnte, dass etwas sehr Unangenehmes auf ihn zukam. Angelina, dachte er. Maja, Cécile, und er spürte, wie sein Herz immer heftiger schlug.

»Ich habe gehört, dass es gestern im Hexenloch gebrannt hat.«

»Du bist ja gut informiert.«

»Zufall. Eine Kollegin aus Furtwangen ist gerade in Freiburg und hat es beiläufig erzählt. Außerdem hatte sie aus einem anderen Grund einen ›Schwarzwälder Boten‹ aus der Gegend mitgebracht.«

»Warum erzählst du mir das?« Sein Unbehagen war größer geworden.

»Weißt du etwas von dem Brand?«

»Es war der Hof von Inas Mutter«, sagte er nach kurzem Zögern. Wahrscheinlich wusste Gessler das ohnehin längst.

»Das habe ich vermutet.«

Alexander wartete mit ungutem Gefühl, was jetzt kommen würde.

»Ahnst du, woran unsereiner denkt, wenn er so etwas liest, und jedermann im Hexenloch weiß, dass dieser Hof dringend renoviert werden müsste?«

»Nein«, sagte Alexander, obwohl er es wusste.

»Wollte da jemand auf Kosten der Versicherung warm aufräumen? Daran denke ich.«

»Ich bitte dich! Inas Mutter war gar nicht zu Hause, als der Brand ausbrach.«

Jörg Gessler war schon immer hemmungslos direkt gewesen, aber das ging zu weit. Er wollte noch entschiedener widersprechen, aber der Kommissar fiel ihm ins Wort:

»Was nicht unbedingt dagegen spricht.«

»Du hör mal …«, versuchte er wieder seinen Freund zu unterbrechen, aber Gessler fuhr ungerührt fort: »Ich lese dir vor, was in Furtwangen in der Zeitung steht:

Feuer auf altem Schwarzwaldhof.
Unbekannter Helfer gesucht

Der Anfang ist unwichtig. Aber dann:

Ein etwa fünfzigjähriger schlanker, 1,80 bis 1,90 Meter großer Mann war als Erster am Hof und hat das Feuer entdeckt. Der Brand konnte durch das beherzte Eingreifen der Nachbarn gelöscht werden, ehe größerer Schaden entstand.

»Wie bitte?«, unterbrach der Professor heftig.

»Moment. Ich lese weiter.«

Alexander hörte kaum noch zu. Er ärgerte sich fürchterlich. »Wurde von den Nachbarn gelöscht.« So ein Unsinn! Wenn er nicht die brennenden Kartons aus der Tür geworfen hätte, wären die Nachbarn zu spät gekommen. Seine spontane Aktion hatte über das Schicksal des Hofes entschieden. Einzig und allein ihm war es zu verdanken, dass nicht alles in Schutt und Asche gesunken war. So ein alter Hof brannte doch wie Zunder!

»Wie bitte, was hast du gesagt?«

Der Kommissar wiederholte:

Die Brandursache ist noch nicht geklärt, ein Sachverständiger wurde eingeschaltet. Die Polizei bittet den Mann, der als Erster am Brandort war, sowie weitere Zeugen, sich zu melden.

»Was in der Zeitung steht, ist völliger Blödsinn. Ich habe das Feuer gelöscht. Die Nachbarn haben erst geholfen, als das Schlimmste vorbei war.«

»Und womit hast du gelöscht?«

»Mit meinen Händen.«

»Wie?«

»Ich habe die brennenden Kartons aus dem Schuppen geworfen, dann kamen die Nachbarn mit Wasser und Feuerlöscher. Ich habe auch den ersten Eimer Wasser ins Feuer geschüttet.«

»Und warum warst du dort? Du machst doch normalerweise einen großen Bogen um das Haus deiner Schwiegermutter.«

»Weil ich ein komisches Gefühl hatte.«

»Ach so.«

»Und warum bist du gleich wieder abgehauen?«

Eine Pause.

»Ina möchte nicht, dass ich darüber spreche.«

Wieder eine Pause.

»Ist dir klar, dass man dich, beziehungsweise den großen Unbekannten, als Brandstifter verdächtigen wird?«

»Aber Jörg! Das wäre eine unglaubliche Unterstellung.«

»Ich sage ja nur, was die Leute denken werden.«

»Jörg?«

»Ja?«

Er dämpfte seine Stimme. Seine Sekretärin hatte gute Ohren, wenn er private Gespräche führte. »Darfst du schweigen, wenn ich dir alles erzähle, was sich dort abgespielt hat?«

»Wohl kaum, wenn es um ein Verbrechen geht. Ich bin leider kein Arzt oder Pfarrer, der sich auf seine Schweigepflicht berufen kann.«

»Schade.«

»Vielleicht überlegst du dir, ob du mir die Geschichte nicht trotzdem erzählst.«

»Ich werde mit Ina reden.«

»Und vor allem überleg dir, ob du dich nicht lieber selbst meldest, ehe die Polizei dir auf die Spur kommt.«

Der Professor versuchte die Angelegenheit ins Lächerliche zu ziehen. »Du kennst die Frauen. Wenn sie etwas nicht wollen, dann wollen sie es nicht, und Mann (er betonte das Wort) ist machtlos.«

»Und ich dachte immer, du würdest für dich selbst entscheiden.«

Alexander legte auf.

Er war aufgebracht. Was für Unterstellungen! Warm aufgeräumt! Eine Unverschämtheit! Und die Nachbarn sollten das Haus gerettet haben. Ihn verdächtigten sie womöglich als Brandstifter. – Und ausgerechnet sein Freund sprach diesen Verdacht offen aus. Das war das Schlimmste an der ganzen Geschichte.

Was für ein schrecklicher Tag! Er lehnte sich nachdenklich zurück. Maja, Cécile. Angelina Prüll. Ob er auch die Väter der anderen beiden kannte? Zumindest ihre Namen?

Bis zur Entführung seiner Tochter und deren Tod war ihm Prüll fremd und unsympathisch gewesen. Auch hielt er ihn für ein ganz besonders extremes Exemplar der Sorte von Forschern, die alle Ethikkommissionen und überhaupt jegliche Art von moralischen Bedenken als Hemmschuh des wissenschaftlichen Fortschritts lieber heute als morgen abschaffen wollte. Mit leuchtenden Augen sprach dieser von seiner Hoffnung auf Wunschbabys mit von Eltern gewählten und von Wissenschaftlern erzeugten Eigenschaften. Die Menschheit würde einen großen Schritt nach vorn tun, wenn dies gelänge, hatte er einmal in seiner Gegenwart gesagt.

Prüll hatte seine Versuche mit menschlichen Embryonen so lange hemmungslos fortgeführt, bis ihm die Vorgaben der deutschen Ethikkommission das Handwerk legten. Jetzt hatte er den in Deutschland undenkbaren Teil seiner Forschung in das nordenglische Newcastle verlegt. Nur gut, dachte Alexander wieder einmal, dass viele gentechnische Methoden sehr schwierig zu handhaben und störanfällig waren. Sonst würden sicher schon scharenweise ausgesucht schöne und kluge Designerkinder oder ganze Armeen von geklonten, besonders kampftauglichen Soldaten auf dieser Erde herumlaufen. Was dem Menschen möglich ist, das führt er aus, sofern das Ergebnis Ruhm oder Geld oder Macht verspricht. Das war zumindest seine Überzeugung.

Er öffnete die Postmappe wieder. Es half nichts, er musste da durch, wie durch so vieles. Da war die Vorlesung, die er am Nachmittag halten musste, eine willkommene Abwechslung. Die alljährlich unvermeidliche Wiederkehr ihm altbekannter Grundlagen langweilte ihn, aber die waren glücklicherweise nur ein Teil des Ganzen. Das meiste war brandneu, weil ihn selbst alles Neue faszinierte. Und alles perfekt inszeniert. Jedenfalls, wenn er nicht gerade seinen Laptop im Institut vergessen hatte oder der Beamer streikte. Wie ein Fernsehstar fühlte er sich unter den gebannten Blicken seiner überwiegend weiblichen Zuhörerschaft. Wem von den Kollegen gelang das denn heute noch, die Studierenden so zu faszinieren, dass sie die Kaffeetassen neben ihren Schreibblöcken vergaßen? Selbst die Damen und Herren ganz außen in den hintersten Reihen unterbrachen zeitweilig ihre Privatgespräche und hörten ihm zu. Die eifrigen Studentinnen in den ersten Reihen passten sowieso auf. Ihre Aufmerksamkeit zu gewinnen war kein Kunststück. Und wenn dann wenigstens ein kleiner Teil von dem, was er erzählt hatte, nicht im Sumpf des fortwährenden studentischen Vergessens unterging, sondern bei den Prüfungen abrufbar war, konnte er durchaus zufrieden sein.

Als er Stunden später den Hörsaal verließ, ging draußen der Tag mild und klar zu Ende. Der Föhn hatte die Temperaturen noch einmal auf sommerliche Werte hinaufgetrieben. Halbwegs über den Ärger am Vormittag getröstet kehrte Alexander zu seiner Wohnung zurück und schwang sich sogleich aufs Fahrrad. Er radelte quer durch die Innenstadt. Auf dem Augustinerplatz musste er absteigen, nachdem er beinahe zwei jungen Medizinstudentinnen – denen aus der vordersten Reihe – über die von der Treppe über das Pflaster ausgestreckten Füße gefahren wäre. In der Türkenlouisstraße radelte er ohne anzuhalten an Inas Wohnung vorbei. Ein paar Häuser weiter kehrte er um. Der Alte war nirgends zu sehen.

Ina begrüßte ihn in einem burgunderroten, offenbar neuen Hausanzug, der wunderbar zu ihrem braunen Haar passte. Sie begrüßte ihn lächelnd, keine Spur von Sorge über den Brand oder das verschwundene Bild. Von der aufgesetzten übertriebenen Fröhlichkeit, die ihn in den vergangenen Wochen erschreckt hatte, war nichts mehr zu spüren. Sie schien erleichtert.

»Ich bin froh, dass dieser Niedhard wieder aus meinem Leben verschwunden ist«, sagte sie, als er sie darauf ansprach.

»Und der Brand?«

Ina machte eine wegwerfende Handbewegung. »Der Anbau soll abgerissen werden. Das ist dann ein Schandfleck weniger am Haus.«

Corinna stand am offenen Fenster und sah in den dunkler werdenden Himmel. Als sie ihren Vater hörte, drehte sie sich um.

»Papa?«

»Ja?«

»Wann ist Vollmond?«

»Jetzt. Das siehst du doch.«

Corinna sah angestrengt in den Mond, kniff die Augen zusammen und riss sie wieder weit auf. »Der Mond hat ja wirklich ein Gesicht!«

Er kämpfte mit sich, ob er ihr etwas über Krater und Berge auf dem Mond erzählen sollte. »Ja«, sagte er dann aber nur, um die schöne Phantasie nicht zu zerstören. »Tatsächlich. Ein richtiges Mondgesicht.«

»Papa, du hast mir versprochen, bei Vollmond mit mir auf den Aussichtsturm zu steigen.«

Er überlegte. »Daran kann ich mich gar nicht erinnern.«

»Mama hat es auch gehört. – Nicht wahr, Mama?«

Ina lächelte sanft – und nickte.

»Aber heute nicht. Du musst doch morgen früh aufstehen.«

»Doch, heute!«, widersprach Corinna mit triumphierender Miene. »Morgen fallen die ersten beiden Stunden aus, da kann ich ganz lange schlafen.«

Alexander trat auf den Balkon. Der Abend war mild, fast noch sommerlich, wie geschaffen für einen nächtlichen Ausflug zum Aussichtsturm.

»Kommst du mit?«

Ina schüttelte den Kopf. »Geht ihr nur ohne mich.«

Alexander suchte und fand eine Taschenlampe. Mehr brauchten sie nicht mitzunehmen.

Bis zum Schlossberg fuhren sie mit Inas Auto. Er parkte direkt unterhalb vom Hotel Dattler. Das erste Stück des Weges, bis zum Kanonenplatz, war erhellt vom Licht alter Laternen. Im Westen erleuchtete noch ein Schimmer des Tageslichts den Himmel, unter dem sich die Gipfel der Vogesen dunkel abzeichneten. Nur wenige Menschen waren jetzt noch hier, nicht die Völkerscharen, die am Abend zum Kanonenplatz pilgerten, um der Sonne bei dem zuzusehen, was sie immer tat, nämlich untergehen. Von den Bänken waren leise Stimmen zu hören, am Geländer stand ein Mann mit einer glimmenden Zigarette. Zu ihren Füßen lag die Stadt mit ihren Lichtern. Corinna fasste ihren Vater an der Hand. »Weiter«, flüsterte sie, als dürfe keine laute Stimme die Ruhe der Nacht stören. Wenig später bogen sie vom breiten Hauptweg auf einen schmalen Pfad ab, der aufwärts durch den Wald führte. Alexander schaltete die Taschenlampe ein. Ein matter Lichtkegel tanzte über den Weg, wurde bald schwächer und verlosch, kaum dass sie ein paar Meter gegangen waren. Er steckte die Taschenlampe ein. Das Licht des Mondes reichte selbst unter den dicht stehenden Bäumen aus, um den Weg zu erkennen. Hier auf dem kleinen Pfad war außer ihnen kein Mensch. Corinna griff wieder mit ihrer kleinen warmen Hand nach seiner. Sie hielt sich ganz dicht an seiner Seite, und er spürte, dass sie sich fürchtete. Bald wurde der Weg zu schmal, um nebeneinander zu gehen. Er wollte Corinna vorgehen lassen, aber sie blieb wie angewurzelt stehen. »Was war das?« Corinnas Stimme war ganz klein und ängstlich.

»Was meinst du?«

»Da hinten hat etwas geknackt.«

Er hatte nichts gehört. Auch als er lauschte, war da nichts, was ihn beunruhigt hätte. Es war völlig still, eine tiefe, leblose Stille, selbst die Autos auf der Schwarzwaldstraße waren hier nicht zu hören. »Sollen wir umkehren?«

Corinna schüttelte so heftig den Kopf, dass er sogar im Licht des Mondes ihre fliegenden Haare erkennen konnte. Mit energischen Schritten stapfte sie vor ihm weiter bergan, so energisch, dass sie das laute Knacken über ihnen im Wald nicht zu hören schien. Ein paar Mal knackte es noch, dann war es still. – Vermutlich ein Reh oder ein anderes Tier, das sie aufgescheucht hatten. Fünf Minuten später hatten sie das Plateau beim Aussichtsturm erreicht. Hier waren sie nicht allein. Er spürte die Gegenwart eines anderen Menschen, noch ehe er ihn sehen konnte. Er hörte niemanden, er sah niemanden, und doch zweifelte er nicht. Richtig, das war es. Er roch Zigarettenrauch. Corinna war schon auf den Stufen des Turmes. Laut dröhnten ihre Schritte auf dem Metall und übertönten jedes leisere Geräusch. Stampfen und Lärmen – das schien ihr Mut zu machen. Fast zweihundert Stufen stapfte sie so hinauf, dann war die oberste Plattform erreicht. Eine feierliche Stille wie in einer großen, leeren Kathedrale umgab sie. Unter ihnen lag der Wald voller geheimnisvoller Schatten, und in der Ferne, deutlich sichtbar im hellen Mondlicht der klaren Nacht, die Vogesen.

Auch Corinna war jetzt ganz still, geradezu andächtig. »Oh! Mega!«, sagte sie endlich. Eine Bemerkung, die er nicht sofort verstand, aber die wohl ihre Ergriffenheit ausdrücken sollte. »Ich bleibe die ganze Nacht hier oben«, verkündete sie.

Er lachte: »Wenn in einer halben Stunde der Mond untergeht, ist es ganz finster. Dann müssten wir tatsächlich hier oben bleiben, weil wir den Weg nicht mehr finden würden.«

»Wirklich?«

»Schau doch. Der Mond steht schon ganz tief über den Vogesen. Gleich verschwindet er dort, genau wie die Sonne am Abend, und dann sehen wir nichts mehr.«

»Wirklich?« – Corinna überlegte nur einen kleinen Augenblick, dann begann sie mit dem Abstieg. Er folgte ihr. Langsam kletterten sie vom Turm herunter. Noch ehe sie den Boden erreicht hatten, roch er wieder Zigarettenrauch. Aber auch jetzt war niemand zu sehen.

Der Weg abwärts durch den Wald war im Licht des tief stehenden Mondes kaum noch zu erkennen. Vorsichtig und immer wieder zurückschauend tastete er sich mit Corinna an der Hand hinunter. Manchmal glaubte er Schritte zu hören, die nicht ihre waren, dann wieder schienen fremde Stimmen ganz in ihrer Nähe zu sein. Langsam schien es ihm, als sei der Wald sei voller finsterer Gestalten. Corinnas Ängstlichkeit steckte ihn an, und allmählich beschlich ihn das absurde Gefühl, dass alles möglich war, selbst in diesem ruhigen Wald roch es nach Verbrechen und Tod. Alexander versuchte vergeblich, schneller zu gehen, aber Corinna konnte ihm nicht folgen.

Er war froh, als sie den Kanonenplatz erreichten. Hier waren sie auch zu dieser Stunde nicht allein.

Friedrich Nietzsche schreibt: Bei aller Art von Verletzung und Verlust ist die niedere und gröbere Seele besser daran, als die vornehmere: die Gefahren der letzteren müssen größer sein, ihre Wahrscheinlichkeit, dass sie verunglückt und zu Grunde geht, ist sogar, bei der Vielfachheit ihrer Lebensbedingungen, ungeheuer. – Bei der Eidechse wächst ein Finger nach, der ihr verloren ging: nicht so beim Menschen.

Ich hätte die Gesichter der Toten im Familienalbum nicht schwärzen sollen. Manchmal bemerke ich erschreckt, dass ich nicht die Erinnerung an ihren Tod mit der schwarzen Farbe aus meinem Leben ausgelöscht habe, sondern die an ihr Leben. Das Leben meiner Mutter hat für mich nur auf den Fotos und in den damit verbundenen Geschichten existiert. Sie verließ uns sieben Stunden nachdem sie mich in eine Welt gestoßen hatte, in der ich nicht willkommen war. Sie gebar mich zu Hause, mein Vater war Arzt, er wollte es so. Doch er erkannte seine Grenzen nicht. In der Notaufnahme der Klinik, in die er sie viel zu spät brachte, ist sie verblutet.

Vater war immer sehr selbstsicher. Niemand konnte seinen Standpunkt erschüttern, nicht einmal der drohende Tod. Angriffe prallten von ihm ab wie der Ball vom Pfosten. Wer sich nicht infrage stellen lässt, wird schließlich für Menschen unangreifbar, nicht aber für den Tod.

Von meinem Vater habe ich eine alte Pistole geerbt. Mein Großvater hat sie im Krieg benutzt. Ich habe sie versteckt, wie es Vater und Großvater getan haben. Der Tag wird kommen, an dem ich sie brauchen werde.

Was wollte die Frau an der Haustür von mir? Warum fragte sie, ob ich ein Bild suche? Sie schien mich zu verwechseln.

Ich muss bald handeln. Jeder Tag, der verstreicht, vergrößert die Gefahr der Entdeckung.

▾ ▾ ▾

Als Alexander Kilian in die Türkenlouisstraße einbog, war Corinna in ihrem Kindersitz fest eingeschlafen, sie wachte auch nicht auf, als er sie heraushob. Bis in den vierten Stock ließ sie sich von ihrem Vater schleppen, um dann im Kinderzimmer plötzlich hellwach zu sein. »War ich schwer?«, fragte sie, und er wurde das Gefühl nicht los, dass sie schon auf der Treppe keine Sekunde mehr geschlafen hatte.

Während Ina Corinna zu Bett brachte, holte er eine angebrochene Weißweinflasche aus dem Kühlschrank und stellte sie zusammen mit zwei Gläsern auf das wackelige Tischchen auf dem Balkon. Dann setzte er sich in seinen Lieblingskorbstuhl, legte die Füße auf das Balkongeländer und lehnte sich entspannt zurück.

Ina kam zehn Minuten später. »Alex?«

»Ja?«

»Geht es dir gut?«

Er zögerte mit der Antwort. So etwas fragte Ina selten ohne Hintergedanken. Er entschied sich für ein zögerliches »doch, ja«.

»Wir wollen den Anbau selbst abreißen, um Geld zu sparen.«

»Wer ist ›wir‹?« Er wusste schon, was jetzt kommen würde.

»Mutter und ich.«

»So?« Er stellte sich die beiden Frauen bei der Arbeit in dem halb abgebrannten Schuppen vor. Ina mit Brechstange? Ihre Mutter mit Axt oder Säge? Und wegschaffen mussten sie das ganze verkohlte Gerümpel auch noch, wenn es endlich zerkleinert am Boden lag.

»Nur ihr beide?«

»Ich dachte, du könntest uns vielleicht ein bisschen helfen.«

»Hmm.« Er machte lieber vorerst keine Zusagen. Ein bisschen helfen? Er stellte sich vor: Inas Mutter in sicherem Abstand zum Schuppen, aber mit genauesten, allerdings unbrauchbaren Ratschlägen, wie er vorzugehen hätte, Ina mit lautem »Oh« und »Ach« und »Pass auf!« gutwillig, aber ziemlich hilflos etwas näher am Ort des Geschehens.

»Ich glaube, ohne deine Mutter wäre es einfacher.«

»Ohne Mutter? Ich glaube nicht, dass sie damit einverstanden wäre.«

Er nahm sein Glas und prostete Ina zu. »Entweder reißt ihr zwei den Schuppen ab oder wir beide.«

Auch Ina hob ihr Glas, trank aber nicht. »Du bist unmöglich!« – Es klang überhaupt nicht vorwurfsvoll.

Er sagte nichts mehr dazu. Abwarten, dachte er, das Thema wechseln. Es gab so vieles, was ihn mehr interessierte als dieser Abriss.

»Gehört der Hof eigentlich schon immer deiner Familie?«

»Nein. Großvater hat ihn gekauft, als er nach dem Krieg in den Schwarzwald kam.«

»Er hat dort gewohnt?«

»Ja. Bis zu seinem Tod vor elf Jahren.« Ina sah ihn misstrauisch an. »Warum fragst du?«

»Ach, nur so.« Er schwieg eine Weile, gerade so, als sei das Thema tatsächlich nicht wichtig für ihn, und sah Ina zu, wie sie mit der rechten Hand in ihre Haare griff und eine Strähne zwischen den Fingern bewegte. Die Geste war ihm vertraut, seit er Ina kannte. Sie gehörte zu ihr wie das belustigte Zucken ihrer Augenbrauen oder die steile Falte auf der Stirn, wenn sie angestrengt nachdachte, und doch wusste er bis heute nicht, was sie bedeutete: Verlegenheit, Missmut, Abwesenheit oder einfach das Bedürfnis, ihr Haar zu spüren.

»Und wie lange gibt es diesen Anbau schon?«, fragte er endlich. Ina nahm ihr Weinglas in die Hand, sah in die klare Flüssigkeit, und er wusste nicht, ob sie überlegte oder mit den Gedanken beim Wein war.

»Zwölf Jahre ungefähr. Mein Vater hat ihn zusammen mit meinem Großvater kurz vor dessen Tod gebaut.« Ina stellte ihr Glas ab, das sie ohne zu trinken zwischen ihren Fingern gedreht hatte. Sie legte die Füße auf den kleinen, aus Weidenruten geflochtenen Hocker und schloss die Augen.

»Ich würde gern mit Jörg über den Brand reden.«

Erschreckt riss Ina die Augen auf. »Warum willst du das tun?«

»Ich habe im Telefonbuch nachgesehen. Einen Niedhard gibt es in Stuttgart nicht, auch nicht mit anderer Schreibweise.

Ich möchte Jörg bitten, herauszufinden, wem das Auto gehört, dessen Nummer deine Mutter sich notiert hat.«

»Mich interessiert dieser Mensch nicht mehr.«

»Aber wenn er ein Bild von Böcklin anbieten würde, wäre das sehr verdächtig.«

»Bitte Alex! Ich bin froh, wenn ich von der ganzen Geschichte nichts mehr höre.«

»Aber ...«, begann er, sprach jedoch nicht weiter. Natürlich verstand er Ina. Doch ließ ihn die Geschichte nicht los. So schnell wollte er diesem Niedhard, oder wie auch immer er hieß, das wertvolle Bild nicht überlassen.

Ina stand auf und ließ ihn allein. Während er noch überlegte, ob er ihr nachgehen sollte, kam sie mit ihrem Taschenkalender zurück. Das Thema Niedhard war für sie offenbar abgeschlossen.

»Kannst du am Freitag auf Corinna aufpassen?«

»Abends?«

»Nein, am Nachmittag. Mira möchte mit mir über irgendeinen Kerl reden, ehe ihr Mann nach Hause kommt.«

Er überlegte kurz. »Kein Problem«, sagte er und genoss die Genugtuung, weil er so bereitwillig und großzügig zugestimmt hatte. – Freitagmittag hatte er ohnehin regelmäßig das Gefühl, genug gearbeitet zu haben. Wichtige Termine gab es dann in aller Regel nicht, denn die wichtigen Menschen in seiner Umgebung pflegten sich ab Freitagmittag ihren eigenen Angelegenheiten zuzuwenden, und sei es ihrer Forschung. Er würde irgendetwas Schönes mit Corinna unternehmen, etwas, bei dem auch er seinen Spaß haben würde. Das war ja der große Vorteil von Kindern, dass man Dinge tun konnte, die sich Menschen in seinem Alter normalerweise nicht gönnten. Schlittenfahren zum Beispiel, wenn auch leider nur im Winter. Aber jetzt war Sommer. Also Sommerrodelbahn, Hasenköpfle in Todtnau oder Steinwasenpark am Schauinsland – oder beide?

Als Ina den Fernseher einschaltete, um die Nachrichten zu hören, nahm er das Telefon und setzte sich in die Küche. Schließlich war Jörg sein Freund, und was er mit ihm besprach, war seine Entscheidung.

Der Kommissar meldete sich sofort, als habe er einen Anruf erwartet.

»Kannst du mir einen Gefallen tun? Ich meine, so von Freund zu Freund.«

»Du meinst, vom Kommissar zum Normalsterblichen?«

»So könnte man es auch nennen.«

»Das kommt drauf an. Solange ich keine Dienstgeheimnisse verraten soll und nicht meinen Job riskiere ...«

Alexander kam gleich zur Sache. »Inas Mutter hat die Autonummer von einem Mann notiert, der auf dem Hof war.«

»Warum sagt sie das nicht der Polizei?«

»Das ist eine andere Geschichte.«

Jörg Gessler schwieg. Ein unangenehmes, dienstliches Schweigen, so als wartete der Kommissar darauf, dass der Delinquent doch noch gestehen würde.

»Das ist doch für dich eine Kleinigkeit im Vergleich zu dem, was du früher schon für mich getan hast.«

Gessler schwieg beharrlich.

»Der Mann fuhr einen Grand Cherokee mit Stuttgarter Kennzeichen und stellte sich als Niedhard vor.«

Schweigen.

»Inas Mutter möchte ja nur wissen, wo er wohnt.«

»Und was nützt ihr das?«

»Ehrlich gesagt, das weiß ich auch nicht. Sie kann ja nicht ...« Er schwieg erschreckt. Sie kann ja nicht selbst nach dem Bild suchen, hätte er beinahe gesagt.

»Was wolltest du eben sagen?«

»Ach nichts!«

Wieder ein langes Schweigen.

»Wie lautet die Autonummer?«, fragte Gessler in einem so bärbeißigen Ton, dass Alexander seinen Anruf schon bereute. Er nannte die Nummer.

»Und wie schreibt sich dieser Niedhard?«

»Das wissen wir nicht. Im Telefonbuch haben wir ihn nicht gefunden.«

Es knackte in der Leitung, der Kommissar hatte aufgelegt.

Alexander hielt noch eine Weile ratlos das plötzlich wieder stumme Telefon in der Hand. Nichts hatte er erfahren, nicht einmal ein klares Ja oder Nein hatte der Kommissar für ihn übrig gehabt! Er hätte es wissen müssen, nach dem argwöhnischen Gespräch über seine Rolle bei dem Brand. – Unsinn! Jörg hatte schließlich nicht nein gesagt. Seine schlechte Laune konnte einen ganz anderen Grund haben. Wahrscheinlich wartete er wieder einmal vergeblich auf den Anruf von irgendeiner Dame, und dann war nur er am Apparat gewesen. Seit der Kommissar mit deutlichem Bauchansatz und gelichtetem Haar auf die Sechzig zuging, hatte sein Erfolg beim anderen Geschlecht rapide abgenommen. Dreitagebart zum Seehundsschnauzer und ohrlange strähnige Haare hatten vielleicht früher einmal verwegen und interessant ausgesehen, heute wirkten sie nur noch schlampig und ungepflegt. Das war jedenfalls Inas Meinung. Vielleicht sollte er ihm das mal sagen – von Freund zu Freund. Oder besser beim nächsten Mal, wenn Jörg ihm wieder misstrauische Fragen stellte?

Als er zu Ina zurückkehrte, saß sie mit geschlossenen Augen vor dem Fernseher, als wäre sie eingeschlafen. Den Ton hatte sie ausgestellt. Auf dem Bildschirm bargen bärtige Männer tote Frauen und Kinder aus zerstörten Lehmhäusern. Irak? Afghanistan? Ina hatte den Kopf im Sessel zur Seite gedreht, und die langen Haare fielen über ihr Gesicht. Als er ins Zimmer kam, bewegte sie sich kein bisschen. Erst als er sich neben sie setzte, öffnete sie die Augen und blinzelte ihn an. Sie sah so friedlich und erleichtert aus, wie er sie seit Wochen nicht mehr gesehen hatte. Sie hob die Arme und schlang sie um seinen Hals. »Es ist kühl.«

Er stand auf und schloss die Balkontür.

»Im Bett ist es wärmer.« Sie streckte ihm die Hände entgegen und ließ sich von ihm hochziehen.

Er drückte sie fest an sich. »Ist jetzt alles wieder gut?«, fragte er, und Ina nickte.

Das Bild, Niedhard, die Sorgen ihrer Mutter: Ina schien den Albtraum so plötzlich abgeschüttelt zu haben, wie er in ihr Leben eingedrungen war. Sie ließ ihn los und ging ins Badezimmer. Durch die offene Tür sah er ihr zu, wie sie sich vor dem Spiegel die Haare bürstete und mit einer aufreizenden Bewegung den dunklen Hausanzug abstreifte.

»Alles wieder gut«, sagte Ina, als sie nebeneinander im Bett lagen, und schmiegte ihren Kopf an seine Brust. Sie wollte noch etwas sagen, aber das Telefon klingelte und ließ sie erschreckt zusammenfahren. Alexander richtete sich auf und angelte nach dem Hörer, bevor Ina es tat. »Jetzt fehlt nur der Dom Pérignon«, murmelte er, ehe er sich meldete.

»Die Autonummer gehört nicht zu einem Grand Cherokee, sondern zu einem Golf, der auf den Namen einer Frau in Stuttgart-Feuerbach zugelassen ist. Die Fahrzeughalterin ist als Musiklehrerin im Telefonbuch eingetragen. Der Name Niedhard taucht weder bei dieser Adresse noch im Zusammenhang mit dem Autokennzeichen auf.«

»Ach.«

»Es gibt zwei Möglichkeiten: Entweder hat sich Inas Mutter die Nummer falsch gemerkt, oder das Kennzeichen ist gefälscht und es fahren zwei Autos mit derselben Nummer durch die Gegend.«

»Ja.«

»Mehr kann ich nicht tun, ohne zu wissen, was sich hinter der Geschichte verbirgt.«

»Jedenfalls danke ich dir. Meld dich wieder, spätestens, wenn ich etwas für dich tun kann.«

»Verlass dich drauf.«

»Was war das mit dem Dom Pérignon?«, fragte Ina mit trägem Blick, als er aufgelegt hatte.

Er lachte leise. »James Bond, ›Goldfinger‹. Da klingelte auch das Telefon, als er mit einer aufregenden Frau im Bett lag, das Champagnerglas neben sich.«

Ina gähnte. »War das die Szene mit ›Jetzt ist er abgestanden‹?«

»Genau die.«

Er küsste sie, ehe sie nach dem Anruf fragen konnte, aber sie nahm den Kopf zurück, um doch noch etwas zu sagen. Sie zupfte an den Haaren auf seiner Brust. »Der letzte James Bond, den ich gesehen habe, hatte keine grauen Haare auf der Brust.«

»Die nehmen ja auch einfach einen neuen, wenn der alte grau wird.«

Alexander erwachte mitten in der Nacht. Es mochte ein Traum gewesen sein oder ein Gedanke im Niemandsland zwischen Wachen und Schlaf, der ihn mit klopfendem Herzen aufschrecken ließ. Klar wie noch nie sah er die Zusammenhänge vor sich, die er zuvor nur vage wahrgenommen hatte. Der Alte am Grab, der entstellte Greis vor Inas Haustür, der Großvater, alle drei hatten von dem Bild gewusst, genau wie Inas Vater. Es war an ihm, die Fäden zu verknüpfen, die diese Männer verbanden.

Da war zum einen Inas Großvater. Bis vor elf Jahren hatte er in demselben Haus gelebt, in dem Ina die erste Hälfte ihres Lebens verbracht hatte. Lange Jahre hatten die beiden unter einem Dach gewohnt, trotzdem hatte der Alte für ihn weder ein Gesicht noch eine Geschichte. Zweimal hatte Ina ihn in den letzten Wochen erwähnt. Und vorher? Er erinnerte sich an keine einzige Begebenheit, die Ina ihm je über ihren Großvater erzählt hätte.

Und die anderen beiden Alten? Nach dem Mann am Grab zu forschen schien ihm aussichtslos, aber vielleicht führte ihn der Alte vor Inas Haustür auf eine brauchbare Spur.

Er schlief bis zum nächsten Morgen kaum noch. Verwelkte Greisengesichter wurden vor seinen Augen zu indianischen Schrumpfköpfen, Fratzen zu Menschen und Menschen zu hölzernen Kasperlepuppen, die zerfielen, sobald er sie ansah. Die drei Alten gaben seinen Gedanken keine Ruhe.

»Hast du Sorgen?«

Alexander sah überrascht auf, merkte dann selbst, wie er am Frühstückstisch mehr hing als saß, einen Ellenbogen auf dem Tisch, das Kinn in die Hand gestützt und die Stirn in Falten gelegt.

»Ich habe von dem alten Schrumpfkopf vor der Haustür geträumt.«

Er merkte zu spät, dass er das nicht hätte sagen sollen. Ina erschrak furchtbar.

»Meinst du, der ist noch immer hinter dem Bild her?«

Er schüttelte den Kopf. »Er war doch nur in meinem Traum.«

Eine verschlafene Corinna erschien in der Tür. »Mama, wo sind meine Turnschuhe?«

»Die habe ich dir doch schon eingepackt.«

»Ach so.«

Kurz darauf polterte Corinna die Treppen hinunter. Seitdem das neue Schuljahr angefangen hatte, ging sie den ganzen Weg ohne Inas Begleitung.

Als Corinna fort war, begann Ina wie immer in Rekordzeit die Zeitung durchzulesen. Nach zwei Minuten gab sie ihm den ersten Teil. »Hier steht wieder etwas über die Tochter deines Kollegen.«

Widerstrebend nahm er das Blatt. Er hatte beschlossen, so wenig wie möglich an die Geschichte zu denken, weil sie ihn traurig und hilflos machte. Jetzt las er trotzdem:

Die Suche nach dem Mörder geht weiter

Heidelberg (dpa). Nach dem Mord an der 7-jährigen Angelina aus Heidelberg tappen die Ermittler weiterhin im Dunkeln. Mehr als 180 Hinweise seien eingegangen, es gebe aber noch keinen konkreten Tatverdacht, teilten Polizei und Staatsanwaltschaft mit.

Die Schülerin war am vergangenen Freitag tot aufgefunden worden. Eine Mordkommission aus 20 Ermittlern sucht nach Spuren des Gewaltverbrechers, der zuvor schon zwei andere Mädchen getötet hat. Die Leiche wurde obduziert. Im Blut seien Schlafmittel in hoher Konzentration nachgewiesen worden. Über weitere Ergebnisse der Untersuchung schweigt sich die Polizei aus ermittlungstaktischen Gründen aus.

In Angelinas Schule nahmen gestern mehr als hundert Kinder und Lehrkräfte an einer Trauerzeremonie für die getötete Mitschülerin teil. Der Unterricht fiel aus. 15 Notfallseelsorger standen auf dem abgeschirmten Gelände bereit. Die Kinder konnten im Eingangsbereich der Schule Kerzen und Blumen aufstellen.

Auch am Fundort der Leiche legten Schüler und Bekannte Blumen und Abschiedsbriefe nieder. Ein großer Zettel hing am Zaun. »Angelina, wir vermissen dich«, steht in ungelenker Kinderschrift darauf. An diesem Abend ist ein »Lichterweg« von Angelinas Wohnung zur Schule geplant.

Alexander las noch ein paar Überschriften, dann legte er die Zeitung fort. Wie immer gab es zu viele unerfreuliche Berichte.

»Erzählst du mir noch mehr über deinen Großvater?«, fragte er.

Ina seufzte, das Thema missfiel ihr offenbar. »Warum soll ich dir von ihm erzählen? Er ist tot, und ich habe ihm keine Träne nachgeweint, als er starb.«

»War er so schlimm?«

»Vielleicht war er nicht einmal schlimm, vielleicht war er nur seltsam. Er konnte mit einem Kind weniger anfangen als mit einem Hund oder einer Katze oder mit seinen Hühnern. Mit Erwachsenen tat er sich ebenso schwer. Manchmal haben wir zu viert im Wohnzimmer oder am Esstisch gesessen – Vater, Mutter, Großvater und ich – aber gesprochen wurde nur das Nötigste. Ich kann mich nicht erinnern, mit ihm jemals ein richtiges Gespräch geführt zu haben. Schon als ich noch ganz klein war, liebte er es, mich zu erschrecken. Lange Jahre blieb das so. Ich hatte Angst vor ihm und ging ihm aus dem Weg.«

»Nanu?«

»An den seltenen Abenden, wenn wir allein waren, hat er plötzlich das Licht ausgemacht.« Ina hielt inne, sah ihn an und lachte ein wenig. »Nein, nicht, was du jetzt denkst. Es gibt andere Möglichkeiten, ein Kind zu missbrauchen. Er tat es mit Gruselgeschichten.« Ina verzog angewidert das Gesicht und schüttelte sich. »Am meisten liebte er die vom verlorenen Bein.«

»Vom verlorenen Bein?«

Ina nickte. »Ein Geist kam immer wieder zu einem einsamen Mann, der ein fremdes Bein hatte, wieso, habe ich vergessen. ›Mein Bein, mein Bein‹, jammerte der Geist, und dann schrie der Mann so plötzlich und so laut: ›Da hast's‹, dass ich furchtbar erschrak und weinte. Meine Angst war Großvaters Befriedigung. Er wollte sich darüber totlachen. Wenn ich mir die Ohren zuhielt, weil er seine Gruselgeschichten erzählte, war er still, aber wenn ich losließ, weil mir die Arme schmerzten, dann begann er wieder zu erzählen.«

»Das ist ja abscheulich!«

»Ja.« Ina verzog wieder das Gesicht, »aber Großvater war keine Ausnahme. Viele Väter oder Großväter stellen mit den Kleinen irgendetwas an, was ihnen selbst Freude macht, den Kindern aber Angst. Sie haben kein Gespür dafür, wie sich das Kind dabei fühlt.«

Alexander wollte widersprechen, merkte dann aber, wie recht sie hatte. Ein lachender Vater mit seinem vor Angst schreienden Kind war ein vertrauter Anblick an jedem Badesee. Und nicht nur dort. Wie dumm viele Väter sind, dachte er, und manche Mütter natürlich auch. Aber diese Art des Quälens war meist Männersache. Mütter taten es auf andere Weise.

»Was war dein Großvater von Beruf?«

Ina seufzte. Wahrscheinlich fühlte sie sich jetzt von ihm gequält. Sie stand auf. Die Sonne war weitergewandert und ein breites Lichtband mit tanzenden Staubfädchen fiel durch den Raum. Ina verließ nicht, wie er befürchtet hatte, das Zimmer, sondern ging zum Fenster und öffnete es weit. Sie blieb dort stehen und sprach nun zum Fenster hinaus, als seien ihre Worte nicht für ihn bestimmt. »Seinen Beruf vor dem Krieg weiß ich nicht genau. Ich glaube, er ist in jungen Jahren Jockey gewesen und hatte auch später mit Pferden zu tun. Nach dem Krieg hatte er keinen richtigen Beruf mehr.« Sie drehte sich etwas zur Seite, sodass sich ihr Profil im Sonnenlicht abzeichnete und ihr Haar golden leuchtete. »Eine Zeit lang war er Hausmeister, bis er krank wurde und eine seiner Nieren entfernt werden musste. Danach war er Frührentner und versorgte auf dem Hof ein paar Hühner und später auch zwei oder drei Pferde, die anderen Leuten gehörten.«

»Und deine Großmutter?«

»Die habe ich nicht gekannt. Sie ist an Krebs gestorben, kurz nachdem Großvater den Hof gekauft hat. Sie lag damals schon im Krankenhaus in irgendeiner größeren Stadt und ist nie im Hexenloch gewesen. Sie wollte den Hof nicht und hat sich geweigert, ihn auch nur anzusehen.«

»Deine Mutter wird wissen, was dein Großvater vor dem Krieg gemacht hat.«

Ina nickte. »Früher habe ich versucht, etwas über Großvaters Leben zu erfahren, aber meine Eltern haben niemals mit mir darüber gesprochen. Mein Großvater war wie ein Phantom. Meist war er unsichtbar, aber das Wissen um seine Anwesenheit war als Bedrohung bis in den letzten Winkel des Hauses zu spüren.«

»Und während des Krieges?«

»Ich weiß nur, dass mein Vater da geboren wurde, 1944. Seine Existenz verdankte er einem kurzen Urlaub seines Vaters. Ich glaube, Großvater war damals Soldat, aber ich habe nie ein Foto von ihm in Uniform gesehen. Über die erste Zeit nach dem Krieg weiß ich nichts, eben bis zu dem Zeitpunkt, als er den Hof im Hexenloch gekauft hat. Den Rest habe ich dir schon erzählt.«

»Woher hatte dein Großvater so kurz nach dem Krieg genug Geld, um diesen Hof zu kaufen?«

Ina zuckte mit den Schultern. »Ich glaube, er hat nicht viel dafür bezahlt. Die Söhne des Bauern waren im Krieg gefallen, und er selbst war krank, soweit ich weiß.«

Inas Gesicht sah plötzlich ganz elend aus, und er war sich nicht sicher, ob es ein ehrlicher oder nur gespielter Ausdruck war. »Was für eine Familie! Mein Vater war im Gefängnis, und der Großvater hat aus irgendwelchen Gründen gar keine Vergangenheit, aber Geld, gleich nach dem Krieg einen großen Hof zu kaufen.«

Er stand auf und schloss Ina in die Arme. »Nimm es nicht so schwer. Dein Vater ist tot, dein Großvater auch. Für dich hat das, was sie getan haben, keine Folgen.«

»Mutter und ich waren auf dem besten Weg, Vater nachzueifern.«

Irgendwie hat Ina recht, dachte er. Die Hinterlassenschaft ihres Vaters hatte sie bereits an den Rand eines Verbrechens geführt. – Das Telefon klingelte und ersparte ihm die Antwort.

Ina nahm ab und gab das Telefon nach ein paar Worten an ihn weiter. Jörg Gessler war am Apparat.

»Tut mir leid, dass ich gestern so kurz angebunden war, aber dein Anruf kam gerade im falschen Augenblick«, sagte Alexander, ehe der Kommissar zu Wort kam.

»Verstehe«, sagte Jörg in einem gewollt anbiedernden Ton. »Gibt es das bei dir noch?«

Alexander überging die Frage.

»Du hast gesagt, ich soll mich melden, wenn du etwas für mich tun kannst«, fuhr Gessler fort.

»Ja, das habe ich.«

»Ich möchte etwas mit dir besprechen.«

»Geht es um mich oder um dich?«

»Nur um mich.«

»Nur um dich?«

»Und um eine Frau – was sonst?«

»Dachte ich mir.«

»Passt es morgen Nachmittag?«

Alexander willigte ein.

Wegen einer Frau, mal wieder. Also nicht wegen des Brandes.

Nietzsche schreibt: Es sind Glücksfälle dazu nötig und vielerlei Unberechenbares, dass ein höherer Mensch, in dem die Lösung eines Problems schläft, noch zur rechten Zeit zum Handeln kommt – »zum Ausbruch«, wie man sagen könnte. Es geschieht durchschnittlich nicht, und in allen Winkeln der Erde sitzen Wartende, die es kaum wissen, in wiefern sie warten, noch weniger aber, dass sie umsonst warten. Mitunter kommt der Weckruf zu spät, jener Zufall, der die Erlaubnis zum Handeln gibt.

– Judiths Tod hat mich geweckt. Zu spät?

Einen Tag nachdem Angelina durch meine Hand starb, habe ich mich entschieden, welchem Mädchen der letzte Buchstabe, das S, gehören wird. Noch kenne ich nicht den Ort und die Stunde, wo mir die Kleine folgen wird, aber sie wird es freiwillig und gern tun, wie jede von ihnen. Es sind Äußerlichkeiten, die mich dazu bringen, die eine zu bevorzugen und mich gegen eine andere zu entscheiden. Der Tod hat trotz seiner Zwangsläufigkeit etwas Zufälliges.

▼▼▼

In gewisser Weise beneidete Alexander seinen Kollegen Prüll, jedenfalls was seine Arbeit betraf. Dessen Abkehr vom Universitätsbetrieb war auch ein Schlussstrich unter den unentwegten Verwaltungskram, mit dem er selbst seine Zeit verplemperte – Senatssitzungen, Berufungsverfahren, Sitzungen der Forschungskommission, von den vielen Institutsbesprechungen ganz zu schweigen. Das, was seine Freude und sein Glück gewesen war, als er noch selbst Zeit für die Wissenschaft hatte, war bei seinem unaufhaltsamen Aufstieg auf der Karriereleiter in unerreichbarer Tiefe unter ihm zurückgeblieben. Gerade so, als würde man es ihm nicht mehr gönnen, am Computer den vielen kleinen Fragen nachzugehen, Lösungen zu finden, Zusammenhänge zu entdecken und schließlich zuzusehen, wie sich eins ins andere fügte. Selbst Kleinigkeiten auf dem Weg zu einem größeren Ziel waren manchmal bis zum Herzklopfen spannend gewesen. Jetzt konnte er bestenfalls noch bei den Besprechungen seiner Arbeitsgruppe ein paar mehr oder weniger brauchbare Ideen zum Besten geben. Statt zu forschen, zerbrach er sich den Kopf über das Einwerben von Drittmitteln, verbrachte Stunden als Reviewer für Zeitschriften aus aller Herren Länder und mit dem Lesen von Doktorarbeiten oder Artikeln, mit denen seine Mitarbeiter in renommierten Zeitschriften glänzten. Zugegeben, sein Name stand dann auch bei den Verfassern, aber bei der Freude über eine bedeutende Entdeckung war er nur Zaungast. Sein Erfolg wurde mit anderen Maßstäben gemessen: Zahl der Publikationen im Institut, Höhe der eingeworbenen Drittmittel.

Auf in den Kampf!, dachte er, es war an der Zeit, sich wieder dieser traurigen Wirklichkeit zu stellen. Er holte sein altes Fahrrad, das in Inas Keller vor sich hin rostete, und radelte zum Institut. An der Einmündung zur Herrenstraße wäre er beinahe mit einer jungen Frau zusammengestoßen. Ihre linke Hand hielt gleichzeitig den Lenker und eine Tasche, die Rechte ein Eis. Bremsen unmöglich. Sie kam von links und wollte zum Schwabentor. Hübsch ist sie, dachte er, lächelte sie verzeihend an und fuhr beim Ausweichen beinahe ins Bächle neben der Straße. Radfahren in Freiburgs Innenstadt hatte immer einen Hauch von Rodeo: Wer sich am längsten im Sattel hielt, war Sieger. Er hatte sich mittlerweile angepasst und hielt sich ebenfalls nicht mehr als unbedingt lebensnotwendig an die Verkehrsregeln. Das konnte er schließlich immer noch tun, wenn er alt und gebrechlich war.

Alexander hatte gerade die Tür seines Arbeitszimmers hinter sich geschlossen, da klopfte es. Frau Brändle. Offenbar hatte sie bei den eben absolvierten üblichen Begrüßungsformalitäten etwas vergessen.

»Denken Sie morgen Nachmittag an den Vortrag von Frau Schilling aus Tübingen über …« – sie sah auf den Zettel in ihrer Hand, holte tief Luft und bemühte sich um eine perfekte Aussprache – »über *Genetic screening for novel bioactive compounds?*«

»Morgen? Am Freitagnachmittag?« – Er war sich sicher gewesen, keine Termine zu haben, und kramte vergeblich im Repertoire seiner Ausreden nach einem triftigen Grund, nicht zu erscheinen. Immerhin hatte er Frau Schilling selbst eingeladen, jetzt war seine Anwesenheit ein Gebot der Höflichkeit. Eine Verabredung mit dem Kommissar konnte da kaum überzeugen. Vaterpflichten wären, zumindest was das Urteil seiner Sekretärin betraf, eine bessere Entschuldigung. Vaterpflichten? Sein Schreck war echt und überzeugend. »Am Freitagnachmittag soll ich auf Corinna aufpassen!« Er war ehrlich bestürzt.

»Und wenn Sie Corinna mitbringen? Wir zwei würden uns sicher nicht langweilen, während Sie dem Vortrag lauschen.«

Corinna mitbringen? Kein Ausflug zur Sommerrodelbahn? Er sah seine Sekretärin wortlos und in Gedanken versunken an. Erst als sie errötete und die oberen Knöpfe ihrer Bluse kontrollierte, bemerkte er seinen zu langen Blick.

»Ja, aber …« Er wurde unsicher, suchte nach Erklärungen. »Ich habe Corinna versprochen, mit ihr in den Steinwasenpark zu fahren.«

»In den Steinwasenpark?«, wiederholte Frau Brändle und runzelte die Stirn. Er sah ihr an, wie sie heftig nach einem Ausweg suchte, und war sicher, dass sie eine Lösung finden würde.

»Wie wäre es mit einem Arzttermin?«

Der Gedanke gefiel ihm nicht, er wollte nicht krank erscheinen. Außerdem war ein Arzttermin an einem Freitagnachmittag wenig glaubhaft. »Sagen Sie ihr irgendetwas, was Ihnen einfällt. Es wird schon recht sein.«

Frau Brändle zog sich unschlüssig zurück – im Rückwärtsgang –, und in ihrem Gesicht kämpfte der Tatendrang heftig gegen das schlechte Gewissen wegen einer Lüge. Er ignorierte ihren inneren Kampf. Für ihn blieb ohnehin noch die unangenehme Absage bei Jörg. Abwarten, dachte er. Vielleicht verschob der Kommissar den Termin selbst noch einmal.

Es klopfte wieder – Frau Brändle zum Zweiten.

»So schnell haben Sie …«, wunderte er sich.

Nein, hatte sie nicht. »Ich dachte, das würde Sie interessieren.« Sie reichte ihm einen Artikel, den sie aus irgendeiner Zeitung ausgeschnitten hatte. Natürlich über Angelina. Warum ließen sie ihn nicht mit dieser Geschichte in Ruhe? Als wenn es irgendjemand nützen könnte, wenn er sich fortwährend mit der traurigen Angelegenheit beschäftigte! Ihm jedenfalls nützte es nichts, aber pflichtschuldig las er:

Als Maja in Berlin verschwand, wollen Kinder einen Mann gesehen haben, der sich auffallend lange in der Nähe der Schule aufhielt. Der Mann sei mit einer dunklen Jacke und dunklen Hose bekleidet gewesen. Eine genauere Personenbeschreibung liegt nicht vor. Ob der Mann rothaarig war, wie der Verdächtige im Fall Angelina P., konnten die Kinder nicht sagen, da der Betreffende eine Kapuze trug.

Es folgten noch ein paar Sätze über Angelina, die nichts Neues enthielten, und wie immer die Bitte um sachdienliche Hinweise.

Er wischte das Blatt mit einer heftigen Bewegung vom Tisch. Warum waren die meisten Menschen so begierig, vom Unglück anderer zu erfahren? Aus Anteilnahme? Um aus dem fremden Schicksal zu lernen? Nein, sicher nicht. Es war die Gier nach dem wohligen Schauder, nach der Spannung und dem Sich-Verlieren im wahren Schrecken. Kein Roman, kein Film konnte mit den Katastrophen mithalten, die das Leben selber schrieb.

Er schloss die Augen. Er war müde. Seit dem Brand hatte er nicht mehr gut geschlafen. In der ersten Nacht waren Flammen durch seine Träume gelodert, und in den Morgenstunden war das Haus in der Türkenlouisstraße einem gesichtslosen Brandstifter mit weit heruntergezogener Kapuze zum Opfer gefallen. In der zweiten Nacht hatten ihm verwelkte Greisengesichter den Schlaf geraubt … In einem plötzlichen Schreck riss er die Augen wieder auf, suchte nach dem Artikel, der unter dem Schreibtisch verschwunden war, und las den Artikel zum zweiten Mal:

Dunkle Jacke, Kapuze … Sein Herz schlug so laut, dass er

meinte, Frau Brändle müsse es im Nebenzimmer hören. Mit zitternden Fingern wählte er die Telefonnummer, die in der Zeitung angegeben war.

»Kann der Mann alt gewesen sein?«, rief er in den Hörer. »Uralt, hören Sie, ein Mann mit einem Gesicht wie eine verschrumpelte Kartoffel?«

Er war mit der Vorzimmerdame der Sonderkommission verbunden und musste seine Personalien angeben: Name, Adresse, Telefonnummer.

»War der Mann sehr alt?«, fragte er wieder. Durch den Hörer hörte er das Tippen auf einer Computertastatur.

»Ihre Telefonnummer bitte noch einmal.«

Noch ein paar Anschläge, dann endete das Klappern. Die Frau räusperte sich. Das Räuspern kam ihm bekannt vor. Genau wie das von Frau Brändle, ein Räuspern, als müsse dringend irgendetwas geputzt werden, und wenn es nur die Stimme war.

»Auskünfte über die Ermittlungsergebnisse der Sonderkommission werden nur an Personen erteilt, die ein berechtigtes Interesse nachweisen können.«

»Das kann ich!«, rief er ungeduldig in den Hörer. »Bei meiner Lebensgefährtin steht seit ein paar Wochen immer wieder ein Mann mit einer Kapuzenjacke vor der Tür. Dieser Mann ist sehr alt.«

»Wie kommen Sie darauf, dass er etwas mit den Mordfällen zu tun haben könnte?«

»Hören Sie, ich habe eine siebenjährige Tochter, und ich bin ein mindestens ebenso bekannter Wissenschaftler wie Herr Prüll.«

Der Frau schwieg sekundenlang, räusperte sich dann wieder. »Woher wissen Sie den Namen?«

»Prüll und ich sind Kollegen, wir kennen uns.«

Die Tastatur klapperte wieder. »Wartet der Mann jetzt vor Ihrer Haustür?«

»Ich bin nicht in meiner Wohnung.«

»Ich werde Ihre Anfrage weiterleiten. Sie werden so bald wie möglich benachrichtigt.«

Der Professor gab alle weiteren Telefonnummern an, die

ihm halbwegs sinnvoll erschienen: die des Institutes, die von Inas Wohnung und seine Handynummer.

Auch als er den Hörer aufgelegt hatte, blieben seine Phantasien bei dem Alten vor der Haustür. »Jetzt die Post!«, sagte er laut, als brauche er einen Befehl, um zurückzufinden aus den Gedanken an eine Welt der Schrecken und des Todes, die plötzlich so nahe schien.

Wie oft in letzter Zeit lagen die Straßen schon im Dämmerlicht des täglich früher hereinbrechenden Abends, als er das Institut verließ. Er war etwa hundert Meter gegangen, da sah er ihn wieder ... Er zwang sich zur Ruhe. Was hatte der Alte hier zu suchen? Doch nicht das verschollene Bild! Doch nicht Corinna! Verfolgte der *ihn*, wie er zunächst geglaubt hatte? Der Mann ging langsam und zögernd auf der anderen Straßenseite. Er hatte den Kopf zur Seite gedreht, als würde er etwas in den Vorgärten der alten Villen suchen. Alexander erkannte die dunkle Kapuzenjacke über den gebeugten Schultern und die merkwürdig ruckartigen Bewegungen, mit denen der Mann von Zeit zu Zeit eine Zigarette zum Munde führte. Alexander ging schneller, überholte den Mann und überquerte die Straße. Als der andere fünf oder zehn Meter hinter ihm war, sah er zurück. Ein junges Gesicht sah ihn an, lächelte, grüßte und warf die Zigarette fort, als wäre sie etwas Verbotenes. Unter der Kapuze hingen blonde, zu verfilzten Strähnen gedrehte Haare bis auf die Schultern. Er kannte den jungen Mann, einen Studenten, vielleicht sogar aus seiner Vorlesung.

Der Professor ging rasch weiter. Es war ihm unbegreiflich, wie er einen uralten Menschen mit diesem jungen verwechseln konnte. Die Dämmerung, der langsame, etwas unsichere Gang des Studenten und die nach vorn gezogenen Schultern mochten schuld gewesen sein, dass er bei seinem Anblick an den verhutzelten Kapuzenmann gedacht hatte. In der Stadt sah er die Menschen, die noch weit entfernt waren, daraufhin an, ob sie alt waren oder jung. Selbst in dem schwächer werdenden Licht irrte er sich nie. Schon die Kleidung führte ihn auf die richtige Spur. – Es war die ungewöhnliche Kleidung des Alten, die ihn in die Irre geleitet hatte. Andere Achtzigjährige pflegten nicht solche Kapuzenjacken zu tragen wie diese Spukgestalt vor Inas Tür.

Plötzlich fand Alexander seinen Anruf bei der Heidelberger Polizei lächerlich. Er sah Gespenster. Heutzutage liefen bei jedem Wetter überall in der Stadt Männer mit Kapuzenjacken herum. Die Stadt wimmelte nur so davon.

Vor Inas Haustür fiel ihm auf, dass der Kommissar ihre Verabredung nicht abgesagt hatte, also musste er es tun. Er zog sein Handy aus der Tasche und wählte Jörgs Nummer.

»Jörg, es tut mir leid, aber …«

Gessler verstand ihn nicht. Der Professor sprach lauter, erklärte ein zweites Mal: »Nein, nicht mit dir im Steinwasenpark, mit Corinna. Ja, morgen Nachmittag. Ich habe es versprochen. Ja, der Park am Schauinsland.«

»Und wann sehen wir uns?«

Die Verbindung brach ab.

Am nächsten Morgen war Frau Brändle krank. So etwas hatte es noch nie gegeben, jedenfalls nicht, während er im Haus war. Hin und wieder hatte er eine Krankmeldung von ihr gesehen, wenn er von einer Reise oder aus dem Urlaub zurückkam. Aber erlebt hatte er es noch nie. Er fühlte sich, als sei ihm plötzlich die Mutter abhanden gekommen. Niemand brachte ihm eine Butterbrezel zum Frühstück, niemand kochte ihm Kaffee, niemand erkundigte sich nach seinem Wohlergehen. Die gesamte Institutspost türmte sich ungeordnet auf seinem Schreibtisch – seine Postmappe war leer. Das Schlimmste war das Telefon. Nicht, dass es pausenlos klingelte, nein, das Problem war ein anderes. Wie ein Idiot hatte er sich gefühlt, als er im Sekretariat den Hörer abgenommen hatte. Es gab eine Rückfrage wegen irgendeiner umfangreichen Bestellung. Natürlich hatte er nicht die geringste Kenntnis darüber, wie sollte er auch! Er müsse doch wissen, was er unterschrieben hatte, bescheinigte ihm eine schnippische Frauenstimme. Und wenn er das schon nicht wisse: Frau Brändle pflege Bestellungen im Ordner »Bestellungen« im Aktenschrank aufzubewahren. Ob er bitte dort einmal nachsehen könne? – Der Aktenschrank war abgeschlossen, und wo, bitte, war der Schlüssel? Auch das wusste er nicht. Ob er dann wenigstens das Gespräch an Simone Becker, die zuständige technische Assistentin, weiterleiten könne? Das führte zur nächsten Blamage. Er sah misstrauisch auf die Telefonanlage: Knöpfe und Tasten ohne Ende. Da nützte sein ganzes technisches Verständnis nichts, die Maschine blieb undurchschaubar. Dabei war er fest von seinem Talent auf diesem Gebiet überzeugt gewesen!

»Lassen Sie die Bestellung ruhen, bis Frau Brändle wieder gesund ist«, entschied er.

»Hier steht aber ›Eilt sehr‹«, widersprach die Dame.

»Trotzdem!«

»Und wenn Sie mir die Durchwahl von Frau Becker geben?«

»Kein Problem.« Die Nummer hatte er wie zwei oder drei Dutzend andere Nummern im Kopf. Warum nicht gleich so einfach? Erleichtert beendete er das Gespräch. Er starrte ärgerlich auf das leere Zimmer von Frau Brändle und beschloss, nie wieder den Hörer hier im Sekretariat abzunehmen. Er sollte das Zimmer am besten gar nicht mehr betreten. Der Anblick war ohnehin deprimierend, mit dem leblosen Bildschirm des Computers und den geschlossenen Schränken. Nicht einmal die Kaffeetasse stand auf dem Schreibtisch.

Eine halbe Stunde blieb es nebenan ruhig, nachdem er in sein Arbeitszimmer zurückgekehrt war. Gar nicht hinhören, sagte er sich, als das Telefon wieder klingelte. Der Anruf ist sicher völlig unwichtig! – Es klingelte ewig. Dann war es still – für zwei Minuten. Es klingelte erneut, dieses Mal noch länger. Minutenlang, wie ihm schien. Telefon unwichtig, Anrufer unwichtig! Es nützte nichts.

Der Klügere gibt nach, entschied er und verließ sein Zimmer. Er hatte längst mit der neuen Doktorandin über die unerwarteten Probleme bei ihrer Arbeit sprechen wollen. Seit Tagen saß die Arme unglücklich vor ihrem Laptop, gebeugt wie eine alte Frau, völlig zusammengesunken, ein Bild des Jammers jedenfalls. Als er einen Laborschemel heranzog, um sich zu ihr zu setzen, erschien ein Hauch von Zuversicht auf ihrem Gesicht, und ihre gebeugten Schultern und ihr Kopf richteten sich auf, als habe er an unsichtbaren Marionettenfäden gezogen. Er hatte ein paar Ideen zu ihrer festgefahrenen Arbeit, ob er ihr damit helfen konnte, würde sich in den nächsten Tagen erweisen.

Nach einer Stunde war er zurück in seinem Zimmer. Er konnte ja nicht ewig im Gebäude herumlaufen. Das Telefon im Sekretariat klingelte. Jetzt gelang es ihm etwas besser, seine Gedanken nicht von dem verwünschten Apparat aufsaugen zu lassen. Er atmete auf, als es Mittag war. Nun war Corinna an der Reihe.

Draußen vor der Tür schaltete er sein Handy ein. Es klingelte sofort. Die Mailbox meldete sich. Der Beamte von der Heidelberger Soko bat um Rückruf. Als Alexander die angegebene Nummer wählte, merkte er, dass er den ganzen Vormittag weder an den Alten noch an die getöteten Mädchen gedacht hatte.

Der Beamte konnte sich die Bemerkung nicht verkneifen, dass er den Professor für Stunden unter keiner der angegebenen Nummern erreicht hätte. Alexander hörte sich kommentarlos an, was der Polizist berichtete. »Der Mann war sicher nicht uralt, wie Sie sich ausdrückten. ›Wie mein Vater‹, hat eines der Kinder gesagt.«

Alexander bedankte sich. – Wie konnte er nur auf den absurden Gedanken kommen, dass der Alte der Mörder war? Er stand wegen des Bildes vor der Tür. – Oder er stand einfach nur deshalb dort, weil er irgendwo stehen musste, um zu rauchen.

In der Türkenlouisstraße hörte Alexander eine Kirchturmuhr schlagen: vier mal die kleine Glocke, dann folgten zwei dumpfe Schläge. Eine Minute später, immer noch ungewöhnlich pünktlich, betrat er Inas Wohnung. Corinna hüpfte ihm entgegen.

»Fahren wir gleich?«

»Jetzt sofort.«

Ina holte Corinnas roten Anorak und deckte sie mit der üblichen Ermahnung ein, keinen Unsinn zu machen. Corinna rollte gelangweilt mit den Augen. »Ich mache nie Unsinn.«

Jetzt wurde er zum Ziel von Inas Ermahnungen: »Pass gut auf Corinna auf!«

»Wie immer.«

Ina sah ihn skeptisch an. »Und sei vorsichtig!«

»Ja, Mama!«

Auf Inas Stirn erschien eine steile Falte. »Versprichst du das?«

»Ja, Mama!«

»Alex, ich meine es ernst. Lass Corinna bitte nicht aus den Augen!«

»Ach Ina, natürlich passe ich gut auf mein einziges Kind auf.«

Corinna polterte schon die Treppen hinunter, und er folgte ihr kaum weniger geräuschvoll.

Ich sehe eine Stadt mit anderen Augen, wenn ich einen Menschen verfolge, doch erst beim zweiten Mal auf denselben Wegen, denselben Plätzen sehe ich das Besondere einer Stadt. Ich meine nicht das Offensichtliche, was in Freiburg die Bächle sind, der Münsterturm oder die vielen Radfahrer. Ich meine das Unauffällige, das dem eiligen Betrachter entgeht, wie die vielfältigen, auf Nachsicht bauenden Absonderlichkeiten der Freiburger. Zum Beispiel im Stadtgarten. Sie machen ihn zum Selbstbedienungsladen, wie die Frau, die eine Plastiktüte mit den Hagebutten der Rosenhecke füllt, zur Moschee für Muslime mit bunten Turbanen und blonden Bärten, die vor der Konzertmuschel ihre Teppiche zum Freitagsgebet ausrollen, zu Klassenzimmer und Turnhalle, zum Studierzimmer mit dem Laptop auf dem Rasen, zum Probenraum für Jongleure, Drahtseilartisten und Trommler, und niemand wundert sich.

Um die Lebensgewohnheiten und Vorlieben der kleinen Mädchen zu verstehen, brauche ich nicht lange. Sportverein, Musikschule, Ballett, Reiten, das Spektrum ähnelt sich mehr als die Städte, in denen sie leben. Es ist erstaunlich, wie häufig Ortsveränderungen im Leben dieser kleinen Wesen sind, und es ist nicht leicht, ihnen zu folgen.

Man darf ein Mädchen nicht vergeblich ansprechen. Der erste Versuch muss erfolgreich sein. Sie erzählen zu Hause von dem fremden Mann, und dann lassen ihre Eltern sie nicht mehr aus den Augen, als wäre jeder Fremde ein Verbrecher. – Mir war sehr wohl bewusst, was ich für ein Glück hatte, als dieser Professor mich im McDonald's anstarrte und nicht erkannte.

▾ ▾ ▾

Die Sonne sandte ihre Strahlen wie glänzende Fühler über den bewaldeten Bergrücken und tauchte den Eingang des Steinwasenparks in ein goldenes Licht. Hier in dem engen

Schwarzwaldtal war es viel kühler als unten in der Stadt. Erstes Herbstlaub leuchtete in der Sonne, und Sommerblumen blühten noch in verschwenderischer Pracht dem ersten Frost entgegen. Alexander liebte den heraufziehenden Herbst, er liebte das Vergängliche. Zur wahren Schönheit gehörte für ihn immer die Vergänglichkeit.

Er war zum ersten Mal im Steinwasenpark. Ein großes Eingangsgebäude, ein Bauwerk aus Holz mit zwei Türmen, das vielleicht an den Wilden Westen erinnern sollte, eine Sesselbahn, eine Schwindel erregende Hängebrücke über einer Schlucht, ansonsten bewaldete Berghänge – viel mehr war auf den ersten Blick nicht zu sehen. Kein Vergleich zum Europapark in Rust, wo sie im vergangenen Jahr zu dritt gewesen waren. Hier vor dem Steinwasenpark gab es keine Musik, die ihm schon auf dem Parkplatz in den Ohren dröhnte, keine Menschenmassen, die sich durch die Eingangstore wälzten. Die Ruhe und der Friede des Schwarzwaldes umgaben sie.

Corinna kannte sich aus. Er hatte noch nicht einmal den Eingang gefunden, als sie schon an der Kasse stand und ungeduldig auf ihn wartete.

»Schwarzwaldbahn!«, rief sie, als sie das Drehtor passiert hatten. Sie lief weiter, blieb nur einen Augenblick stehen, um ihm begeistert das wiehernde und wackelnde lebensgroße Pferd in der Schmiede und die liebevoll nachgebildeten Schwarzwaldhäuser zu zeigen. Daran, dass die Kuh blökte wie ein Schaf, nahm sie keinen Anstoß.

Dann standen sie auch schon, noch immer im Eingangsgebäude, am Einstieg zur Bahn. »Sagenhafte Schwarzwaldbahn«, las er. Nun ja, er hatte an die Rodelbahn gedacht, als er mit Corinna zum Park fuhr, aber das musste wohl sein: statt eines rasanten Schlittens ein Gefährt wie aus einer uralten Berg-und-Tal-Bahn. Eng waren die Bänke, er saß eingezwängt neben Corinna, die Knie fast am Kinn, so zuckelten sie in beschaulichem Tempo durch die Schwarzwaldkulisse.

»Noch mal!«, rief Corinna, als die Fahrt zu Ende war, aber er zog sie sanft weiter. In die »Eiswelt« wollte Corinna nicht. Die seltsamen Schreie der Pinguine und Seelöwen behagten ihr nicht.

»Und jetzt zur Rodelbahn!«

Corinna sah ihn ängstlich an. »Fährst du auch nicht zu schnell?«

»Das geht doch sicher gar nicht.« Er nahm schon Kurs auf den Sessellift, der sie zum Startpunkt der Rodelbahn bringen sollte. Corinna folgte ihm zögernd. Dann standen sie oben, Corinna ungewöhnlich schüchtern an seiner Hand, er ratlos. An einem Gestell hingen seltsame Geräte.

»Und nun?«

»Du musst einen Schlitten auf die Bahn stellen.«

Die zusammengeklappten Dinger waren offenbar die Schlitten. Er griff einen und wuchtete ihn auf die Bahn.

»Nein, du musst einen für zwei Personen nehmen. Ich darf noch nicht allein fahren.« Er hängte das schwere Gerät wieder ein und nahm eines von dem Gestell, auf das Corinna zeigte. Ein Mann mit einem Fotoapparat in der Hand lachte. Alexander sah ihn irritiert an. Irgendwoher kannte er ihn – ein Paparazzo vielleicht, der Jagd auf berühmte Professoren in Freizeitparks machte? Wohl eher ein Zufallstreffen, schließlich konnte niemand damit rechnen, dass er heute hier sein würde. Nun ja, mit Fotografen musste man leben, wenn man ein gewisses Maß an Berühmtheit erreicht hatte. Wahrscheinlich gab es morgen ein Bild in der Zeitung, wie er ungeschickt und mit dümmlichem Gesicht mit einem Schlitten kämpfte.

Das Einsteigen war schwieriger, als er gedacht hatte. Erst er oder erst Corinna? Und wenn das Ding mit Corinna und ohne ihn in die Tiefe sauste? Vorsichtig und auf schlimmste Überraschungen gefasst, setzte er Corinna auf das Gefährt. Nichts geschah, auch nicht, als er sich selbst mühsam auf den hinteren Sitz gezwängt hatte. »Papa, du musst den Bremshebel nach vorn drücken!« Tatsächlich, die Kiste setzte sich in Bewegung. Nach ein paar Metern hatte er den Bogen raus, und jetzt ließ er den Schlitten so richtig über die holprigen Schienen sausen. Wie schön, Vater zu sein, dachte er. Ohne Corinna käme er nie auf eine solche Rodelbahn.

»Nicht so schnell!«, rief Corinna. Ein kleines Stückchen fuhr er langsamer, doch dann ließ er den Schlitten wieder rumpelnd und holpernd über die Bahn schießen. »Bremsen!«, schrie Corinna. Tatsächlich stand da »Bremsen« vor einer Kurve, aber er bremste kaum, sie fuhren nicht zu schnell, das fand er jedenfalls. »Bremsen!«, schrie Corinna wieder. Er lachte nur. Er juchzte vor Vergnügen. »Langsamer!«, schrie Corinna.

Als sie unten ankamen, war Corinna ganz blass.

»Hast du wirklich Angst gehabt?«

Sie nickte, schluckte, blinzelte ein paarmal, und eine winzige Träne rollte über ihre Wange. Ganz betroffen nahm er sie in den Arm. Sein verschrecktes Töchterchen, das so mutig allein durch die gefährliche Schlucht gestapft war! »Nächstes Mal fahren wir langsamer. Das verspreche ich dir.«

»Mit dir rodele ich nie wieder!« Corinna stampfte trotzig mit dem Fuß auf. Das hatte er nun von seiner wilden Fahrt. Abwarten, dachte er einmal mehr.

»Und jetzt?«

»Jetzt hab ich Hunger.«

Natürlich. Kaum gab es irgendwo Pommes, fiel Corinna ein, dass sie Hunger hatte. Auf dem Weg zurück zum Eingang kamen sie am Wildschweingehege vorbei.

»O sind die süß!« Corinna hatte die Frischlinge entdeckt, kleine Fellbündel auf flinken Beinchen mit honigfarbenen Streifen. Sie zwängten sich unter dem Zaun hindurch, umringten Corinna und knabberten an dem Buchenzweig, den sie ihnen hinhielt. »Hallo, kleines Schweinchen!«, rief sie, und er dachte schon, sie habe ihren Hunger vergessen. – Hatte sie nicht.

»Papa, ich hab Hunger!«

Den Zweig, den sie den Frischlingen angeboten hatte, nahm sie mit und hielt ihn wie eine Trophäe in der Hand.

Der Paparazzo mit dem Fotoapparat schien es doch nicht auf ihn abgesehen zu haben. Er saß schon an einem der Tische am Fenster des Restaurants und beachtete ihn nicht, als Corinna an seiner Seite ihre »Pommes mit Rot« fast ohne Verluste zu einem anderen freien Tisch balancierte. Er selbst hatte eine Currywurst erstanden, die eher aus einer Kautschukfabrik als aus einer Metzgerei zu stammen schien.

Alexander beobachtete verstohlen den Mann, der ihm auf rätselhafte Weise bekannt vorkam. Ohne aufzusehen, schrieb der etwas in eine schwarz eingebundene Kladde. Ein Journalist vielleicht, der eine Reportage über den Park schrieb, vielleicht ein Engländer?, dachte er, wegen der rötlichen Haare und dem kleinen zusammengezogenen Mund, der ihm – zu Recht oder zu Unrecht – immer typisch englisch erschien. Der Mann gehörte nicht hierher, weder als normaler Besucher noch als Journalist, der über Freizeitparks berichtete. Eher würde er in die Kulturredaktion der ZEIT passen, da gab es vermutlich viele von diesen intellektuellen Typen. Aber die schrieben wohl kaum über den Bergwildpark Steinwasen. Jedenfalls erinnerte er ihn an jemanden – weniger war es das Gesicht als die Art seiner Bewegungen – aber an wen?

Corinna hatte aufgegessen und rutschte ungeduldig auf ihrem Stuhl herum.

»Und jetzt?«, fragte er wieder. Nach dem Rodeldrama wollte er Corinna entscheiden lassen. Vielleicht würde sie dann mit ihm zum Abschluss noch einmal auf einen Schlitten steigen.

Corinna überlegte eine Weile und wackelte dabei wie üblich, wenn sie eine Entscheidung zu treffen hatte, bedächtig mit dem Kopf. »Noch mal Schwarzwaldbahn.«

»Nicht lieber den River Splash?« Er fand die Schwarzwaldbahn albern.

Corinna schüttelte den Kopf.

»Oder die Rodelbahn?«

Sie schüttelte energischer den Kopf.

»Oder …«

Sie ließ ihn gar nicht ausreden. »Ich möchte mit der Schwarzwaldbahn fahren.« Sie hielt es nicht mehr auf ihrem Platz aus. Wie ein großer Hüpfball sprang sie mit dem Zweig in der Hand auf und ab.

»Was willst du denn mit dem Zweig?«

»Mitnehmen.«

»Warum?«

»Weil die Schweinchen daran geknabbert haben.«

»Aha!« Er seufzte und nahm Corinna an der Hand. Also

wieder die »sagenhafte Schwarzwaldbahn«, ein zweites Mal Zwergenland, ein zweites Mal die Musik des Trompeters von Säckingen, Gewitter mit Blitz und Donner und der schwarze unheimliche Vogel, der direkt aus der Hölle zu kommen schien. Dann weiter durch das Höllental mit dem Hirschsprung, genau wie in der Wirklichkeit, nur den Furcht erregenden Teufel hatte er dort noch nicht gesehen. – Nett für Kinder, dachte er, aber nichts für ihn.

»Noch mal!«, rief Corinna.

»Nein!«, entgegnete er in dem strengsten Ton, der ihm beim Anblick von Corinnas bettelndem Gesicht möglich war. Widerspruch zwecklos, redete er sich ein.

»Ach bitte! Ich möchte noch einmal die Trompete hören!« Das war wirklich schöne Musik gewesen, die ihn auch berührt hatte, nur zu kurz, viel zu kurz.

»Wir hören zu Hause Trompetenmusik.«

»Ach bitte. Nur noch einmal!«

»Du kannst ja allein fahren. Ich warte hier«, schlug er vor und zeigte zu den Tischen draußen vor dem Ausgang der Schwarzwaldbahn, froh über den weisen Vorschlag.

»Kinder dürfen aber erst ab acht Jahren allein fahren!«

»Du bist doch schon so groß wie eine Achtjährige!«

Corinna zögerte noch eine Weile, dann zog sie mit etwas ängstlichem Gesicht von dannen. Nach ein paar Metern kehrte sie noch einmal um. »Ist der Teufel bestimmt nicht echt?«

»Aber Corinna! Teufel mit Hörnern und Pferdefuß gibt es nicht in der Wirklichkeit. Das weißt du doch schon lange.«

»Wo dann?«

»Nur im Märchen und in der Schwarzwaldbahn.«

»In dieser Bahn?« Corinna bekam vor Schreck ganz große Augen.

»Ja. Aber nur aus Gips oder Pappe.«

Ein Ruck ging durch Corinnas kleine Gestalt, der sie mindestens zwei Zentimeter größer werden ließ. »Wenn du mir versprichst, dass es in der Bahn keinen richtigen Teufel gibt …«

»Verspreche ich.«

Noch immer den Kopf besonders hoch gereckt und ein wenig auf Zehenspitzen ging Corinna davon.

»Und dann River Splash!«, rief er ihr nach.

»Dann River Splash«, bestätigte Corinna.

Alexander Kilian setzte sich an einen der Tische neben der Attrappe einer Ritterburg. Jörg Gessler fiel ihm ein. Er hatte die Verabredung zwar abgesagt, aber an den neuen Termin konnte er sich nicht erinnern. Wieder so ein Versagen des Gedächtnisses, das er früher nur bei unangenehmen Verabredungen gekannt hatte. Die zu vergessen war ihm schon immer mit Bravour geglückt, aber doch nicht die angenehmen! Er wählte Jörgs Nummer, aber der meldete sich nicht. Also klappte er das Handy auf und tippte eine SMS an den Kommissar, in der er um den genauen Termin bat. Beim Senden hatte er irgendetwas falsch gemacht, denn der Text verschwand, noch ehe er Gesslers Nummer eingegeben hatte. Er schrieb ein zweites Mal. »Nachricht versendet«, erschien auf dem Display. Zufrieden steckte er das Handy ein und sah auf seine Armbanduhr. Genau drei Uhr. Er wunderte sich, dass Corinna noch nicht zurück war. Entweder hatte er zum Schreiben weniger lange gebraucht, als es ihm erschienen war, oder die Fahrt dauerte länger. Er sah einer Familie mit fünf kleinen Kindern zu, die an ihm vorbeizog. Fünf Kinder, darunter ein Zwillingspärchen, das noch kaum laufen konnte, auch die anderen drei waren nur wenige Jahre älter. Er bewunderte die Eltern, die mit einer solchen Kinderschar einen Ausflug bewältigten. Fünf Minuten nach drei! Corinna war immer noch nicht zurück. Ob sie ihn nicht gesehen hatte? Unmöglich! Der Ausgang der Bahn war ganz nah, Corinna musste nach der Fahrt direkt hierherkommen, genau wie die Familie. Vielleicht fuhr sie gleich ein zweites Mal. Er sah wieder auf die Uhr. Sieben Minuten nach drei. So lange konnte doch kein Mensch mit dieser Bahn fahren! Eine Viertelstunde war Corinna sicher schon fort. Er stand auf und ging zum Ausgang der Bahn. Keine Corinna! Er ging zum Eingang. Nichts! Ging wieder zum Ausgang, ging immer schneller hin und her, panisch jetzt, versuchte vergeblich Ein- und Ausgang gleichzeitig im Blick zu behalten. Noch zwei Minuten warten! Er zählte die Sekunden. Und wenn sie schon auf dem Weg zum River Splash war? Seine Augen suchten nach dem roten Anorak. Von hier konnte er sie nicht sehen. Wo war Corinna? Wo um Himmels willen war Corinna?

Er lief das kurze Stück, bis er den Zugang zu der Wasserbahn überblicken konnte. Nein, auch hier war sie nicht. Jetzt rannte er, rannte zurück zum Eingang der Schwarzwaldbahn.

»Haben Sie das Mädchen gesehen, das allein in der Bahn fuhr?« Ein Mann im fortgeschrittenen Rentenalter, der den Einstieg überwachte, sah gleichgültig auf. Er begriff die Frage nicht. »Hä?«

Endlich eine Antwort: Er habe überhaupt keinen Menschen allein fahren sehen.

»Aber Sie haben doch die ganze Zeit hier gesessen.«

»Hier ist niemand allein gefahren.«

»Ein Mädchen, so groß«, er versuchte Corinnas Größe zu zeigen, war sich plötzlich nicht mehr sicher, »mit dunklen Locken?«

Er war dem Alten längst gleichgültig geworden.

Und wenn Corinna in der »Eiswelt« war? Aber nein! Die schrecklichen Schreie der Pinguine und Seelöwen hatten ihr schon in seiner Gegenwart Angst gemacht.

Corinna war weg. Weg. Unwiderruflich weg. Ihm war, als würde der Boden unter seinen Füßen weggezogen und er hinge plötzlich in der Luft, wild rudernd mit Armen und Beinen beim unaufhaltsamen Sturz in eine bodenlose Tiefe. Er wusste nicht, wie tief er fallen würde. Er wartete auf den Aufprall, der ihn in Stücke reißen würde. Das Loch unter ihm. Es hatte schon begonnen sich aufzutun, als Corinna nicht nach ein paar Minuten zurück war. Er hatte es sofort gewusst. Er hatte gewusst, dass sein Suchen vergebens sein würde.

Er wählte die Handynummer von Jörg Gessler. »Corinna ist weg! Corinna ist im Steinwasenpark entführt worden!«

»Bist du dir ganz sicher?«

»Ja! Ganz sicher!«

»Hast du etwas gesehen? Hast du einen Verdacht?«

Alexander versuchte, wieder Ordnung in seine Gedanken

zu bringen. Einen Verdacht? »Mein Gott, ja, ich habe einen Verdacht!« Und dann fast tonlos: »Ein Mann, etwa vierzig, rotblond.«

Und noch leiser: »Wie bei Angelina.«

»Ich kümmere mich darum! Hast du die Parkleitung verständigt?«

»Nein.«

»Tu das.«

Die Parkleitung! Warum hatte er nicht sofort daran gedacht, gleich, als beim Blick auf die Uhr das auf unangenehme Weise vertraute Gefühl im Magen auftauchte: eine Faust, die immer größer wurde, der Druck auf die Brust und das Herz, das immer wilder schlug. Vielleicht hätte man den Entführer noch stoppen können! Er rannte zum Tor, das zum Parkplatz führte. Warum hatte er das nicht gleich getan? Es gab nur einen einzigen Ausgang. Er suchte den ganzen Parkplatz ab. Wenn er es doch sofort getan hätte! Jetzt war es nutzlos. Er ging zum Eingang zurück. Die junge Frau an der Kasse war für verschwundene Kinder nicht zuständig. Er solle warten. Sie versuchte »die Parkleitung« anzurufen: »Besetzt«, sagte sie und verkaufte weiter Eintrittskarten. Sie wählte wieder, es meldete sich jemand, nach ein paar Worten legte sie wieder auf. Jetzt war niemand mehr da, der Eintrittskarten wollte. »Kleinen Augenblick noch«, sagte sie zu ihm und schloss ihr Fensterchen.

Ein etwa fünfzigjähriger Mann im Anzug und mit Krawatte kam auf ihn zu, nannte einen Namen, den Alexander sofort wieder vergaß – er sei nur die Vertretung –, und führte ihn zu einem einzeln stehenden Tisch im Restaurant. Der Mann schwitzte: Schweißtropfen auf der Oberlippe, Schweißtropfen auf der Halbglatze, Schweißtropfen auf der Stirn. Er verschränkte seine Hände, bog die Finger durch und ließ die Gelenke knacken. Dann redete er. Er betonte die Sicherheit des Parks, sprach von Kindern, die von ihren Eltern fortlaufen, um bald darauf wieder aufzutauchen – viel seltener seien Kinder, die sich verliefen und gesucht werden mussten – und noch nie sei ein Kind verloren gegangen. Er ließ wieder die

Fingergelenke knacken. Und nun käme er – wie war doch gleich der Name? – und behaupte, seine Tochter sei aus dem Park verschwunden? So etwas sei schlichtweg undenkbar. Wie solle hier ein Kind verschwinden?

Die Schweißtropfen waren größer geworden und sammelten sich zu kleinen Bächen und rannen über die Schläfen zum Kinn. Mit einem Mal merkte Alexander, dass der Mann Angst hatte. Angst vor der Wahrheit?

»Ihre Tochter wird sicher bald wieder auftauchen. Am besten gehen Sie selbst noch einmal durch den Park.«

Alexander schüttelte den Kopf. »Ich weiß, dass sie entführt worden ist.«

»Hier im Park wurde noch nie ein Kind entführt!«

Alexander stand auf und ließ den Mann allein am Tisch zurück.

Der war einen Augenblick später schon neben ihm. »Was wollen Sie tun?«

»Auf die Polizei warten.«

»Die Polizei? Wir wollen hier keine Polizei!«

Alexander beachtete ihn nicht mehr. Eine Weile lief er unschlüssig im Eingangsbereich herum, dann kehrte er zurück und sank auf den Stuhl im Restaurant, wo Corinna eben noch »Pommes mit Rot« gegessen hatte, und vergrub seinen Kopf in den Händen. Er hatte es gewusst, so etwas passierte, Kinder verschwanden, Kinder wurden entführt, Kinder wurden getötet.

Aber doch nicht Corinna! – Wahrscheinlich verschwand alle naselang ein Kind für kurze Zeit und wurde wohlbehalten aufgefunden.

– Natürlich würde Corinna wieder auftauchen! »Papa, hast du mich gesucht? Papa, du schaust ja so erschreckt.« So, wie bei den Zweribachfällen: »Huhu, Papa!« Gleich, wenn die Polizei kam, würde er sich noch einmal im Park auf die Suche machen. Er hatte doch noch gar nicht überall nachgesehen, nicht einmal bei den kleinen Schweinchen! – Er schloss die Augen. Er würde sie nicht finden, das wusste er.

Alexander sah auf die Uhr. Spätestens in einer Stunde würde Ina wieder zu Hause sein. Er dachte an den Augenblick, wenn er ihr ohne Corinna gegenübertreten musste. Ina, die sich schon auf dem Spielplatz wie eine Glucke benahm! Ihr wäre das nicht passiert! Er hätte besser aufpassen müssen. Natürlich hätte er besser aufpassen müssen. So einfach war das.

Ina, die Glucke – aber doch nur, weil sie ihm und seinen Fragen hatte ausweichen wollen!

Trotzdem: Er hätte besser aufpassen müssen!

Er hob den Kopf, sah durch das Fenster nach draußen: Ein Streifenwagen auf dem Parkdeck, zwei Beamte in Uniform. Das stumme Warten hatte ein Ende. Seine Augen suchten vergeblich Jörg Gessler. Alexander biss die Zähne zusammen und ging auf die Polizisten zu. Es waren Beamte der Schutzpolizei.

Er beschrieb Corinna, obwohl es ihm hier und jetzt nutzlos schien – er hatte sogar ein Foto von ihr dabei –, wusste, dass sie ihren roten Anorak getragen hatte, zeigte, wo er sie zuletzt gesehen hatte. Dann schilderte er den Rothaarigen, den er für einen Journalisten oder schlimmstenfalls für einen Paparazzo gehalten hatte.

Offenbar hatte man Jörg Gessler die Dringlichkeit geglaubt, denn jetzt umstanden ihn schon sechs Beamte, zwei von ihnen Kripobeamte in Zivil. Alexander redete immer noch oder schon wieder. Wie ein zum Reden Verurteilter fühlte er sich, wie einer, der tausendfach seine Litanei aufsagen muss und seine Schuld trotzdem nicht abtragen kann. Corinna war verschwunden, und ihn allein traf die Schuld daran.

Die Beamten durchsuchten das Gelände, stundenlang, wie Alexander schien. Anfangs war er selbst durch den Park gelaufen und hatte immer wieder nach Corinna gerufen. Jetzt tat er nichts mehr. Er sah nur zu. Tatenlos. Versteinert. Sah noch immer zu, als die Beamten zum Ausgang zurückkehrten, der längst für Besucher geschlossen war. Ohne Corinna. Auch er sollte jetzt den Park verlassen. Allein, obwohl er nicht allein gekommen war. Er konnte es nicht. Er blieb stehen. »Corinna!« Er brüllte den Namen. »Corinna!«

Er spürte noch, wie ihm ein Beamter die Hand auf die

Schulter legte und ihn zum Eingangsgebäude führte, dann schossen ihm die Tränen in die Augen. Zuerst versuchte er, dagegen anzukämpfen, aber es war vergeblich. Als sie beim Pferd in der Schmiede vorbeikamen, das nun nicht mehr wieherte, weinte er hemmungslos wie ein verzweifeltes Kind. Er bemerkte kaum, wie er den Park verließ. In einem Streifenwagen fasste er sich wieder. Er hielt ein Päckchen Papiertaschentücher in der Hand, das ihm jemand gegeben haben musste.

Erst als sie vor dem Haus in der Türkenlouisstraße hielten, wurde ihm bewusst, dass sie zu Ina gefahren waren. Er hatte nicht die geringste Ahnung, woher die Polizei die Adresse wusste. Jörg war auch hier nicht zu sehen. Er blieb sitzen, als die beiden Beamten ausstiegen.

»Kommen Sie nicht mit?«

Wortlos quälte er sich aus dem Auto und tappte mühsam die Treppen empor. Er hoffte, dass die Stufen niemals enden würden. Am Ende der Treppe würde Ina sein. Ahnungslos. Völlig ahnungslos. Er blieb zurück, ließt die Polizisten vorangehen.

»Klingeln?«

Er nickte.

Ina begriff sofort, als sie die Polizisten sah. »Wo ist Corinna?« Sie schrie es fast. »Wo ist Corinna?« Ina packte ihn am Arm. Sie vermutete das Schlimmste, das sah er. Corinna könnte im Krankenhaus sein, vielleicht ein Unfall, eine Bagatelle, und morgen wäre sie schon wieder zu Hause. Aber daran dachte sie nicht. »Wo ist Corinna?« Ina schluchzte jetzt.

»Verschwunden. Sie ist weg.« Er sah sie nicht an.

Er hörte nicht, was die Polizisten mit Ina redeten. Er hörte noch immer den Aufschrei. »Wo ist Corinna?«

Im Wohnzimmer ließ er sich aufs Sofa fallen und schlug die Hände vors Gesicht. Er spürte, dass ihm die anderen gefolgt waren.

»Herr Kilian?«

Er sah nicht auf.

»Herr Kilian!«

Einer der Polizisten berührte ihn am Arm. Er nahm die Hände vom Gesicht.

»Wer wusste, dass Ihre Tochter heute im Steinwasenpark sein würde?«

Alexander stierte geradeaus. Nachdenken!, befahl er sich, nachdenken!

»Frau Brändle«, schrie er plötzlich. »Frau Brändle hat es gewusst, und wahrscheinlich hat sie es dem halben Institut erzählt!«

Der Polizist blieb ruhig. »Können Sie uns das bitte etwas genauer erklären?«

»Meine Sekretärin hat gewusst, dass wir heute in den Park fahren wollten!«

Er schlug wieder die Hände vors Gesicht und bemühte sich, nicht erneut in Tränen auszubrechen.

»Alles falsch!«, rief er plötzlich. »Alles falsch!«

Der Beamte sah ihn verwundert an.

»Das Gespräch mit dem Handy war schuld. Vor der Haustür, dort, wo immer der Alte stand! Dort habe ich gestern gesagt, dass ich heute keine Zeit habe, weil ich mit meiner Tochter in den Steinwasenpark fahre.«

Warum schreist du so, wenn du telefonierst? Mein Gott, wie oft hatte Ina gesagt, er brauche nicht so laut zu reden! Du hast ein Handy, keine Flüstertüte, hatte sie gesagt. Man versteht dich auch, wenn du normal sprichst. – Aber Gessler hatte ihn nicht verstanden. Das war die Wahrheit. Er hatte so laut sprechen *müssen*! Er konnte nichts dafür, wenn die halbe Türkenlouisstraße erfahren hatte, dass er mit Corinna in den Park fahren wollte.

»Ich musste so laut sprechen«, sagte er. »Mein Freund verstand mich nicht.«

»Hatten Sie das Gefühl, beobachtet zu werden?«

Er schüttelte den Kopf. »Nicht mehr als sonst, seit der Alte hier zum ersten Mal aufgetaucht ist.«

»Der Alte?«

»Ein alter Mann mit einem völlig verschrumpelten Gesicht. Manchmal stand er vor dem Haus und rauchte.«

»Haben Sie ihn heute gesehen?«

Er schüttelte den Kopf. »Nein. Nirgends.«

Später waren die Polizisten fort, nur noch Ina und er in der Wohnung. Ihm war, als wären sie noch nie so allein in diesen Räumen gewesen. Es war völlig still und so leblos und steril wie in einem leeren Operationssaal. Ina saß bleich und erschöpft am Küchentisch. Sie hatte den angewinkelten Arm auf die Tischplatte gelegt und den Kopf in der Ellenbeuge vergraben. Sie hob den Kopf nur zum Sprechen. »Wenn ich Mira nicht besucht hätte, wärst du nicht mit Corinna in den Steinwasenpark gefahren.« Und nach einer Weile: »Wenn du Jörg nicht genau vor der Haustür angerufen hättest …«

»Hör auf! Das nützt doch jetzt nichts!«

Hätte ich dies, hättest du das, wäre ich nur, so ging das immer bei Ina. Aber sie hatte nicht und er auch nicht. Die Zeit ließ sich nicht zurückdrehen und das, was geschehen war, nicht rückgängig machen.

»Mein Auto steht noch beim Park.«

»Das ist doch egal«, stöhnte Ina.

Er schwieg. Er wollte fliehen. Am liebsten einfach davonlaufen. Die ganze Nacht laufen, laufen, laufen. Nicht stehen bleiben. Nicht denken. – Aber er konnte Ina doch nicht allein lassen!

»Wollen wir zusammen das Auto holen?«

»Was kümmert dich jetzt dein blödes Auto!«

»Ich halte es nicht aus, hier zu sitzen und zu warten.«

Ina stand auf und griff nach ihrer Handtasche.

»Gehen wir!«

»Kannst du dein Auto zurückfahren?«

»Ich werde es versuchen.«

Alexander ging zum Telefon und stellte die Rufumleitung auf sein Handy ein.

Ganz langsam und zögernd schlich Ina hinter ihm die ausgetretenen Holzstufen hinunter, als sei sie noch nicht sicher, ob sie ihm folgen wolle. Er wartete vor der Haustür und starrte in das Spiel von Licht und Schatten unter den Kastanien. Hier hatte er den fürchterlichen Alten zum ersten Mal gesehen.

»Papa, hebst du mich mal hoch? Papa, da unten ist doch

gar niemand!« Seine freche Göre! Er hätte heulen können. – Was heißt hätte? Er heulte schon wieder. Durch den Tränenschleier sah er plötzlich eine Bewegung neben der Kastanie auf der anderen Straßenseite. Er wischte sich über die Augen, um besser sehen zu können. Nein. Da drüben war niemand, nicht der Alte und auch sonst niemand.

Der Alte – und wenn er doch etwas mit der Entführung zu tun hatte? – Wenn er ein Komplize war?

Ina kam, sah seine Tränen und brach selbst wieder in verzweifeltes Schluchzen aus.

Dann saßen sie stumm nebeneinander in Inas Auto, beide tief versunken in ihrer Angst und Trauer. Er fuhr, Ina hatte es so gewollt.

Zwanzig Minuten später standen sie auf dem Parkplatz vor dem Steinwasenpark. Er war bis auf seinen Wagen leer.

Inas Verzweiflung, als sie vor dem verschlossenen Tor des finsteren Parks standen! Es war schrecklich. »Wo hast du sie zuletzt gesehen? Wo seid ihr gewesen?« Immer wieder stellte sie dieselben Fragen, und je öfter sie fragte, umso unglücklicher wurde er. Trotzdem fühlte er sich etwas ruhiger, als sie wieder zu Hause waren.

»Vielleicht hat sie sich doch nur verlaufen«, sagte er, als sie wieder allein in der ohne Corinna so furchtbar leeren Wohnung waren.

Ina sah ihn an, und er wusste, dass er diesen Satz niemals hätte sagen dürfen. Nein, es gab keinen vernünftigen Grund für die Hoffnung, dass Corinna nicht dem Serienmörder in die Hände gefallen war. Alles war genau wie bei Angelina und den beiden anderen Mädchen: der Beruf und die Stellung des Vaters, sogar ihr Fachgebiet, und auch Angelina war aus einem Freizeitpark verschwunden. Wollte nicht Angelina anders, als ihre Mutter wollte, als der Entführer zugriff? Er glaubte es in der Zeitung gelesen zu haben. Hätte der Entführer keine Chance gehabt, wenn die Eltern – Angelinas Mutter und er – die Wünsche ihrer Töchter erfüllt hätten? Wenn er noch einmal mit der Schwarzwaldbahn gefahren wäre und Angelinas Mutter ihrer Tochter Geld für eine weitere Fahrt gegeben hätte? Geschah das Unglück, weil die Eltern nicht nachgegeben hatten und dem »lieben Onkel« damit eine Chance geboten hatten? Aber Corinna wusste doch, dass sie mit keinem fremden Menschen mitgehen durfte! Niemals würde sie so etwas tun!

Und wenn sich Corinna doch absichtlich versteckt hatte wie damals bei den Wasserfällen? Wenn sie beschlossen hatte, besonders mutig zu sein, und die ganze Nacht in ihrem Versteck verbringen wollte? Corinna war ein ängstliches kleines Mädchen, das diese Schwäche schon immer mit den verrücktesten Mitteln bekämpft hatte. Weil sie ängstlich war, spielte sie die Mutige. Seit dem ersten Schultag hatte sie Angst vor den großen Jungs auf dem Schulhof gehabt. Nach zwei Wochen schlich sie jeden Tag mit ihrer Freundin in der Nähe der lautesten Raufbolde herum. Schließlich wurde sie so mutig, dass sie die Großen mit Schimpfworten bedachte. Es war ihr Glück, dass sie nicht ernst genommen und nur ausgelacht wurde.

Also gab es doch noch eine Hoffnung! Je länger er darüber nachdachte, umso sicherer war er, dass sich Corinna im Park versteckt hatte. Noch nie war eine befürchtete Katastrophe tatsächlich eingetreten!

Er wählte die Nummer von Jörg Gessler. Der schien schon geschlafen zu haben.

»Corinna noch im Park …?« Der Kommissar dehnte Alexanders Worte, dann schwieg er lange. »Du weißt selbst, wie unwahrscheinlich das ist«, sagte er endlich. »Was du vielleicht noch nicht weißt: Als es dunkel war, sind drei Kollegen mit Hunden und starken Lampen durch den Park gegangen, und auch sie haben Corinna nicht gefunden. Mehr könnten wir jetzt nicht tun. Und selbst wenn Corinna noch im Park wäre: Sie würde ziemlich frieren, aber es bestünde keine Lebensgefahr.«

»Doch! Das ist es doch gerade!«, unterbrach Alexander heftig. »Stell dir vor, sie klettert in das Wildschweingehege. Wenn sie sich den Frischlingen nähert, greift der Eber sie mit Sicherheit an.« Der Kommissar seufzte und schwieg wieder sehr lange. »Wie sollte sie in das Gehege kommen?«

»Über den Zaun, es ist ja nur ein einfacher Maschendraht.«

»Ich verstehe deine Sorgen, auch wenn ich nicht daran glaube, dass Corinna noch im Park ist. Trotzdem: Ich kümmere mich darum, dass sofort noch einmal jemand im Wildschweingehege nachsieht.«

»Versprichst du es?«

»Ich verspreche es.«

Als Alexander den Hörer aufgelegt hatte, merkte er, dass Ina hinter ihm stand. »Vielleicht ist Corinna doch noch im Park.«

»Hat Jörg das gesagt?«

Er schüttelte den Kopf. »Nein, das war mein Gedanke.«

Inas Gesicht, auf dem für einen kurzen Augenblick ein klein bisschen Hoffnung erschienen war, erstarrte wieder in Traurigkeit. Sie ließ sich aufs Sofa fallen und sank in sich zusammen. Er stand auf und holte die Zeitung, die noch unberührt auf der Garderobe lag. Er wollte Inas versteinertes Gesicht nicht sehen, er wollte nicht immer an Corinna denken.

Neue Spur im Fall Angelina P.

Heidelberg – Nach dem Mord an der 7-jährigen Angelina aus Heidelberg ist die Fahndung nach dem Täter bislang ergebnislos verlaufen. Bis gestern gingen nach Polizeiangaben knapp 200 Hinweise aus der Bevölkerung zu dem Verbrechen ein. Gesucht werden weitere Zeugen, die in den vergangenen Tagen Verdächtiges beobachtet haben. Die Arbeit konzentriert sich derzeit neben der Auswertung des Obduktionsergebnisses auf die Suche nach zwei Männern. Schon am Tag der Entführung bestand der Verdacht, dass Angelina den Europapark in Rust in Begleitung eines etwa vierzigjährigen Mannes mit rötlichen Haaren verlassen hat. Neu sind Hinweise ...

Er schrie auf, als er die nächsten Worte las: »Ina! Die Polizei sucht nach einem alten Mann, etwa achtzig Jahre, der in den Tagen vor Angelinas Verschwinden mehrmals in der Nähe ihrer Wohnung gesehen wurde!«

Ina sagte gar nichts, aber sie wurde so weiß, wie er sie noch nie gesehen hatte. Ihr vorher so starres Gesicht war jetzt wie aufgerissen. Sie öffnete den Mund, als wolle sie etwas sagen, schloss ihn wieder, öffnete ihn zum zweiten Mal. »Um Himmels willen, der fürchterliche Alte!«, stammelte sie.

»Aber er war nicht in unserer Nähe! Ich schwöre es dir!«

Ina sank in sich zusammen. »Der Alte«, murmelte sie. »Der Alte.«

»Die Polizei hätte uns warnen müssen! Warum hat uns niemand gesagt, dass ein alter Mann gesucht wird? Der Beamte von der Heidelberger Soko, mit dem ich telefoniert habe, hätte uns doch sofort anrufen müssen, als er von dem verdächtigen Alten hörte! Er hatte versprochen, sich zu melden!« Alexander war aufgesprungen. »Wir hätten sofort Polizeischutz bekommen müssen.« Er war laut geworden wie in einem heftigen Streit. »Es kann doch nicht sein, dass wir erst aus der Zeitung von dem Alten erfahren!«

»Die Polizei! Die Polizei!«, unterbrach Ina seine Schuldzuweisungen in einer plötzlichen verzweifelten Wut. »Du bist der Vater, du hättest aufpassen müssen. Du hattest doch nichts anderes zu tun, als auf deine Tochter aufzupassen!«

Er kniff die Augen zusammen, als könne er dadurch Inas Worten entgehen. Ohren zuhalten!, dachte er, aber er wagte es nicht. Irgendwann musste er diese Sätze aushalten, die Ina schon tausendmal gedacht haben mochte.

»Du hättest sie nicht allein in der Bahn fahren lassen dürfen!«

Du hättest, du hättest ... Jetzt hielt er sich doch die Ohren zu. Er wollte nichts mehr davon hören.

Als Ina sah, dass er ihr nicht mehr zuhörte, stand sie auf und ging ins Bad. Wenig später hörte er die Schlafzimmertür ins Schloss fallen.

Hilflos, ratlos und stumm blieb er allein im Wohnzimmer zurück, zutiefst verzweifelt an sich selbst und der Welt, die ihm Situationen wie diese zumutete, aber nicht die Fähigkeit gab, mit ihnen umzugehen.

Ina kam noch einmal zurück. Sie hatte wieder geweint. »Natürlich hätte uns die Polizei sofort benachrichtigen müssen.« Dann ging sie wieder.

Die Kleine war mir dankbar, als ich mich in der Schwarzwaldbahn neben sie setzte und sie nicht allein durch das Höllental reisen musste. Ob ich keine Angst vor Teufeln habe, wollte sie wissen. »Es gibt keine echten Teufel«, habe ich ihr versichert. War das die Antwort, die der Wahrheit entsprach?

Der Trompeter von Säckingen in der Schwarzwaldbahn hat ihr gefallen, so schöne Musik habe sie noch nie gehört. Ob die Englein im Himmel auch so schöne Musik machen würden, wollte sie wissen. Diese Frage hat mich mehr berührt als alles, worüber wir sonst noch gesprochen haben.

Judith würde es ihr sagen können.

»Noch einmal«, hat sie gebettelt, als die Fahrt zu Ende war, aber ich musste mit ihr fort aus dem Park, wo uns ihr Vater gleich suchen würde. Nie war es so schwer, mit einem der Mädchen fortzugehen, wie bei dieser gescheiten kleinen Person. »Dein Papa wartet schon draußen auf dich«, habe ich ihr gesagt.

»Woher weißt du das?«

»Ich habe mit ihm telefoniert.«

»Kennst du denn meinen Papa?«

»Natürlich«, habe ich gesagt. »Dein Papa ist sehr berühmt.« Da hat sie mich ganz seltsam angesehen, gerade so, als wisse sie nicht, was ein berühmter Papa ist.

Als draußen auf dem Parkplatz ihr Papa nicht wartete, wie ich es ihr gesagt hatte, bekam sie doch noch Angst, aber sie war zu überrascht, um sich zu wehren oder zu schreien, als ich sie in mein Auto zog. »Dein Papa ist schon vorausgefahren«, habe ich ihr gesagt. Sie hat mir misstraut und mit den Augen nach seinem Auto gesucht, aber es nicht gefunden.

Ich habe ihr versprochen, dass wir morgen wieder mit der Schwarzwaldbahn fahren, nur wir beide, weil ihr Papa dann arbeiten muss. Dann habe ich von ihrer Schule erzählt, von den Lehrern, so als würde ich sie gut kennen. Dabei habe ich sie nur von ferne gesehen. Von diesem Augenblick an hat sie mir vertraut. Nichts verbindet fremde Menschen so zuverlässig wie gemeinsame Bekannte.

▼▼▼

Alexander Kilian bewegte den rechten Arm. Ein stechender Schmerz fuhr ihm in Nacken und Schultern. Er versuchte den linken Arm zu bewegen, aber er spürte nichts. Arm und Hand waren ohne Gefühl. Er öffnete die Augen. Mit verrenkten Gliedern hing er noch immer im Sessel. Vorsichtig setzte er sich bequemer hin und rieb den eingeschlafenen Arm, in dem mit heftigem Kribbeln langsam das Gefühl zurückkehrte. Er stand nicht auf. Er fühlte sich wie gelähmt. Lange starrte er in die beginnende Helle und die sich lichtenden grauen Schatten, die allmählich Konturen annahmen, zu Möbeln wurden, zu Sesseln und Bücherregal, und was eben noch wie der wehende Schwanz eines Pferdes ausgesehen hatte, wurde zu den unbeweglichen Wedeln der kränkelnden Dattelpalme. Er schloss die Augen wieder. Die Nacht hatte nichts verändert. Corinna war fort. Sein kleines ängstliches Mädchen war in der Hand eines Mörders, vielleicht des fürchterlichen Alten, dessen Anblick sogar ihn erschreckt hatte. – Ihre Angst auf der Rodelbahn! »Papa, fahr nicht zu schnell!« Ihre Angst im Dunkeln am Aussichtsturm. Ob es dunkel war, wo der Entführer sie festhielt? Was für eine fürchterliche Angst musste sie jetzt haben! – Vom Erwürgen hätten die Kinder nichts gespürt, hatte die Polizei gemeint. – Nein, nicht diese Gedanken! Er hätte schreien mögen, sich die Angst aus der Seele schreien, die Wut, die Verzweiflung. Die Gedanken fortschreien! Die Tatsachen fortschreien! Er stellte sich vor, alles noch einmal zu durchleben und etwas ändern zu können. Viel langsamer würde er über die Rodelbahn fahren und natürlich mit der Märchenbahn, immer wieder, so oft Corinna wollte. Aber die Einsicht, dass er falsch gehandelt hatte, kam, wie immer bei einer solchen Erkenntnis, zu spät.

Das Telefon klingelte. Er sprang auf und musste sich in einem plötzlichen Anfall von Schwindel am Sessel festhalten. Ehe er das Telefon erreicht hatte, war es wieder stumm. Er sah auf seine Armbanduhr, die er gestern nicht abgelegt hatte: Schon bald acht Uhr und noch immer nicht richtig hell. – Er musste mehrere Stunden geschlafen haben.

Er ging ins Schlafzimmer. Ina stand angezogen am Fenster und sah hinaus in den bleiernen Morgen dieses elenden Regentages. Sie hielt noch das schnurlose Telefon in der Hand und drehte sich langsam zu ihm um. Ihr Gesicht war viel ruhiger, als er erwartet hatte.

»Wie du bei dem Brand in den Anbau gekommen bist, möchte Mutter wissen.«

– Er musste doch geträumt haben. Corinnas Entführung und all die fürchterlichen Gedanken mussten ein Albtraum gewesen sein! Wie er in den Anbau gekommen war, diese Frage beschäftigte Ina und ihre Mutter, alles andere war ein Hirngespinst.

»Mutter weiß noch nicht, was mit Corinna passiert ist«, sagte Ina, als er sie, ohne zu antworten, fassungslos und mit offenem Mund ansah.

»Wie ich in den Anbau gekommen bin, will sie wissen?«, wiederholte er, als könne er sich dadurch in diese andere Wirklichkeit zurückfinden. »Durch die Tür natürlich.«

»Aber die war immer verschlossen, sagt Mutter.«

»Sie war nur angelehnt.«

»Bist du dir da ganz sicher?«

»Absolut!«

Ina sah ihn unsicher an. »Mutter war nie dort, weil sie nicht wusste, wo der Schlüssel ist.«

Er hob die Schultern. »Die Tür war aber unverschlossen. – Der Anruf eben kam von deiner Mutter?«

Ina nickte stumm.

Erst jetzt wurde ihm bewusst, dass niemand von dem Grauen wusste, das in ihr Leben eingebrochen war, niemand außer Jörg und den Beamten, mit denen ihn zuvor nichts verbunden hatte. Das Unglück zu offenbaren stand ihnen noch bevor.

»Ich hole die Zeitung«, sagte er. Mit klopfendem Herzen stieg er die Treppen hinunter. Bitte noch kein Wort in der Zeitung!, hoffte er, bitte noch Zeit! Bis alle wussten, dass wieder ein Kind entführt worden war, das Kind eines Freiburger Professors, und es die Spatzen von den Dächern pfiffen, dass sein Kind, seine Corinna, in der Hand des Mörders war. Er würde die Neugierde nicht ertragen, auch nicht das Mitleid, nicht Frau Brändles Tränen und nicht ihre Anteilnahme. Er wollte allein bleiben mit seinem Schmerz – und mit seiner Schuld.

Er war froh, dass Samstag war. Er brauchte mit niemandem zu sprechen.

Noch auf der Treppe las er die Schlagzeilen. Gott sei Dank, kein Wort über Corinna.

Als er in die Wohnung zurückkam, klingelte wieder das Telefon. Ina nahm ab, ehe er die Tür hinter sich ins Schloss gezogen hatte.

»Eine Frau Mischa von der Freiburger Kripo«, berichtete Ina, nachdem sie aufgelegt hatte. »Sie ist von nun an unser Ansprechpartner für alles, was mit Corinnas Entführung zusammenhängt.«

»Gibt es eine neue Spur?«

Ina schüttelte traurig den Kopf. »Nichts, auch nicht den geringsten brauchbaren Hinweis auf den Täter.«

»Warum hat sie dann angerufen?«

»Um sich vorzustellen. Außerdem hat sie ihren Besuch zusammen mit einem Kollegen angekündigt. Es gibt wohl noch Fragen.«

Unwillkürlich zog Alexander den Kopf ein. Er wollte keine Fragen, Antworten brauchte er!

»Wann kommen sie?«

»In einer Stunde.«

Er ging ins Bad, um sich zu rasieren. Inas unbegreifliche Ruhe! Es war, als habe sie über Nacht einen Panzer um sich gelegt, der das Unglück nicht mehr an sie herankommen ließ. Sie schien alle Empfindungen abgeschaltet zu haben.

Alexander war erleichtert, als er Frau Mischa und ihrem Kollegen die Tür öffnete. Der Polizist – Hauptkommissar Schneid, wie er sich vorstellte, war etwas jünger als er selbst, und sein rundes Gesicht erinnerte ihn im ersten Augenblick an einen gutmütigen Bernhardiner. Er war alles andere als schneidig, nicht unangenehm, aber würde dieser Mann Corinna finden? Die Frau hatte sich mit »Kriminalkommissarin Mischa«, vorgestellt, dann »Antonia Mischa« ergänzt. Sie war nicht besonders attraktiv, aber auf eine schlichte, ungeschminkte Weise hübsch. Sie gehörte zu den Frauen, die ihm gefielen, ohne dass er sich verpflichtet fühlte, vor ihnen einen guten Eindruck zu machen.

Was dann kam, hatte er allerdings geahnt: Nichts als Fragen, die keine Neuigkeiten zu Tage brachten. Er hatte längst berichtet, wo er Corinna zuletzt gesehen hatte und dass er den Alten nirgends bemerkt hatte. Sonst hätte er Corinna doch nicht aus den Augen gelassen! Auch von dem Rothaarigen, den er für einen Paparazzo oder Journalisten gehalten hatte, dem einzigen Parkbesucher ohne Kinder, hatte er erzählt. Alles hatte er bereits dreimal gesagt. Mindestens! Auch, dass er im Nachhinein den Rothaarigen für den Entführer hielt. So ging das ohne Ende: Fragen und Antworten, die niemandem weiterhelfen konnten, während Ina stumm und wie abwesend daneben saß. Wieder berichtete er von dem Alten vor der Haustür. Schließlich versuchte er sich sogar an einer Skizze, auf welcher der Verschrumpelte allerdings einer Kartoffel ähnlicher sah als einem Menschen.

»Wir müssen ohnehin noch professionelle Phantomzeichnungen von den beiden Männern anfertigen lassen.«

»Anfertigen lassen?«

»Vom Spezialisten beim Erkennungsdienst.«

»Verstehe«, sagte Alexander. »Beim Erkennungsdienst.«

»Kommen Sie bitte noch heute Vormittag in die Polizeidirektion in der Heinrich-von-Stephan-Straße. Sie klingeln am Haupteingang und sagen, dass Sie zur Kripo wollen. Ein Beamter wird Sie in der Schleuse abholen.«

»Ja. Verstehe. In der Schleuse abholen.«

Er sprang auf und begann im Zimmer hin und her zu laufen. »Warum geschah es wieder in einem Freizeitpark?«, stieß er plötzlich hervor, »warum nicht auf dem Schulweg, warum nicht auf dem Spielplatz?«

Die Kommissarin hob lange die Schultern. »Vielleicht ist

es die spannende Umgebung in einem Freizeitpark, vielleicht sind es die vielen ungewohnten Erlebnisse, was die Kinder neugierig und arglos machen. Außerdem wissen wir nicht, was der Täter vorher vergeblich versucht hat.«

Alexanders blieb stehen, und sein Blick hing an Antonia Mischa, absichtslos und ohne dass es ihm bewusst war. Sie schien jünger zu sein, als er auf den ersten Blick gedacht hatte, Anfang dreißig vielleicht, dabei aber auf eine wohltuende Weise mütterlich. Er hatte das Gefühl, dass sie ihn verstand, vielleicht besser, als Ina es tat, unbefangener jedenfalls. Zwischen ihnen gab es nicht den Vorwurf und die Schuld, die er Ina gegenüber verspürte.

Er musste die Kommissarin lange so angeschaut haben, denn plötzlich drehte sie ihr Gesicht abrupt zur Seite, sodass sich ihre Blicke nicht mehr kreuzten. Nachdenklich und traurig sah sie in irgendeine unbestimmte Ferne. »Mein kleiner Bruder ist mit sieben Jahren gestorben. Er ist vor ein Auto gelaufen.«

Im nächsten Augenblick war sie wieder die professionelle Kommissarin: »Haben *Sie* noch Fragen an uns?«

Er fragte nach den Buchstaben, die der Täter bei den toten Kindern hinterlassen hatten.

Der Hauptkommissar kam ihr mit der Antwort zuvor. »Sie sind nicht für die Öffentlichkeit bestimmt.«

»Ich bin nicht die Öffentlichkeit! Ich bin der Vater!«

»Wozu wollen Sie die Buchstaben wissen?«

»Möglicherweise haben sie eine Bedeutung, die nur Fachleute erkennen können.«

»Wir haben selbstverständlich Fachleute.«

»Ich meine Wissenschaftler wie wir Väter.«

Schneid und die Kommissarin sahen sich an, Schneid nickte.

»Die drei Buchstaben sind C, D und I«, antwortete Antonia Mischa. »Bei Cécile waren die zuständigen Kollegen noch in dem Irrglauben, der Buchstabe C bezöge sich auf den Vornamen des Mädchens. Jetzt sind wir ratlos.«

»Bitte sprechen Sie auf keinen Fall mit Dritten über diese Buchstaben«, schaltete sich Schneid ein. »Das ist Täterwissen, das nicht an die Öffentlichkeit gelangen darf. Nur die Polizei, der Täter und Sie beide kennen die Buchstaben.«

»Darf ich die Namen der anderen Väter wissen? Möglicherweise verbindet uns etwas, was Außenstehende nicht erkennen können.«

Alexander erfuhr die Namen. Méheut aus Belgien kannte er nicht, aber Klaus Bachmann aus Berlin war er schon mehrmals bei Kongressen begegnet.

»Ich habe auch noch eine Frage.« Ina, die bislang geschwiegen hatte, meldete sich zu Wort wie ein schüchternes Schulkind. »Wie viel Zeit ist bei den anderen Mädchen zwischen der Entführung und dem …«, sie zögerte und er sah, dass sie wieder heftig mit den Tränen kämpfte, »und ihrem Tod vergangen?«

Es entstand eine Pause. »Das war unterschiedlich«, antwortete Antonia Mischa. »Zwei, drei und einmal vier Tage.«

»Bei jedem Kind ein Tag mehr?«

»Nein. Leider nicht. Bei Angelina waren es drei Tage beziehungsweise drei Nächte, bei Cécile aus Brüssel vier, bei Maja nur zwei. Immer starben die Kinder nachts, wahrscheinlich im Schlaf. Am nächsten Morgen wurden sie in der Nähe ihrer Wohnung gefunden.«

Ina weinte wieder, als sie die Antwort hörte. »Hast du ein Taschentuch?«

Alexander stand auf, um eines aus der Küche zu holen, fand aber keines und brachte ein Küchentuch. Ina wischte sich mit dem kratzigen Papier die Tränen ab und putzte sich die Nase. »Corinna ist gestern Nachmittag verschwunden. Zählt das schon als erster Tag?«

»Ich fürchte, wir müssen es annehmen. Mit Maja hat der Täter nicht einmal zwei volle Tage verbracht.«

»Nicht einmal zwei Tage!«, stöhnte Ina. »Und dann, in der folgenden Nacht …« Der Gedanke machte es ihr vollends unmöglich, weiterzusprechen.

Alexander holte die ganze Papierrolle aus der Küche, kauerte neben Inas Sessel am Boden und strich ihr tröstend über das Haar. Heute ist schon der zweite Tag, etwas anderes konnte er nicht denken.

Sie schwiegen alle, ohne einander anzusehen. »Ja, das wäre es wohl für den Augenblick«, sagte die Kommissarin, als die Pause unerträglich wurde, und erhob sich.

»Ja, das war es wohl«, wiederholte Alexander. Er zermarterte sein Gehirn, wie er das Gespräch ausdehnen könnte, denn wenn sie gingen, gäbe es hier nur noch Inas Tränen und die grauenvolle Stille, aber es fiel ihm nichts ein.

Er begleitete die beiden zur Tür. Antonia Mischa blieb an der Wohnungstür zurück und ließ ihren Kollegen vorgehen. »Ich weiß, wie schwer es ist, wenn man durch eine Kleinigkeit ein großes Unglück hätte abwenden können.«

Alexander blieb etwas ratlos in der offenen Wohnungstür stehen. Auch sie wartete ab, als wäre etwas noch nicht gesagt.

»Entschuldigen Sie meine Frage«, sagte er. »Als Ihr Bruder vor das Auto lief, hatte da jemand Schuld?«

»Was ist Schuld?«, fragte sie traurig. »Er war es gewohnt, allein zur Schule zu gehen und Freunde zu besuchen. Das Unglück geschah, als ich ihn zur Musikschule begleiten sollte. Er hielt ganz stolz zum ersten Mal den Kasten mit seiner kleinen Geige in der Hand. Als er auf der anderen Straßenseite seine liebste Schulfreundin sah, ist er einfach losgelaufen. Mit seiner kleinen Geige.«

Sie wandte sich abrupt um und folgte ihrem Kollegen. Es war wie eine Flucht.

Dann war Alexander wieder mit Ina allein. Er ahnte, dass sie dasselbe dachte wie er. Wie lange würde der Mörder noch warten? Wie lange würde Corinnas Martyrium noch dauern? Vierzig Stunden? Zwanzig? Zehn? Oder noch weniger? Er rechnete. In dreiunddreißig oder vierunddreißig Stunden begänne für Corinna die dritte Nacht in der Gewalt ihres Entführers. – Und wenn der Mörder nicht einmal bis zur dritten Nacht wartete? Wenn sie heute Nacht schon starb?

Er setzte sich wortlos an Inas Computer. Ina zog sich einen Stuhl heran und starrte mit Tränen in den Augen auf den Bildschirm. Vier entführte Mädchen, vier Orte, vier Wissenschaftler, drei Buchstaben. Er rief in *Pubmed* die Veröffentlichungen von Majas und Céciles Vätern auf. Der eine beschäftigte sich mit der gentechnischen Herstellung von Medikamenten gegen Krebs, der andere mit der gentechnischen Behandlung von Erbkrankheiten. Angelinas Vater hatte sich in Newcastle mit dem Übertragen von menschlichem Erbgut auf andere Zellen und dem Klonen verschrieben. Er selbst hatte in den letzten Jahren, ehe er als Institutsdirektor der Wissenschaft weitgehend verloren ging, mit »Knockout-Mäusen« gearbeitet. Durch das gezielte Ausschalten von einzelnen Genen hatte er deren Funktion erforscht.

»Alle Väter beschäftigen sich mit Gentechnik«, sagte Ina. »Ist das ein Grund, ihre Töchter zu töten?«

»Ein fanatischer Gegner der Gentechnik? Ein Mensch, der mordet, weil …« Er stockte. »Ja warum – wenn es so wäre?«

»Einfach nur, um den Fortschritt aufzuhalten?«, überlegte Ina. »Oder um die Schöpfung vor dem Eingriff des Menschen zu bewahren?«

»Oder wegen der Gefahren, die von der Gentechnik ausgehen könnten?« – War es denkbar, dass ein Mensch aus solchen Gründen Kinder ermordete? Es war unvorstellbar, und doch schien alles dafür zu sprechen. Aber warum immer Mädchen?, dachte er, doch er sprach die Frage nicht aus, auf die sie keine Antwort finden würden.

»Aber warum immer Mädchen?«, fragte Ina.

Er zuckte mit den Schultern.

»Corinna war sieben Jahre alt, genau wie Angelina«, stellte Ina zögernd fest.

Alexander rief Antonia Mischa an und erfuhr das Alter von Maja und Cécile. Auch sie waren in diesem Jahr sieben geworden.

Vielleicht war das Alter der Mädchen ein Schlüssel, mit dem er dem Täter auf die Spur kommen konnte. Schon sein Gefühl sagte ihm, dass die Sieben eine besondere Zahl ist. Er öffnete das Online-Lexikon Wikipedia:

In der christlichen Zahlensymbolik des Mittelalters stand die Sieben für Gnade beziehungsweise für Ruhe und Frieden, da sie sich aus den Zahlen Drei (Symbol für Gott /

die Dreifaltigkeit) und Vier (Symbol für die Welt / die vier Elemente, vier Wind- und Himmelsrichtungen) ergibt.

Ina sah ihn hilflos an. »Das Symbol für Ruhe und Frieden, um Mordopfer auszuwählen?«

Sie lasen weiter:

Die Sieben nimmt eine Sonderstellung in der Zahlenreihe ein: Die sieben Zwerge hinter den sieben Bergen im Märchen von Schneewittchen, die sieben Weltwunder, die sieben Erzengel, die sieben Tage einer Woche und die Erschaffung der Welt in sieben Tagen sind nur ganz wenige der vielen Begriffe, in denen die Sieben benannt wird. Experimente der Verhaltensforschung zeigen die Bevorzugung der Sieben: Die häufigste Antwort auf die Frage nach der Lieblingszahl oder bei der Frage nach einer beliebigen Zahl zwischen Eins und Neun ist die Zahl Sieben.

»Vielleicht ist die Sieben einfach nur die Lieblingszahl des Mörders«, sagte Ina und begann wieder verzweifelt zu schluchzen.

Alexander stand auf, holte ein Blatt Papier und schrieb darauf die drei Buchstaben, die der Mörder bei den kleinen Toten hinterlassen hatte: Sechs Möglichkeiten gab es, sie zu ordnen:

CDI CID IDC ICD DIC DCI.

Eine von ihnen musste der Schlüssel sein, dachte er. Irgendwo in diesen Buchstabenkombinationen musste sich die Spur zum Täter verbergen. Er öffnete auf dem Computer die Suchmaschine Google und gab CID ein. Es gab mehr als dreihundert Millionen Einträge. Der kastilische Ritter El Cid, Le Cid als Tragikomödie, El Cid als Film mit Charlton Heston und Sophia Loren. Er übersprang etliche Seiten, fand andere Bedeutungen, darunter »die cid«, eine christliche Internet Dienst-GmbH. Er wechselte zu ICD. Auch hier gab es mehr als eine Million Einträge, die meisten zum medizinischen Diagnoseschlüssel ICD-10. Der nächste Versuch war CDI. Auch für dieses Kürzel gab es unzählige Einträge, aber kein einziger half ihm weiter.

Ina hatte die ganze Zeit stumm neben ihm gesessen. Sie sah auf die Uhr. »Es ist zwölf«, sagte sie. Er nickte. Einundzwanzig Stunden waren vergangen, seit er Corinna vermisst hatte. Die Zeit stob davon, und er konnte sie nicht festhalten. Er schloss das Suchprogramm und schob den Laptop zur Seite. Mit aufgestütztem Kopf stierte er ins Leere. Plötzlich war die Luft raus. Nicht mit einem Knall, wie bei einem platzenden Luftballon, sondern *pffft* ein paar Sekunden lang, wie bei einem kleinen Loch im Reifen. Es dauert ein paar Augenblicke und das Rad ist platt. War er nicht vor wenigen Tagen noch stolz gewesen, drohende Gefahren zu spüren? Nichts hatte er gespürt. Als Corinna verschwand, schien alles zu sein, wie es immer war. Schweigend und ohne Ina anzusehen, blieb er am Schreibtisch sitzen.

»Solltest du nicht zur Polizeidirektion fahren?«

Er sah Ina verständnislos an.

»Für ein Phantombild?«

»Richtig«, sagte er. »Ich habe es vergessen.«

Er blieb sitzen.

Sie zuckten beide heftig zusammen, als das Telefon klingelte. Alexander meldete sich, ehe Ina nach dem Hörer griff. Es war Jörg Gessler.

»Habt ihr sie gefunden?«

»Ich rufe nicht wegen Corinna an. Tut mir leid, aber für sie sind andere zuständig.«

»Warum rufst du an?«

Der Kommissar zögerte. »Vielleicht ist es der falsche Augenblick, aber ich dachte, die Neuigkeiten aus Furtwangen könnten euch für ein paar Augenblicke auf andere Gedanken bringen. Möchtest du sie überhaupt wissen?«

»Nein«, sagte Alexander, besann sich dann aber anders. »Oder doch, wenn es keine schlechten Nachrichten sind.«

»Du findest sie gut, würde ich mal sagen, außerdem hätte ich sonst nicht gerade jetzt angerufen.«

Alexander drückte die Lautsprechertaste, damit Ina mithören konnte.

»Die Brandursache war das defekte Kabel der Lampe im Anbau. Wahrscheinlich hat jemand das Licht eingeschaltet und es beim Verlassen des Schuppens brennen lassen. Durch das schmorende Kabel hat sich der Brand entwickelt.«

Alexander atmete auf. »Also keine Brandstiftung.«

Jörg zögerte. »Zumindest wird nicht in dieser Richtung ermittelt. Meine Kollegin aus Furtwangen sagte, dass in dem Anbau, der übrigens nicht genehmigt war, zu allem Überfluss noch die Sicherung mit einem Draht – er zögerte wieder – repariert worden war. Die Schuppentür sei offenbar aufgebrochen worden, aber Inas Mutter sagte, das hätte sie selbst getan, weil sie den Schlüssel verlegt hatte.«

»Ach so«, unterbrach Alexander.

»Stimmt etwas nicht?«

»Doch. Wieso?«

Der Kommissar ging nicht auf die Frage ein. »Sie selbst habe auch das Licht eingeschaltet und offenbar vergessen, es wieder zu löschen, ehe sie zu einer Bekannten nach Sankt Peter gefahren ist.«

»Ist die Sache damit abgeschlossen?«

»Das ist sie wohl. Da eindeutig grobe Fahrlässigkeit vorliegt, wird ohnehin keine Versicherung etwas zahlen, also auch keine weiteren Nachforschungen anstellen.«

Alexander schwieg.

»Wolltest du noch etwas sagen?«

»Nein«, sagte Alexander. »Vielleicht später, wenn Corinna wieder da ist.«

»Ja. Ich hoffe, schon bald.«

Alexander hielt den Hörer noch in der Hand, als der Kommissar längst aufgelegt hatte. Schuppen aufgebrochen, Licht eingeschaltet, defektes Kabel, eine mit Draht überbrückte Sicherung: Er versuchte, die Details zu behalten, verstehen konnte er sie nicht – nicht jetzt. Wo ist Corinna?, dachte er. Alles andere hatte keine Bedeutung. Nur eines begriff er: Offenbar suchte man nicht länger nach dem Unbekannten, der als Erster am Brandort gewesen war.

Alexander stand auf. »Ich fahre dann mal.«

Von der Türkenlouisstraße bis zur Polizeidirektion waren es mit dem Fahrrad nur wenige Minuten. Gefühllos wie ein Automat führte er aus, was Schneid ihm aufgetragen hatte: An Pforte klingeln, Kripo verlangen, in Schleuse warten. Er war nicht einmal aufgeregt.

Eine Viertelstunde später saß er mit einem Beamten vor dem Bildschirm eines Computers. Kein Stift, kein Papier, nur der Bildschirm. »War die Stirn eher so oder so? War der Haaransatz eher so oder so oder so?« Tausend verschiedene Möglichkeiten für jede kleine Region des Gesichtes bot ihm der Computer an. Er konnte sich nicht einmal an die Nase des Rothaarigen erinnern! Vergeblich versuchte er sich das Gesicht vorzustellen, das ihm mit jeder Vorgabe auf dem Bildschirm fremder und unerreichbarer wurde. Nur bei dem kleinen Mund war er sich sicher. Als das Phantombild des Rothaarigen fertig war, sah er ein Gesicht, das ihm nie zuvor begegnet war. Dann sollte er das Gesicht des Alten zusammenstellen. Er scheiterte noch offensichtlicher als beim Rothaarigen. Das, was er suchte, bot der Computer nicht. So ein Gesicht war nicht gespeichert.

Er war gerade in Inas Wohnung zurückgekehrt, da klingelte das Telefon schon wieder. Dieses Mal war Ina schneller am Apparat. Es war ihre Mutter, die offenbar dasselbe erzählte, was er gerade von Jörg erfahren hatte. Er ließ sie allein, ging auf den Balkon und beugte sich über die Brüstung. Heute stand niemand dort unten. Seit Corinna verschwunden war, hatte er den verschrumpelten Alten nicht mehr gesehen.

Als er ins Zimmer trat, sah Ina zutiefst ratlos aus, ganz zerfurcht war ihr Gesicht, als stünde sie vor einer lebenswichtigen Aufgabe, die sie nicht lösen konnte. »Mutter bittet uns, heute mit dem Abbruch des Anbaus zu beginnen. Sie meint, du hättest sicher Zeit, weil Samstag ist.«

»Heute?«, fragte er entgeistert. »Wir können doch jetzt keinen Schuppen abreißen! Wir müssen uns um Corinna kümmern!«

Ina stand mitten im Zimmer mit hängenden Armen und

hängendem Kopf. »Ach, wenn wir uns doch um Corinna kümmern könnten!«

»Ja, wenn wir das könnten«, wiederholte er. »Wenn wir das könnten!« Es fiel ihm schwer, sich einzugestehen, dass Ina recht hatte. Wie sollte er sich um seine Tochter kümmern, wie sollte er ihr helfen? Was auch immer er tat, es war nutzlos. Eine ganze Sonderkommission in Freiburg und eine in Heidelberg und wahrscheinlich noch zwei weitere in den beiden anderen Städten zerbrachen sich den Kopf über das Verschwinden der Mädchen. Sein Bemühen diente nur dazu, ihn aus dem grauenvollen Nichtstun zu befreien. Er sah auf die Uhr. Fünf Minuten nach eins: Schon wieder war eine Stunde vergangen!

Und wenn sie doch aus diesem Gefängnis fliehen würden, in dem sie nichts tun konnten und ihre Angst von Minute zu Minute größer wurde? Er zögerte lange, während Ina noch immer mit hängenden Armen mitten im Zimmer stand, dann wählte er die Nummer der Kommissarin. »Gibt es irgendwelche Neuigkeiten?«

Nichts gab es, überhaupt nichts.

»Werden Sie uns in den nächsten Stunden voraussichtlich brauchen?«

Nicht einmal das war der Fall.

Ina sah ihn fragend und unsicher an. Obwohl sie nichts sagte, schüttelte er den Kopf: »Wir können doch jetzt nicht von hier fort.«

Ina schwieg lange und er dachte schon, sie habe ihr Ansinnen verworfen, als sie doch wieder sprach, leise und fast tonlos: »Mutter hat einen Anhänger vom Nachbarn bekommen. Sie sagt, es wäre schön, wenn wir heute wenigstens den Schrank und die Kommode zerlegen und aufladen könnten. Um den Abtransport brauchen wir uns nicht zu kümmern.«

»Ina, ich will deine Mutter jetzt nicht sehen!«

Ina nickte. »Ich weiß. Ich habe ihr gesagt, dass wir allein arbeiten wollen, weil du ihre guten Ratschläge fürchtest. Sie würde nicht zu Hause sein, wenn wir kommen.«

Er fing wieder von vorn an: »Aber wir können doch jetzt nicht einfach etwas anderes tun …«

»... als untätig zu warten«, ergänzte Ina, die plötzlich entschiedener schien, das furchtbare Warten zu unterbrechen, als noch Augenblicke zuvor.

»Ich warte nicht untätig!«

Ina sagte nichts dazu, aber an ihrem Blick konnte er ablesen, was sie dachte. Er ballte die Hände zu Fäusten. Jetzt etwas zerschlagen, etwas zerstören, das würde wenigstens ihm helfen!

»Ja. Lass uns fahren.«

Er stellte das Telefon auf sein Handy um, damit sie keinen Anruf verpassten.

Eine Stunde später waren sie auf dem Hof. Inas Mutter war, wie sie es versprochen hatte, nicht zu Hause. Vor dem windschiefen Anbau stand ein viel zu kleiner Anhänger, daneben lagen ein Brecheisen, zwei verschiedene Sägen und eine große Axt.

Die Tür zum Anbau stand offen. Das Schloss war mit grober Gewalt aus der Holztür herausgebrochen, und Alexander wunderte sich über die Gutgläubigkeit der Polizei. Er hätte Inas Mutter diesen Kraftakt nicht zugetraut.

»Du willst wirklich, dass alle Spuren von Niedhard, die es hier vielleicht noch gibt, endgültig beseitigt werden?«

»Ja, das will ich, und Mutter will es auch.«

Als Erstes machte er sich über den Schrank her. Er schlug die Türen an den Scharnieren heraus und sprengte mit der Brechstange das Dach ab, danach die Seitenteile. Er arbeitete so schnell, wie er konnte, brutal und ohne Rücksicht auf Inas Ermahnung zu größerer Vorsicht. Schließlich wollte er nicht den ganzen Tag im Hexenloch verbringen. Fast vierundzwanzig Stunden war Corinna jetzt in der Hand des Mörders! »Die Kommode noch«, sagte er, als der Schrank zu einem Trümmerhaufen zusammengefallen war. Er hielt es plötzlich kaum noch aus, sich mit anderen Dingen zu beschäftigen als mit Corinnas Schicksal. Die Kommode noch, aber schnell musste es gehen!

An dem alten Möbelstück hatte das Feuer deutliche Spuren hinterlassen, und wo die brennenden Kartons gestanden hatten, war das oberste Brett verkohlt und brüchig. Durch das Löschwasser hatte sich auf der Vorderseite das Furnier gelöst. Alexander nahm die Axt und spaltete das oberste Brett mit einem gewaltigen Schlag bis zum Boden der ersten Schublade.

»Willst du nicht erst die Schubfächer rausnehmen?«

Ohne auf Ina zu hören, schlug er wieder zu, noch gewaltiger, noch wütender als zuvor.

»Alex, hör auf, das ist ja fürchterlich!«

»Geh weg!«, rief er, holte aus zum nächsten heftigen Schlag. Endlich zuschlagen, totschlagen, keine Hemmungen mehr haben, keine Rücksicht nehmen.

»Hör auf!«

Krachend durchschlug er die oberste Schublade bis zum nächsten Boden.

Er ließ die Axt fallen, hielt sich taumelnd mit der einen Hand an der Wand des Schuppens, mit der anderen Hand tastete er nach seiner Stirn. Warm und klebrig fühlte sich die Stelle an, wo ihm eben ein heftiger Schmerz das Gleichgewicht geraubt hatte.

»Du hast recht«, sagte er und zog ein benutztes Papiertaschentuch aus der Hosentasche, um es auf die blutende Wunde zu drücken. »So hat es keinen Sinn.«

Er hatte Glück gehabt. Zwei Zentimeter tiefer, und das messerscharfe Holzstück hätte sein Auge getroffen. Mit der freien Hand riss er an den losen Brettern der Kommode und warf sie auf den Anhänger.

Ina schob sich an ihm vorbei in den Schuppen. »Lass mich das machen!«

Sie zog die Trümmer der obersten Schublade heraus. Der Boden der mittleren, der jetzt sichtbar wurde, war durch den Schlag der Axt gesplittert, aber nicht durchschlagen. Alexander sah auf das dünne aufgerissene Sperrholz, unter dem eine schwarze Plastikfolie zum Vorschein gekommen war, sah Ina an und wusste, dass sie denselben Gedanken hatte: Nicht jetzt, nicht jetzt das Bild! Er versuchte vergeblich, mit den Fingern das Loch im doppelten Boden des Schubfachs zu erweitern.

»Ich brauche eine Zange.«

Ina ging ins Haus, schien aber das Werkzeug nicht gleich zu finden. Ungeduldig riss er am Holz. Endlich kehrte Ina mit der Zange zurück und begann selbst vorsichtig das Loch zu erweitern. Diese langsamen Bewegungen! Er wollte endlich diesen verdammten Schuppen verlassen!

»Wir nehmen das Schubfach mit«, schlug er vor.

»Und wenn dort wirklich das Bild versteckt ist?«

»Gerade deswegen.«

»Du willst das Bild mitnehmen?«

»Willst du jetzt entscheiden, was aus dem Bild werden soll?«

»Ich gebe es Mutter.«

»Dann löchert sie dich, was sie mit dem Bild tun soll.«

»Also lassen wir es hier?«

Er sah auf die halb zerstörte Kommode und die aufgebrochene Tür des Schuppens. »Da könnten wir es genauso gut gemeinsam mit der Kommode vernichten.«

Ina schien ernsthaft über diesen Vorschlag nachzudenken.

»Ina, wenn das Bild denn wirklich existiert, hat es einen rechtmäßigen Besitzer. Vielleicht gehört es einem Museum, wo es viele Menschen ansehen könnten.« Er zog die Schublade heraus und schickte sich an, sie zum Auto zu tragen.

»Ich will das Bild nicht in meiner Wohnung haben!« Inas Stimme klang plötzlich schrill.

»Ich hebe es bei mir auf, und wenn Corinna wieder da ist, kümmern wir uns darum.«

Er sah Inas Blick, der erst ganz verzweifelt auf seine Augen gerichtet war, dann zu seiner Stirn wanderte und dort hängen blieb. Jetzt merkte er selbst, wie das Blut wieder über seine Stirn rann. Er legte das Schubfach ab und presste das Taschentuch auf die Wunde. Dieser sperrige, nach Rauch stinkende Kasten vor ihm am Boden! Es war offensichtlich, dass er nicht ins Auto passte. »Die Seitenteile sind zu hoch«, stellte er fest.

»Die brauchen wir nicht.«

Er sah staunend zu, wie Ina nach der Axt griff und die Bretter vorsichtig nach außen wegschlug. Plötzlich ließ sich der doppelte Boden über der Plastikfolie abheben. Eine Weile sahen sie auf die Folie darüber, die unversehrt und trocken schien, dann legte Ina das Sperrholzbrett wieder über die Folie. »Nicht jetzt«, sagte sie und half ihm, die Reste der Schublade in den Kofferraum zu legen.

Ina zog ihr Handy aus der Tasche und telefonierte mit ihrer Mutter. Wieder gelang ihr diese Stimme, die nichts von dem Fürchterlichen verriet, das sich ereignet hatte. Weder von Corinna noch von seiner Verletzung sprach sie, als sie erklärte, dass der Anbau frühestens nächstes Wochenende abgerissen werden konnte. »Der Anhänger ist zu klein«, sagte sie zur Begründung. »Es lohnt sich nicht, die Bretter erst irgendwo zu stapeln, um sie später auf den Anhänger zu laden.« Ihre Stimme war ganz ruhig, was ihn gleichermaßen wunderte wie erschütterte. Er hätte nie für möglich gehalten, dass Ina sich so verstellen konnte.

»Lass uns fahren«, sagte er ungeduldig, als Ina das Gespräch beendet hatte.

»Zum Arzt?«

Er schüttelte den Kopf.

»Ich brauche keinen Arzt.«

Er setzte sich auf den Beifahrersitz und presste das blutige Taschentuch an die Stirn. »Bring mich zu meiner Wohnung. Ich müsste noch Klammerpflaster haben.«

Er sah auf die Uhr am Armaturenbrett. Drei Uhr. Zwei Stunden waren vergangen, seit sie Inas Wohnung verlassen hatten. Vierundzwanzig Stunden war Corinna jetzt in der Gewalt des Entführers!

»Fahr doch schneller!«, rief er ungeduldig, als Ina hinter einem Auto mit belgischem Kennzeichen herzuckelte. Er wollte mit der Polizei telefonieren, er wollte im Internet suchen, er wollte irgendetwas tun, was ihm Corinna wiederbringen konnte. – Noch nie war ihm die Fahrt vom Hexenloch bis zu seiner Wohnung so lang erschienen wie heute. »Fahr bitte schneller!«

»Vergiss das Bild nicht«, rief Ina ihm zu, als sie vor seiner Wohnung hielt und er davonstürzen wollte. Sie sagte Bild, nicht Schubfach.

Sie holte es selbst aus dem Kofferraum und hielt es, während er die Tür aufschloss. Dann legte sie es im Flur auf den Boden. An der Tür drehte sie sich noch einmal um. »Wann kommst du zu mir?«

»Zu dir?«, wiederholte er gedehnt. – Inas verwaiste Wohnung! Corinna war dort in jedem Winkel gegenwärtig, nirgendwo konnte er hinsehen ohne schmerzliche Gedanken, überall hörte er Corinnas Stimme: »Papa, warum gehst du eigentlich nie am Spiegel vorbei, ohne hineinzusehen? Papa, liest du mir was vor?« – Trotzdem musste er zu Ina. Er konnte sie doch jetzt nicht allein lassen!

»Und wenn du hier bleibst?«

Ina zögerte. »Ich werde jetzt einkaufen. Morgen ist Sonntag. Wir können nicht hungern, bis Corinna wieder da ist.«

Er verstand nicht, wie Ina jetzt an Essen denken konnte.

»Und wenn du dann hierher kommst?«

»Bitte komm du.«

Er sah auf die Uhr. Schließlich nickte er zögernd. »Spätestens in zwei Stunden bin ich bei dir.«

Ina warf noch einmal einen Blick auf die stinkenden Schubladenreste am Boden, dann ließ sie ihn allein.

Seit Freitagmorgen war er nicht zu Hause gewesen. Im Flur vor dem Briefkastenschlitz lag die Post der vergangenen zwei Tage. Er bückte sich vorsichtig, damit die Wunde nicht wieder zu bluten begann, und legte die Briefe und Zeitschriften auf die Garderobe, ohne sie anzusehen.

Im Badezimmerschrank fand er tatsächlich die schmalen Pflasterstreifen. Es gelang ihm halbwegs, sie so über die Wunde zu kleben, dass die Ränder nicht mehr klafften. Dann wählte er die Nummer von Antonia Mischa. Nein, es gab keine Neuigkeiten.

Die Kleine erinnert mich mehr an Judith als die anderen Mädchen. Es ist nicht das Gesicht, auch nicht die Haarfarbe. Es sind die kleinen Gesten, die sie verbinden, die Art, mit beiden Händen gleichzeitig die Haare nach rechts und links aus der Stirn zu streichen, das langsame Wackeln mit dem Kopf von einer Seite zur anderen, wenn sie nach einer Antwort sucht, das Kräuseln der Stirn, wenn sie etwas nicht versteht. Corinna hat einen kleinen Zweig aus dem Park mitgenommen, ich konnte sie nicht davon abbringen. »Die Schweinchen haben daran geknabbert«, hat sie gesagt. Wir haben den Zweig auf die Mauer vor meinem Haus gelegt, genau an die Stelle, wo Judith ihre Stöckchen von unseren Spaziergängen abgelegt hat. Auch das verbindet die beiden.

Das Erschreckendste am toten Körper eines Menschen ist seine Kälte. Manchmal spüre ich meine eigene Wärme, und dann begreife ich, wie vergänglich sie ist. Leben ist Wärme, Kälte ist der Tod. Manchmal berühre ich die kleinen Mädchen flüchtig und wie zufällig. Ihre Haut ist warm. Wenn sie gefunden werden, sind ihre kleinen Körper kalt.

Müsste ich Mitleid haben?

Nietzsche schreibt: Das Problem vom Werte des Mitleids scheint zunächst etwas Vereinzeltes, ein Fragezeichen für sich; wer aber hier hängen bleibt, hier fragen lernt, dem wird es gehen, wie es mir ergangen ist: – eine ungeheure neue Aussicht tut sich ihm auf, eine Möglichkeit fasst ihn wie ein Schwindel, jede Art Misstrauen, Argwohn, Furcht springt hervor, der Glaube an die Moral, an alle Moral wankt –, endlich wird eine neue Forderung laut. Sprechen wir sie aus, diese neue Forderung: Wir haben eine Kritik der moralischen Werte nötig, der Wert dieser Werte ist erst einmal selbst infrage zu stellen – und dazu tut eine Kenntnis der Umstände und Bedingungen not, aus denen sie erwachsen, unter denen sie sich entwickelt und verschoben haben (Moral als Folge, als

Symptom, als Maske, als Heuchelei, als Krankheit, als Missverständnis.)

▼▼▼

Alexander schaltete den Computer ein und versuchte erneut, aus den drei Buchstaben einen Hinweis herauszulesen, aber wieder waren seine Bemühungen so vergeblich wie zuvor. Er wusste nicht, in welche Richtung er suchen sollte. Vielleicht war CID vom lateinischen Verb caedere *niederschlagen, töten, ermorden* abgeleitet, wie im Wort Suizid? Er schlug mit der Faust auf den Schreibtisch. Wenn er doch besser auf Corinna aufgepasst hätte! Doch das hatte er nicht. Wenn er doch wenigstens jetzt etwas tun könnte!

16.20 Uhr zeigte die Zeitanzeige auf dem Computer. Er sah zu, wie die Ziffern auf 21 umsprangen, wartete auf die 22. Er hatte es eilig gehabt, nach Hause zu kommen, aber jetzt hatte er nichts anderes zu tun, als der Uhr zuzusehen. Er verfluchte seine Unwissenheit, seine Schwäche und seine Hilflosigkeit. 16.23 Uhr. Unschlüssig stand er vom Schreibtisch auf und ging durch die Wohnung. In dem Zimmer, wo Corinna geschlafen hatte, wenn sie bei ihm übernachtete, setzte er sich auf den Rand des Bettes. So hatte er oft gesessen, um seiner kleinen Tochter abends vor dem Einschlafen noch etwas vorzulesen. Aber Corinna war nicht da, niemand war da, nur die Stille, die in alle Winkel der Wohnung gekrochen war. – Noch eine Stunde, bis er bei Ina sein wollte. Er schloss die Augen und überlegte, was er in diesem Moment dachte. Nichts. Jedenfalls nichts, was ihm weitergeholfen hätte. Es gab nur noch diese alles überschattende Angst um seine Tochter.

Er nahm nur den Hausschlüssel mit und verließ die Wohnung. Den Kopf zwischen die Schultern gezogen, hielt er auf die Altstadt zu. Er hätte genauso gut in die andere Richtung gehen können. Er wollte nirgendwo hin. Trotzdem ging er auf das Münster zu, als hätte er ein Ziel. Man brauchte ihm nicht anzusehen, was mit ihm los war. Touristen, Rentner und Arbeitslose gingen ziellos umher.

Seit Corinna verschwunden war, empfand er sich als außerhalb der Realität. Die Welt war zur Kulisse in einem Film geworden, in dem er mitspielen musste, ohne das Drehbuch zu kennen. Ina spielte an seiner Seite, genauso allein wie er, in ihrer Rolle allerdings überzeugender. Gestern hatte dieser Film begonnen, aus dem er nicht entkommen konnte, und kein Regisseur war da, der ihm sagen könnte, wie er ausgehen würde.

Auf dem Münsterplatz machte er kehrt. Er konnte die zufriedenen Gesichter nicht ertragen. Als er den Karlssteg am Rand des Stadtgartens erreichte, kam ihm ein großer schlanker Mann entgegen. Er trug seine kleine Tochter auf den Schultern, die stolz und zufrieden auf ihre Umgebung heruntersah. Wie oft hatte er Corinna früher genauso über die Brücke getragen …! Genauso musste sie von dort auf die Welt hinabgeblickt haben.

Die letzten Meter zu seiner Wohnung rannte er.

Zu Hause nahm er eine der Zeitschriften, die er vorhin im Flur vom Boden aufgeklaubt hatte, und blätterte sie ohne Interesse durch. Der erste Artikel fasste neue Erkenntnisse über Alzheimer zusammen. Auch das interessierte ihn nicht mehr. Alzheimer oder nicht – was spielte das jetzt noch für eine Rolle, wo Corinna in der Gewalt eines Serienmörders war?

Der nächste Artikel beschäftigte sich mit der angeborenen Abwehrschwäche »Severe combined immunodeficiency«, die früher regelmäßig in den ersten Lebensjahren zum Tod der Kinder durch unheilbare Infektionen geführt hatte, wenn sie nicht in einem sterilen Plastikzelt von der Außenwelt abgeschirmt wurden. Ein Teil der Kinder hatte das Plastikzelt wieder verlassen können, weil ein geeigneter Knochenmarkspender gefunden wurde, anderen blieb diese Chance auf Heilung versagt. 1999 hatten seine Kollegen in Paris einen großen Erfolg feiern können. Etliche Kinder, für die kein passender Knochenmarkspender gefunden wurde, konnten mit Methoden der Gentechnik vollständig von ihrer Krankheit geheilt werden. Wenige Jahre später war jedoch das erste dieser Kinder an Leukämie erkrankt, andere folgten. Ein Kind starb. Was als sensationeller Sieg gefeiert worden war, entpuppte sich nach wenigen Jahren als tödliche Zeitbombe.

Er vergrub den Kopf in den Händen. Tote Kinder. Kinder starben an Krankheiten, gegen die es keine Mittel gab, andere starben, weil die Mediziner die Grenzen ihrer Kunst nicht erkannten. Waren die Ärzte deswegen schuldig? – Es gab keine einfache Antwort. Kinder mit schweren Herzfehlern zum Beispiel: Was tun, wenn die Gefahr groß war, dass sie die Operation nicht überlebten, wenn doch bei geglückter Operation ein normales Leben vor ihnen lag? Und was tun bei siamesischen Zwillingen, die vielleicht die Trennung nicht überlebten? Der Konflikt war hinlänglich bekannt.

Er schloss die Augen. Maja, Cécile, Angelina. Tote Kinder. Sinnloser, willkürlicher Tod durch die Hand eines Mörders. Ärzte, die den Tod eines Menschen durch eine in ihrer Zeit anerkannte Methode herbeiführten, mögen Ursache des Todes sein, aber sie waren keine Mörder.

Er schreckte auf. Sein Handy meldete sich. »Auf in den Kampf, Torero!« – Ina hatte die Melodie in einem Anfall von Übermut als Klingelton auf sein Handy geladen.

Es war Frau Mischa. »Wir haben keine konkrete Spur, aber ich möchte Ihnen trotzdem mitteilen, dass eine glaubhaft wirkende Frau Angelina mit einem rothaarigen Mann auf der Burg Falkenstein in der Nähe von Frankfurt gesehen haben will.«

»Corinna?« Er schrie die Frage.

»Nein, leider nicht Corinna – Angelina. In der vergangenen Woche, kurz bevor sie starb.«

Nur langsam beruhigte sich Alexanders Herz, das beim ersten Satz der Kommissarin wie ein Hammer zu schlagen begonnen hatte. »Ja«, sagte er, »Angelina. In der Nähe von Frankfurt. Ich verstehe.«

Er legte auf. Angelina in Frankfurt, nicht in Heidelberg, das mochte er noch glauben. Angelina an der Seite des Rothaarigen beim Besichtigen einer Burg. Geradezu idiotisch fand er den Gedanken.

Er versuchte, wieder zur Ruhe zu kommen. Vielleicht gelang es, wenn er las. Er richtete die Augen auf den Artikel, mit dessen Lektüre er gerade begonnen hatte, aber sein Blick blieb schon an der Überschrift hängen, und sein Verstand öffnete sich nicht einmal für diese wenigen Worte. Augen bewegen, lesen, begreifen!, befahl er sich. »Severe combined immunodeficiency (SCID)«, schwere kombinierte Immunschwäche. Er las den Artikel Wort für Wort, obwohl ihm das meiste längst bekannt war. Es schien ihm die einzige Möglichkeit, seine durcheinander rasenden Gedanken etwas zur Ruhe zu bringen. Erst hingen die Worte losgelöst voneinander wie abstrakte Bilder vor seinen Augen, doch ganz allmählich fügten sich die Bilder zu sinnvollen Sätzen zusammen. Zwei Formen der lebensgefährlichen Immunschwäche gab es. Eine, die nur Jungen betraf, »X-SCID«, weil sie mit dem X-Chromosom übertragen wurde. Dessen Defekt konnte bei Jungen nicht von einem gesunden zweiten X-Chromosom ausgeglichen werden, da sie ein solches nicht besaßen. Eine andere Form betraf auch Mädchen. Seine Gedanken trieben schon wieder davon. Er sah die Kinder vor sich, wie sie ihr Leben verbrachten, ehe die Krankheit behandelt werden konnte: Ein Leben in einer sterilen Kunststoffblase ohne die streichelnde Hand eines Menschen, ohne Zärtlichkeit, ein Leben im Aquarium, ein Kind wie ein einsamer Goldfisch in seinem Glas, die Mutter draußen unerreichbar. Der amerikanische Junge, von dem er gelesen hatte, fiel ihm ein. Um seine Isolierung erträglicher zu machen, fertigte ihm die NASA einen 50 000 Dollar teuren Raumanzug an. Den ersten hatte er einige wenige Male getragen, dann war er herausgewachsen. Beim zweiten weigerte er sich, ihn auch nur ein einziges Mal anzuziehen. Sein Zuhause war die Blase. Mit dreizehn Jahren erlöste der Tod den Jungen von einer Welt, deren Teil er niemals hatte sein dürfen.

Was war schlimmer, fragte sich Alexander: eine Behandlung, die das Risiko barg, sein Kind nach ein paar unbeschwerten Jahren an Leukämie sterben zu sehen, oder lebenslängliche Isolierung in einer durchsichtigen Blase? Er war froh, darüber nicht entscheiden zu müssen. Wahrscheinlich hätte er sich für die Hoffnung und damit für die gefährliche Therapie entschieden.

Seine Uhr zeigte 17.12 Uhr. Plötzlich erschreckte ihn das Sichtbarwerden der Zeit. Corinnas Tod war eine Frage der Zeit!

Mit einer heftigen Bewegung schleuderte er das Heft zu Boden. Mit dem nutzlosen Blättern vertat er die kostbare Zeit, anstatt jede Sekunde und jeden Gedanken für Corinna zu verwenden. Nur noch wenige Stunden, bis Corinnas zweite Nacht mit dem Entführer begann. Und wenn diese Nacht schon die letzte war? Wenn schon morgen die entsetzlichen Befürchtungen zur Gewissheit wurden?

Als er eine halbe Stunde später Inas Wohnung betrat, stand im Flur noch die volle Einkaufstasche. Inas Jacke und ihr Schlüsselbund lagen daneben auf dem Boden. Er rief nach ihr, aber sie antwortete nicht. Er fand sie bäuchlings auf ihrem Bett liegend, den Kopf im Kissen vergraben. Sie weinte lautlos.

Er setzte sich aufs Bett und streichelte sie wie ein unglückliches Kind. Nach einer Weile erhob sie sich mit mühsamen und zittrigen Bewegungen, als wäre sie in den vergangenen Stunden um Jahrzehnte gealtert. Ihr Gesicht war vom Weinen rot und verschwollen. »Und wenn er ihr schon in dieser Nacht etwas antut?«, fragte sie.

Er konnte nichts darauf sagen.

»Entschuldige«, sagte Ina und er wusste nicht, was er entschuldigen sollte.

Er wollte ihr helfen, die Tasche auszuräumen, aber er konnte sich nicht erinnern, wo sie die Dinge aufzuheben pflegte. Er nahm das Mehl aus der Tasche, stand eine Weile ratlos vor den Schränken, dann reichte er es Ina. Er nahm die Marmelade, öffnete den Kühlschrank, schloss ihn wieder, sah hilflos in der Küche umher und drückte schließlich auch das Glas Ina in die Hand. Er gab das Helfen auf und sah ihr wortlos zu, wie sie alles an den richtigen Platz räumte.

Dann half er ihr, den Abendbrotstisch zu decken. Ina hatte das Geschirr auf dem Küchenschrank bereitgestellt. Drei Teller, drei Tassen, Bestecke für drei. Er stellte zwei Teller und Tassen auf ihren Platz. Mit dem dritten Teller in der Hand sah er sie hilflos an.

Jetzt fiel ihr Blick auf das überzählige Gedeck. Ohne ein Wort zu sagen, schlug sie die Hände vor das Gesicht. Er räumte die überzähligen Teile zurück in den Schrank.

Judiths Platz am Tisch wird bald wieder verwaist sein. Ihren Teller, Becher, Löffel, Messer und Gabel wird niemand mehr benutzen. Ich decke jeden Tag den Tisch für uns beide, als könne plötzlich die Türe aufgehen und Judith sich zu mir setzen.

Corinna, die ihre Stelle eingenommen hat, wird mich morgen Nacht verlassen. Ich habe alles vorbereitet. Man wird sie unter der Kastanie vor ihrer Wohnung finden, dort, wo ich zum ersten Mal ihre Stimme gehört habe. Aufrecht sitzend und mit dem Rücken an den Stamm gelehnt wird sie auf ihren Vater warten, als habe sie selbst sich den Platz zur Ruhe ausgesucht. Auf ihrer Stirn wird das S geschrieben stehen, das ich für das vierte Mädchen vorgesehen habe – lange bevor ich seinen Namen kannte.

Neben ihr wird eine Mappe mit Schriftstücken liegen, nicht um mich zu rechtfertigen, sondern um den Wahnsinn anzuklagen, dem meine kleine Judith zum Oper gefallen ist. – Jedes Mal, wenn ich ein Mädchen töte, stirbt Judith, deren Leben ich retten wollte, aufs Neue.

Wo Menschen zwischen zwei Zeiten geraten – und das ist uns geschehen –, wird ihnen alles Selbstverständliche, jeder Anstand und jede Moral verloren gehen. Judiths Ärzte, die Väter der vier kleinen Mädchen – um nur einige wenige zu nennen –, sind Stellvertreter dieser Menschen.

Heute schrieb die Zeitung wieder von meinen Opfern. Die Kinder sind nicht meine Opfer. Ich ziele auf ihre Väter. – Ich leugne es nicht länger: Ja, ich beneide diese Väter um ihre gesunden Töchter.

Es war nicht leicht, Corinna zu beruhigen, als ihr Vater an diesem Abend nicht gekommen war, wie ich es ihr versprochen hatte. Meine Geschenke interessierten sie nicht, weder Barbiepuppen, mit denen Judith so gern gespielt hat, noch der Game Boy. Erst als ich ihr eine von Judiths Lieblings-CDs auflegte, wurde die Kleine ruhiger, aber sie wollte nicht schlafen, ehe ihr Papa bei ihr war. Sie hörte Bibi Blocksberg, bis ihr die Augen zufielen.

Seltsam, sie fragte immer nach ihrem Papa, nur einmal nach der Mama.

Ich bin sicher, Corinnas letzter Tag wird ihr sehr gefallen. Ein warmer Südwestwind hat heute die Wolken über den Taunus davongetrieben, und morgen soll den ganzen Tag die Sonne scheinen. Wir werden nicht zur Burg Falkenstein fahren, wo Angelina den letzten Tag ihres Lebens verbracht hat. Corinna ist ein hübsches Mädchen, das viele Blicke auf sich zieht. Wir könnten Aufmerksamkeit erregen. Die Menschen sind sensibel geworden für einen rothaarigen Mann mit einem kleinen Mädchen.

Oben im Wald ist ein verfallener Grillplatz auf einer Lichtung, die mittags im Sonnenlicht liegt. Ich werde der Kleinen zeigen, wie man Körbchen aus Gras flechten kann und kleine Flöten aus Weidenruten schnitzt. Wir werden Stockbrot am offenen Feuer backen und Wasser aus einer nahen Quelle holen. Alle Kinder mögen das, aber die meisten haben es nie erlebt.

– Gibt es einen besseren Zeitpunkt zum Sterben als am Ende eines schönen Tages?

▾▾▾

Ina und Alexander setzten sich an den gedeckten Tisch, aber keiner von beiden aß etwas. Stumm tranken sie den Tee, dann räumten sie gemeinsam den Tisch ab. Wieder sah er zur Uhr. Noch eine oder zwei Stunden, dachte er, dann beginnt die Nacht, aber er sagte nichts.

Ina setzte sich mit einem Buch aufs Sofa. Sie blätterte nicht um, ihr Blick fiel immer auf dieselbe Seite. Nach einer Viertelstunde legte sie das Buch fort und stellte den Fernseher an. In drei Minuten würde es Nachrichten geben. Wieder packte ihn die Aufregung wie am Morgen, als er die Zeitung aus dem Briefkasten geholt hatte.

Ina schien es nicht anders zu gehen. Mit einer Hand am Mund, als wolle sie einen Schrei ersticken, starrte sie in den Apparat. Erst als die Sportnachrichten kamen, entspannte sie sich wieder. Kein Wort über Corinna. Offenbar war ein vermisstes Mädchen nicht wichtig genug, um in der Tagesschau erwähnt zu werden.

Später saßen sie wie zwei Stumme im Wohnzimmer nebeneinander. Den ganzen Abend warteten sie vergeblich auf Nachrichten. Ina wurde müde, streckte sich auf der Couch aus und schloss die Augen. Nach einer halben Stunde atmete sie ganz gleichmäßig, und er war sich sicher, dass sie endlich schlief. Er holte eine Decke und deckte sie sacht damit zu. Gegen Mitternacht stand er auf, um sich ins Bett zu legen. Er ging zur Toilette, wusch Hände und Gesicht mit denselben mechanischen Bewegungen wie immer, putzte die Zähne, zog sich aus, automatenhaft bei jeder Bewegung, teilnahmslos und ohne Aufmerksamkeit für das, was er tat. Dann lag er schlaflos mit offenen Augen da. Corinnas Angst in der Gewalt des fremden Mannes musste fürchterlich sein! War das ihre letzte Nacht? Ob sie ahnte, was ihr bevorstand? Weder Ina noch er hatten in ihrer Gegenwart jemals über den Mädchenmörder gesprochen, da waren sie sich sicher. Doch auch wenn sie keine Todesangst hatte, musste der Tag schrecklich gewesen sein. Dieses Gesicht! Diese Fratze des Alten, die kaum noch menschliche Züge hatte, wie konnte Corinna das ertragen? Ob sich der Alte im Wald versteckt hatte, bevor er mit Ina verschwand? – Vielleicht hielt sich der Rothaarige zunächst zurück und schickte den Alten vor, um die Mädchen zu beobachten. Oder gab es zwei Täter?

Er versuchte vergeblich, die Augen ohne Anstrengung geschlossen zu halten, aber seine Lider flatterten und zuckten, als wehe der Wind darüber hin.

Plötzlich schreckte er auf. Er hatte einen Gedanken, vielleicht war er absurd, blödsinnig geradezu, dem Schwebezustand zwischen Wachen und Schlaf entsprungen, der logisches Denken unmöglich macht. Mit weit aufgerissenen Augen starrte er in die Finsternis. Er musste der Idee nachgehen, jetzt sofort! Drei Uhr zeigte der Wecker auf dem Nachtschrank.

CID hatte der Täter bei den toten Mädchen hinterlassen. CID wie in SCID. Severe combined immunodeficiency. Nur noch ein Buchstabe fehlte. War das Zufall? – Und wenn es kein Zufall wäre? Wenn SCID das Schlüsselwort wäre, nach dem er so verzweifelt suchte? Und wenn, was wäre das Motiv, gerade diese Buchstaben zu verwenden? Keiner der vier Väter hatte sich mit der Immunschwäche befasst. Warum ermordete jemand kleine Mädchen im Zusammenhang mit SCID? Aus Rache an den gesunden Kindern? Aber warum ausgerechnet die Kinder von Wissenschaftlern?

Weil die nicht in der Lage waren, die Krankheit zu heilen?

Aber das waren sie doch! Knochenmarktransplantation oder Gentherapie. Gleich zwei Methoden gab es, den Kindern zu helfen. Den meisten jedenfalls. Er dachte an den Aufschrei in der Fachpresse, als sich vor ein paar Jahren herausgestellt hatte, dass ein Teil der mit Gentherapie behandelten Kinder an Leukämie erkrankt war. Ein Kind war gestorben, aber die anderen hatten den Blutkrebs überlebt.

Ein Kind war gestorben! Konnte das der Grund für die Morde sein?

Absurd!, dachte er. Absurd! – Aber es war eine Möglichkeit! Der Gedanke ließ ihn nicht los. Wenn ausgerechnet der Vater des an Leukämie gestorbenen Kindes das Potenzial zum brutalen Serienmörder hätte?

Er sprang aus dem Bett. Plötzlich gab es eine Hoffnung, an die er sich klammern konnte.

Über die Auslandsauskunft erfuhr die Privatnummer des Kollegen Delouche in Paris, der die Behandlungen durchgeführt hatte. Er wählte die Nummer. Achtmal, neunmal hörte er das Tuten, dann versuchte er es ein zweites Mal.

Ina war wach geworden. Sie saß auf der Couch und hatte sich die Decke um die Schultern gezogen. »Wen rufst du an?«

Es knackte in der Leitung, ehe er Ina antworten konnte. »Ouä« oder so ähnlich klang es aus dem Hörer, und er brauchte eine Weile, bis er das verschlafene »Oui« erkannte. Schon bei seinem eigenen Namen kam er ins Stottern.

»Qui c'est?«

Immerhin brachte er beim zweiten Versuch seinen Namen verständlich hervor.

»Mais, savez-vous quelle heure il est?«

Alexander wollte auf Französisch antworten, für ihn das Einfachste auf der Welt, aber irgendetwas war in seinem Kopf durcheinander geraten, nicht einmal eine Antwort auf Englisch fiel ihm ein, es dauerte, bis er die ersten Worte fand. Er stotterte schon wieder und fürchtete, Delouche würde auflegen, weil er ihn für betrunken hielt.

»Wie hieß das Kind, das von SCID geheilt wurde und später an Leukämie gestorben ist?«, klaubte er endlich aus seinem sonst so perfekten Englisch zusammen. »Ich brauche dringend die Adresse!«

Statt einer Antwort verwies Delouche erneut auf die späte Stunde. Eine solche Frage habe vermutlich Zeit, bis seine Sekretärin morgen gegen fünfzehn Uhr – nämlich nach der üblicherweise zeitraubenden Sprechstunde – die Adresse heraussuchen würde.

»Vielleicht ist Corinna dann tot.«

Der Kollege verstand nicht, was er meinte.

»Corinna, meine Tochter!« In seiner Ungeduld war Alexander lauter geworden, als er gewollt hatte.

»Est-elle malade?«

Nein, krank sei sie nicht. Alexander versuchte eilig und mit wenigen Worten zu erklären, was geschehen war, aber das gelang ihm nicht. Er merkte selbst, wie unverständlich er redete. Er versuchte es mit anderen Worten, gefasst darauf, gleich ein Knacken in der Leitung zu hören, Delouche hätte dann aufgelegt, um ihn, den Verrückten loszuwerden, und kein Klingeln der Welt würde ihn dazu bringen, den Hörer ein zweites Mal abzunehmen.

»Mon dieu«, hörte er den Kollegen plötzlich sagen, »j'en ai entendu parler« und noch einmal: »Mon dieu.« Er habe zwar nicht alles verstanden, fuhr Delouche fort, und wisse nicht, wie er mit dem Namen jenes unglücklichen Vaters weiterhelfen könne, aber er wolle sofort zurückrufen, um den gewünschten Namen und die Adresse zu nennen.

Alexander bedankte sich und legte auf. Er sah seine Hände

an und wunderte sich, wie heftig sie zitterten. »Vielleicht weiß ich gleich, wer der Mörder ist«, sagte er zu Ina. Er wollte ihr noch mehr von der tödlichen Leukämie nach einer erfolgreichen Gentherapie der schweren Abwehrschwäche dieses Kindes erklären, aber er hatte nicht die Ruhe dazu. Sein Gehirn war mit Warten beschäftigt, Warten auf einen Rückruf, der »sofort« hätte kommen sollen, aber sofort war längst vorüber, und der Anruf kam nicht. Jetzt hätte er die Kripo anrufen sollen! Das Warten lähmte ihn.

Nach fünfzehn Minuten wählte er zum zweiten Mal die Nummer in Frankreich. Niemand hob ab. Als zwanzig Minuten vergangen waren, versuchte er es aufs Neue. Wieder vergeblich. Inzwischen war es vier Uhr. Die Nacht verging, ohne dass sich der Professor aus Paris meldete.

Blass und fröstelnd wartete Ina neben ihm. »Du meinst, der Vater eines nach einer Gentherapie gestorbenen Kindes könnte der Mörder sein?«

Er nickte bloß.

Und dann klingelte das Telefon doch. Delouche hatte erst ins Institut fahren müssen, um den Namen und die Anschrift herauszufinden.

Alexander konnte vor Aufregung kaum den Stift halten. »Ina schreib du«, bat er. Er diktierte ihr die Adresse. Bei der Telefonnummer musste er mehrmals nachfragen. Die französischen Ziffern waren ihm abhanden gekommen. Er vergewisserte sich mehrmals, dass er alles richtig verstanden hatte. Bernd Feser hieß der Mann, und er wohnte zumindest damals, als sein Kind starb, in Königstein.

»In der Nähe von Frankfurt gibt es ein Königstein«, sagte Ina.

»In der Nähe von Frankfurt! Dort, wo Zeugen Angelina gesehen haben wollten! Ina! Corinna ist in der Nähe von Frankfurt!«

Er wedelte mit dem Zettel vor Inas weit aufgerissenen Augen, die nicht ihn anblickten und nicht den Zettel, sondern nur die Hoffnung zu sehen schienen, die in diesem Augenblick aufblitzte.

Dann verdunkelte sich ihr Blick wieder: »Warum bist du

dir so sicher, dass Corinna dort ist? Es gibt so viele Menschen in der Umgebung von Frankfurt, so viele Mädchen und so viele Rothaarige, die man für den Täter halten könnte.«

»Ich bin mir sicher.«

Er wählte die Nummer der Kripo und erreichte den Bereitschaftsdienst der Sonderkommission. Er sagte den Namen und die Adresse in Königstein durch und wollte sich nicht lange mit Erklärungen aufhalten. »Es gibt keinen Zweifel. Das ist der Mann, der meine Tochter entführt hat. Zumindest hat er früher in Königstein gewohnt.« Wozu noch die vielen Erklärungen? Er wusste, dass dieser Mann der Täter war. Er hatte überhaupt keinen Zweifel. »Angelina wurde dort in der Nähe gesehen.«

»Ich verstehe nicht, warum Sie ausgerechnet diesen Mann verdächtigen.«

Alexander mahnte sich zur Ruhe. Er musste diesen Mann überzeugen, das kostete Zeit.

»Ich habe verstanden, was Sie meinen«, antwortete der Beamte endlich, »aber ich kann Ihren Ausführungen nicht folgen. Nehmen Sie die drei bekannten Buchstaben, fügen Sie einen beliebigen vierten hinzu, und Sie werden unendlich viele Erklärungen und ebenso viele potenzielle Täter entdecken.«

»Aber ich bin mir ganz sicher. Sie müssen sofort eine Spezialeinheit ...«

»So, wie Sie sich das vorstellen, geht das nicht.«

»Wie geht es denn?« Alexander war wieder lauter geworden, als er es wollte.

»Wir werden dafür sorgen, dass jemand von der Frankfurter Kripo den Mann befragt und überprüft, ob er für den Freitagnachmittag ein Alibi hat. Bei der Gelegenheit sehen die Beamten sofort, ob die Personenbeschreibung überhaupt passen könnte.«

Alexander stöhnte gequält. »Wann wird jemand zu dem Haus fahren?«

»Darauf habe ich keinen Einfluss.«

»Bitte so schnell wie möglich!«

»Wir tun, was wir können.«

»Vielleicht lebt Corinna dann nicht mehr!« Alexander begann zu schluchzen und legte auf.

So war es also. Er wusste, wer der Täter war, aber niemand glaubte ihm. Er fühlte sich, als habe jemand das lebensrettende Seil gekappt, auf das er alle Hoffnung gesetzt hatte. Erschöpft ließ er sich neben Ina aufs Sofa fallen. Maja war schon in der zweiten Nacht gestorben! Sie war an einem Freitag entführt worden, wie Corinna. Am Sonntag war sie tot aufgefunden worden. Heute war Sonntag! Angelina war an einem Freitag gefunden worden. Und Cécile? War sie nicht auch an einem Sonntag gefunden worden?

»Ist dir nicht gut?« Ina sah ihn besorgt an. »Du bist ganz weiß geworden.«

»Es ist nichts.«

Als er sich etwas beruhigt hatte, wählte er Jörgs Nummer. Der Kommissar meldete sich nicht, auch nicht, als er die Nummer ein zweites Mal wählte. Über die Handynummer erreichte er nur die Mailbox. Er brach den Anruf ab, ohne etwas gesagt zu haben.

»Ich fahre nach Königstein.«

Er sah Inas entsetzten Blick und ahnte, dass sein Entschluss falsch war. Trotzdem würde er fahren. – »Hast du eine Straßenkarte von der Gegend?«

Ina starrte ihn an, als habe er in einer ihr unbekannten Sprache geredet.

»Ob du eine Straßenkarte hast?«

»Einen Autoatlas«, antwortete sie, ohne sich von der Stelle zu rühren.

»Gibst du mir bitte den Atlas!«

Ina zeigte auf das Regal neben ihm. Sie machte keine Anstalten, das Buch zu holen, als wolle sie nicht mitschuldig an einer Katastrophe sein, die sie heraufziehen sah.

»Vielleicht kann ich mit dem Entführer reden! Er weiß doch, was der Tod eines Kindes für den Vater bedeutet!«

Ina saß weiterhin regungslos da.

»Ina. So sag doch etwas!«

»Du machst mir Angst!«

»Aber wir können doch nicht tatenlos abwarten, bis es zu spät ist!«

»Und wenn der Mörder Corinna gleich umbringt, weil du kommst?«

»Aber Ina! Die Gefahr ist doch viel größer, wenn die Frankfurter Kripo zwei Beamte zu einer Routineüberprüfung schickt, von der sie sich nicht das Geringste versprechen! Wir können nur gewinnen, wenn ich fahre! Ina, es gibt gar keinen anderen Weg!« Er redete schnell und ohne Pause, er musste sich selbst überzeugen. Wie so oft war auch jetzt, als ihn dieses sture Festhalten an einem ungewöhnlichen Gedanken überfiel, eine dunkle Ahnung in ihm aufgestiegen, die sein Bewusstsein nur mühsam unterdrückte. Leider waren solche schlimmen Ahnungen in aller Regel richtig. Er ließ sich die Zweifel nicht anmerken.

Ina stand auf und begann unruhig durch das Zimmer zu gehen. »Vielleicht hast du recht«, sagte sie. »Vielleicht hast du recht.« Sie blieb abrupt stehen. »Ich komme mit.«

Er sah ihre Entschlossenheit und wusste, dass er sie nicht von ihrer Entscheidung abbringen konnte.

»Weißt du, wo die Straße ist?«

Er wusste es nicht.

Ina startete ihren Computer, öffnete Google-Earth und gab Königstein ein. Sie fand nicht gleich das Königstein, das sie suchte – Königstein im Taunus war der richtige Ort. Die Gegend war viel einsamer, als sie es im Großraum Frankfurt erwartet hatte. Viel Wald gab es ringsum, auch Felder. Die Burg Falkenstein lag direkt bei dem Ort. Sie stellte das Bild so ein, dass sie Königstein aus geringer Entfernung betrachten konnte. Jetzt erschienen die Straßennamen. Sie zeigte auf einen Weg, der sich im Wald verlor. Einzelne Häuser gab es dort, wohl Gehöfte, manche abseits des Weges. »Reichenbachweg. Hier irgendwo muss es sein.«

Sie druckte die Route nach Königstein und die Karte mit den Straßennamen aus.

Alexander fuhr schnell. Jetzt in den späten Nachtstunden war die A5, wo sich sonst Lastwagen aus ganz Europa zu einem endlosen Lindwurm fügten, leer wie eine abgelegene Landstraße. Über den Wiesen neben der Autobahn hingen Nebelschwaden wie weiße Tücher, verhüllten bisweilen das graue Asphaltband der Autobahn, um es gleich darauf wieder frei zu geben. Alexander hielt auf den Nebel zu wie auf Barrieren, die er durchbrechen musste, geradeaus und durch, die Stücke waren ja nur kurz und scharfe Kurven so wenig zu erwarten wie Hindernisse auf der Fahrbahn. Was ist, dachte er, wenn Feser nicht mit Corinna in seine Wohnung zurückgekehrt war? Wenn er Corinna an einem anderen Ort festhielt? Wenn er gar nicht mehr in Königstein wohnte?

Er fuhr noch schneller, das Rasen befreite ihn von seiner Angst um Corinna. Bei zweihundert blieb die Tachonadel stehen, mehr gab der Motor nicht her. Ina saß mit geschlossenen Augen, aber er war sich sicher, dass sie nicht schlief.

Als sein Handy klingelte, nahm er den Fuß vom Gaspedal. Es war die Kommissarin.

»Wo sind Sie? Ich habe versucht, Sie in Freiburg zu erreichen.«

Alexander zögerte, beschloss dann, die Wahrheit zu sagen.

»Auf der Autobahn, kurz vor Frankfurt.«

»Halten Sie sich da raus, Sie gefährden das Leben Ihrer Tochter und Ihr eigenes, wenn Sie eigenmächtig etwas unternehmen! Kehren Sie um oder fahren Sie zum nächsten Rasthof und warten Sie dort auf meine Nachricht.«

»Warum wollten Sie mich sprechen?«

»Weil der Kollege, den Sie heute Nacht angerufen haben, eben das befürchtete, was Sie jetzt tun.«

»Danke«, sagte Alexander und beendete das Gespräch. Er fuhr weiter.

Der Verkehr war dichter geworden. Ina dirigierte ihn mit dem Plan in der Hand über die Autobahnen bei Frankfurt. Langsam war es hell geworden. Als sie von der Autobahn auf die B8 einbogen, entdeckte er den Wegweiser nach Königstein und atmete auf.

In Königstein fuhren sie nach der Himmelsrichtung: Westlich an der Burg Falkenstein vorbei, dann auf der ersten durchgehenden Straße nach Osten. Sie trafen genau auf den

Reichenbachweg. Er hatte es gefürchtet, als er den Weg bei Google-Earth gesehen hatte! Die Hausnummern zählten vom Zentrum zum Wald hin. Das Haus, das sie suchten, musste außerhalb des Ortes liegen. Am letzten Haus am Waldrand konnten sie keine Nummer entdecken, auch keinen Namen. Danach kam Wald, keine Häuser mehr, soweit man sehen konnte. Der Asphalt endete. Wenn die Nummern in normaler Reihenfolge vergeben waren, musste Feser erst im nächsten Haus wohnen. Sie fuhren langsam weiter durch den dichten Laubwald. Ein halb zugewachsener Bach begleitete den Weg. Eine niedrige Mauer, deren Putz in tellergroßen Brocken am Boden lag, setzte sich aus dem Wald bis zum Fahrweg fort und folgte ihm dann jenseits des Baches. Hinter der Mauer tauchte ein großes Ziegeldach auf, fleckig und schwarz vom Moos unter den hohen Bäumen. Dann eine Hofeinfahrt. Das eiserne Tor stand halb offen und hing schief in den Angeln. Das Haus dahinter sah unbewohnt aus, trotz der undurchsichtigen Gardinen vor den Fenstern. Unkraut wucherte auf der Zufahrt, und neben den wenigen Stufen, die zum Eingang führten, breitete sich meterhohes Brennnesselgestrüpp aus und begrub einen alten Blumenkübel unter sich. An der Südseite des Hauses war mit groben Balken eine kleine, halb verrottete Veranda angebaut. Hier hingen alte Blumenkästen, die nicht mehr bepflanzt waren. Alexander sah weder Namensschild noch Hausnummer. Er fuhr vorbei. Anhalten war unmöglich, ohne einen versteckten Beobachter aufmerksam zu machen. Er sah Ina nicht an. Sie musste dasselbe Entsetzen empfinden wie er.

Er fuhr weiter in den Wald hinein. Keine Häuser mehr. An einer Schranke am Ende eines Wanderparkplatzes wendete er. Er erreichte wieder das verfallene Tor des einsamen Hauses, bremste abrupt und fuhr dann sofort weiter. Nach hundert Metern hielt er an.

»Der Zweig! Hast du den Zweig auf der Mauer gesehen? Der ist von Corinna!«

»Was meinst du?« Ina sah ihn an, als sei er verrückt geworden.

»Corinnas Zweig!«

»Hier gibt es überall Zweige.«

»Aber nicht diesen! Hol bitte den Zweig, der neben dem Tor liegt. Du bist kleiner als ich. Man sieht dich hinter der Mauer nicht.«

Ina starrte ihn immer noch ungläubig an, stieg dann aber aus. Leicht geduckt ging sie an der Mauer entlang. Mit dem Zweig in der Hand kehrte sie zum Auto zurück, ohne sich nach dem Haus umzusehen. Er nahm ihn. »Hier«, er zeigte aufgeregt auf eine Stelle, wo die Rinde fehlte. »›Hallo kleines Schweinchen‹, hat Corinna gesagt und dem Frischling den Zweig zum Knabbern hingehalten.« Hallo kleines Schweinchen – er wurde schon wieder furchtbar traurig.

»Dann ist Corinna wirklich hier«, stammelte Ina, und in ihrer Stimme war endlich wieder Hoffnung, eine verzweifelte Hoffnung gegen das Endgültige.

Er fuhr zurück in den Ort. Von einer Parkbucht aus rief er Antonia Mischa an. »Corinna ist wirklich hier in Königstein. Vor dem Haus lag ein Zweig, den sie im Steinwasenpark mitgenommen hat. – Nein, ich irre mich nicht. – Nein, es gibt keinen Zweifel. Man sieht am Zweig die Bissspuren von den Zähnen der Frischlinge, die Corinna damit füttern wollte.«

»Sind Sie sich wirklich sicher?«

»Corinnas Mutter sitzt neben mir. Auch sie hat die Spuren an dem Zweig gesehen.«

Die Kommissarin schwieg, und er wusste nicht, ob er sie überzeugt hatte.

»Ich irre mich wirklich nicht!«

»Sind Sie gesehen worden, als Sie am Haus waren?«

»Wahrscheinlich nicht.«

»Bitte halten Sie sich fern! Nähern Sie sich auf keinen Fall noch einmal dem Haus!« Und wieder: »Sie gefährden sonst das Leben Ihrer Tochter.«

»Was werden Sie tun?«

»Wir benachrichtigen sofort die Kollegen in Frankfurt.«

»Und dann?«

»Üblicherweise wird in einer solchen Situation das Objekt

observiert. Gleichzeitig wird ein Sondereinsatzkommando hinzugezogen. Sobald sich eine günstige Gelegenheit bietet, wird Ihre Tochter befreit.«

»Eine günstige Gelegenheit?«

»Zum Beispiel wenn der Entführer mit ihr das Haus verlässt.«

»Wenn sie dann noch lebt«, sagte er tonlos und beendete das Gespräch.

»Sie wollen Corinna mit einem Sondereinsatzkommando befreien«, wiederholte er. »Und wenn es misslingt? Wenn Corinna dabei …«, er stockte mitten im Satz und verstummte. Er wagte nicht auszusprechen, was er längst dachte: Wenn Corinna schon jetzt nicht mehr lebte? Den Zweig hatte sie abgelegt, als sie vom Steinwasenpark hierhergekommen war. Sie hatte das Haus lebend betreten. Und dann?

Er sah auf die Uhr. Nach fünf Minuten rief er wieder in Freiburg an. »Was haben die Frankfurter gesagt?«

»Ich bin nicht sicher, ob ich die Kollegen überzeugen konnte. Ich weiß nicht, ob alles so geschieht, wie ich es Ihnen geschildert habe. Trotzdem: Handeln Sie auf keinen Fall eigenmächtig. So etwas führt zwangsläufig in eine Katastrophe. Ich bleibe mit den Frankfurtern im Kontakt und halte Sie darüber auf dem Laufenden.«

Alexander beendete das Gespräch. Er hätte schreien mögen! Ein unglaublicher Zufall, dass ihm gerade jetzt, gerade wo Corinnas Leben davon abhing, dieser Artikel in die Hände gefallen war. Niemals hätte er sonst das Rätsel mit den drei Buchstaben gelöst! Jetzt saß er hier neben dem Haus des Mörders und durfte nichts tun. Begriffen die in Frankfurt denn nicht, dass sie sofort handeln mussten, damit er seine Tochter lebend wiedersah?

Er gab Ina sein Handy. Bei dem, was er plante, konnte ein Anruf tödliche Folgen haben.

Ina begriff seinen Plan sofort. »Du willst doch nicht etwa …?« Sie war völlig verstört.

»Doch. Ich will.« Nichts konnte ihn abhalten, nicht Inas verzweifeltes Bitten, auch nicht ihre Tränen. »Ich weiß, was ich zu tun habe.«

»Alex, bitte nicht!« Sie griff nach seinem Arm und versuchte vergeblich, ihn am Aussteigen zu hindern.

»Lass mich. Ich will mit Feser reden. Mit jedem Menschen kann man reden, wenn man die richtigen Worte findet.« Er befreite sich aus Inas Griff und stieg aus.

Langsam ging er auf den Wald zu. Wieder überfiel ihn dieses Gefühl, außerhalb jeder Realität zu handeln als willenlose Marionette, deren Fäden unbekannte Kräfte führten, unter einem Zwang, gegen den er machtlos war. Irgendetwas handelte in ihm, nicht er selbst, jedenfalls nicht sein Verstand, eine tiefere Ebene hatte sich eingeschaltet und das Kommando übernommen, triebhaft, und er wusste, dass sein Handeln falsch war. Er war verrückt geworden, er wusste es, aber er konnte nichts dagegen tun.

Im Wald, noch außer Sichtweite des Hauses, gelang es ihm, über die Mauer zu steigen. Dichtes Unterholz verbarg ihn, bis er wenige Meter von der Rückseite des Hauses entfernt stehen blieb.

Er lauschte. Absolute Stille. Totenstille. Kein Vogel sang, keine Insekten schwirrten.

Aus seinem Versteck sah er ein gekipptes Fenster im Erdgeschoss. Alle anderen Fenster waren geschlossen und mit dichten Gardinen verhängt. Mit wenigen großen Schritten erreichte er die Hauswand und presste sich dicht ans Mauerwerk. Sein Herzschlag war so laut in seinen Ohren, dass er alle leisen Geräusche übertönte. Er hielt den Atem an. Da war noch ein anderes Geräusch. Es war nicht völlig still im Haus. Er lauschte, bis er sich sicher war: hohe quakende Stimmen, verzerrt und unverständlich, Micky-Maus-Sprache: ein Kinderfilm, im Fernsehen vielleicht, oder ein Tonband, eine CD. Die Geräusche schienen aus dem oberen Stockwerk zu kommen. Auf Zehenspitzen blickte er durch den Spalt, den die Gardine am gekippten Fenster freigelassen hatte. Das Zimmer war leer. Er griff an der Scheibe vorbei, umfasste den Hebel und stellte ihn waagerecht. Fast geräuschlos löste sich das Fenster aus der unteren Verankerung. Jetzt hing es schief in einer Angel, aber er konnte es mühelos öffnen.

Durch das Fenster einzusteigen war schwieriger, als er

erwartet hatte. Es gelang ihm sich hochzuziehen, bis er den Unterarm auf das Fenstersims legen konnte, aber das Weiterkommen schien unmöglich. Seine Füße fanden keinen Halt an der glatten Hauswand. Corinna, dachte er, und es gelang ihm doch, sich Zentimeter für Zentimeter höher zu ziehen. Dann lag er mit der Brust auf der Fensterbank, atemlos, stützte sich endlich auf die Hände. Der Geruch von kaltem Zigarettenrauch schlug ihm entgegen. Das Zimmer des Alten, der rauchend vor Inas Haus gestanden hatte? Alexander lauschte wieder. Die Micky-Maus-Stimmen waren deutlicher geworden. Von irgendwo im Haus glaubte er das Klappern von Geschirr zu hören, Sonntagmorgengeräusche, die ihn ein wenig beruhigten.

Alexander stieg ein.

In dem Zimmer herrschte eine Ordnung, die er nach dem Äußeren des Hauses nicht erwartet hatte. Der Raum war mit Büchern vollgestopft, nicht viel anders als sein eigenes Arbeitszimmer, nur aufgeräumter. Er ließ seinen Blick über die Bücher gleiten, Philosophen standen da, David Hume neben Kant und Schopenhauer, darüber Romane und Erzählungen, André Gide und Sartre in französischer Sprache. Auf dem Schreibtisch lag eine aufgeschlagene schwarze Ledermappe mit handschriftlichen Aufzeichnungen, daneben ein Wälzer mit Werken von Nietzsche. Ein schmales Büchlein war aufgeschlagen und mit einem großen glitzernden Kieselstein beschwert: *Le Petit Prince* von Antoine de Saint-Exupéry. Er brauchte nicht den Titel zu lesen, er erkannte den Satz. Es war der einzige, der unterstrichen war: *C'est triste d'oublier un ami.* Seit der Schulzeit hatte er diese Worte im Gedächtnis behalten und sie mit dem Klang einer französischen Stimme in sein Leben mitgenommen. *Es ist traurig, einen Freund zu vergessen.* Wenige Wochen zuvor hatte er seine Eltern verloren, Verkehrsunfall, er selbst war schwer verletzt, und diesen Abschnitt aus dem *Kleinen Prinzen* hatte die Französischlehrerin in seiner ersten Unterrichtsstunde nach dem Unfall vorgelesen – Zufall oder nicht.

Er war damals mit irgendeiner Ausrede davongelaufen, als ihm die Tränen in die Augen stiegen.

C'est triste d'oublier un ami, er war sich sicher, mit einem Entführer reden zu können, der solche Sätze unterstrich! Judith. Das war der Name des kleinen Mädchens, das nach der Behandlung des Kollegen gestorben war. Er würde über Judith sprechen und über den Tod seiner eigenen Eltern.

Alexander lauschte. Bis auf das leise Quaken der verzerrten Stimmen war es still. Er schrak zusammen, als draußen eine Krähe schrie.

Viertel nach acht zeigte seine Uhr. Es wäre nicht ungewöhnlich, wenn Corinna das Bett noch nicht verlassen hätte. Judiths Bett?

Er öffnete leise die Tür. Vor ihm lag ein enger langgestreckter Flur, in den durch ein Oberlicht über der Haustür ein schmales Lichtband fiel. Am Ende des Flurs, neben der Haustür, führte eine schmale Holztreppe ins obere Stockwerk. Dort musste Corinna sein. Eine Tür zum Flur stand eine Handbreit offen. An der musste er vorbei, wenn er zu Corinna wollte. Hinter der Tür, von Zeit zu Zeit durch den Spalt sichtbar, bewegte sich ein Mann. Hinter dieser Tür war der Mörder.

Die Tür flog auf. Der Mann, der Alexander jäh und unerwartet im Flur gegenüberstand, war ebenso groß wie er selbst. Helle Augen unter dem roten Haar, ein kleiner Mund mit zusammengepressten Lippen. Reglos. Grauer Wollpullover, darunter der Kragen eines blauen Hemdes. Blasse Hände mit rötlichem Flaum. Dazwischen dunkles, matt glänzendes Metall, das schwarze Loch einer Mündung.

»An die Wand! – Mit dem Gesicht an die Wand!«

Alexander gehorchte.

»Hände nach oben!«

Es gibt Situationen, die sind so vertraut und unbegreiflich zugleich, dass ihnen jede Übereinstimmung mit der eigenen Wirklichkeit abhanden kommt. Alexander nahm seine Hände hoch, als täte es ein anderer für ihn. Er sah sich von außen so stehen mit leicht gespreizten Beinen, Hände und Gesicht an der Wand. Überall standen die mit Waffengewalt Festgehaltenen so, im Irak, in Amerika, in Deutschland, und nun auch er. Jetzt, wo seine schlimmsten Befürchtungen sich in Wirklichkeit verwandelten, schrumpfte seine Angst. Alexander hatte es nicht für möglich gehalten, dass der Mörder eine Pistole besaß. Er hatte immer mit seinen eigenen Händen getötet.

Der Rothaarige tastete ihn nach Waffen ab, dann trat er einen Schritt zurück. »Taschen leer machen!« Alexander ließ seinen Hausschlüssel und ein Papiertaschentuch auf den Boden fallen. »Taschen zeigen!« Alexander zog das Taschenfutter heraus und versuchte zu begreifen, was der andere plante.

Feser öffnete eine abgestoßene Tür. Dahinter führte eine Treppe abwärts. »Da runter!«

Alexander stand reglos.

»Da runter!«

Feser stieß ihm die Pistole gegen den Hals.

Alexander schüttelte den Kopf und wunderte sich nur, dass der Mörder ihn nicht gleich erschoss. Er schielte nach der Pistole. Er musste schnell genug sein, musste blitzschnell nach der Waffe greifen, vielleicht war das eine Chance! Feser schien seine Gedanken zu erraten. Er hielt plötzlich wieder mehr Abstand. Die Pistole war für Alexander unerreichbar geworden. Und überhaupt: Was wollte er damit? Er hatte nie eine echte Pistole in der Hand gehalten. Nicht in den Keller!, nur dieser eine Satz beherrschte sein Denken. Im Keller erschossen werden oder eingesperrt sein, während Feser mit Corinna allein im Haus blieb: Das eine war so schlimm wie das andere.

Alexander drehte sich langsam um. Einen Meter voneinander entfernt standen sie sich gegenüber. Reden!, dachte Alexander, reden, ehe etwas Fürchterliches geschieht!

»Sie hieß Judith, nicht wahr?«

Feser antwortete nicht und sah Alexander wortlos an. Nicht wütend und nicht versöhnlich, nicht gespannt, nicht gleichgültig, auch nichts dazwischen. Sein Blick verriet keinerlei Emotionen. Der Mann sah ihn einfach nur an. Vielleicht sah er auch die Wand an, und er war einfach nur im Wege. Alexander bewegte sich ganz langsam, fast unmerklich, rückwärts auf die Tür zu, durch die er in den Flur getreten war. Er wollte fort aus diesem fensterlosen Flur, fort von der Kellertreppe. Er sprach leise. Corinna sollte seine Stimme nicht hören. »Warum haben Sie die Mädchen getötet?«

Der Mann schwieg, die Lippen so zusammengepresst, dass sein kleiner Mund wie zugeschnürt erschien.

»Warum um Himmelswillen haben Sie die Mädchen getötet?«

Jetzt öffnete sich der Mund, und diese Bewegung war die einzige in dem ansonsten unbewegten Gesicht. »Ich habe es getan, damit der abscheuliche Wahnsinn aufhört, der Judith das Leben gekostet hat.«

Alexander wich wieder einen Schritt zurück. Die Mündung der Pistole war genau auf seine Brust gerichtet. »Aber niemand weiß, was Sie bezwecken wollen!«

»Ich habe alles aufgeschrieben. Ihre Tochter wird die Botin sein.«

»Die Botin?«

»Ja, die Botin. Morgen.«

Plötzlich erkannte Alexander in Feser den Mann, den er bei McDonald's angestarrt hatte, den Mann, den er von hinten für den Alten gehalten hatte und dessen Gesicht, als er sich umdrehte, nicht alt gewesen war.

Reden!, dachte er, auch wenn er das alles nicht verstand.

»Und Sie glauben, dass durch den Tod von drei oder vier Mädchen Hunderte, was sage ich, Tausende oder sogar Zehntausende von Wissenschaftlern ihre Arbeit einstellen und überall auf der Welt die Institute schließen, dass sogar die Industrie auf ihren Gewinn verzichtet, nur weil ein Mädchenmörder das will?« Alexander sah, wie Feser die Pistole fester griff, genauer zielte. Zum ersten Mal, seit sie sich gegenüberstanden, erschien flüchtig die Spur einer Emotion auf dem sonst reglosen Gesicht: Trauer.

Feser antwortete nicht.

»Sie lesen Hume, Sie lesen Nietzsche, Kant und Schopenhauer«, fuhr der Professor fort. »Sie sind nicht dumm. Sie müssen doch erkennen, dass Sie Ihr Ziel niemals erreichen können, selbst wenn Sie noch mehr Mädchen töten.«

Wieder tat Alexander einen Schritt zurück, auf die offene

Tür zu. Was um alles in der Welt plante der Mörder? Oder hatte er gar keine Pläne mehr?

Alexander stand jetzt mit dem Rücken an der Tür zum Arbeitszimmer. »Sie kommen hier nicht lebend raus, wenn Sie Corinna oder mir etwas antun.«

»Sie setzen voraus, dass ich hier lebend rauskommen will.« Er machte zwei Schritte vorwärts und zielte auf Alexanders Kopf. »Wissen Sie, wofür ich diese Pistole aufgehoben habe? Für den Augenblick, in dem ich irgendwo nicht mehr lebend rauskommen will.« Feser ging an Alexander vorbei durch die Tür bis zum Fenster und zog mit einem Ruck die Gardine zur Hälfte auf. Vorsichtig, als achte er darauf, keine Zielscheibe abzugeben, blickte er hinaus. »Ich kann niemanden sehen. Aber wenn Sie nicht dümmer sind, als ich denke, müsste sich da draußen ein ganzes Heer von Polizisten versammelt haben.«

Ohne Alexander aus den Augen zu lassen oder die Pistole zu senken, griff er nach einem in dunkles Leder gebundenen Buch und schlug es auf. Es war ein Album mit Familienfotos: Kinderbilder, Portraits, Gruppenfotos, mal vor einem Haus, mal vor Landschaft, vor Sehenswürdigkeiten. Alle Gesichter waren schwarz bis auf das des Rothaarigen.

Er nahm einen Filzstift in die Linke und begann, ohne die Pistole ganz sinken zu lassen, Seite für Seite sein eigenes Bild zu schwärzen. »Niemand wird das für mich tun, also tu ich es selbst, ehe ich tot bin wie diese anderen.« Er schlug Seite für Seite um. »Ich habe meine Mutter getötet, als sie mich gebar, ich habe meinen Bruder getötet, weil ich vor seinem Unglück davonlief. Ich habe meinen Vater getötet, weil ich ihm nicht helfen konnte. Sie alle sind durch meine Schwäche gestorben. Ich habe Judith getötet, weil ich wollte, dass sie lebt.« Seine Stimme wurde so leise, als spräche er zu sich selbst. »Judith war krank, schwer krank. Eine Knochenmarktransplantation hätte sie retten können, aber es gab keinen geeigneten Spender, nicht unter Tausenden, die zur Verfügung standen! Ich habe der Behandlung mit Gentherapie zugestimmt. Judith wurden Zellen aus dem Knochenmark entnommen und ein gesundes Gen eingeschleust. Mit einer einfachen

Transfusion wurden ihr die geheilten Zellen zurückgegeben. Ein paar Jahre lang war sie gesund.« Er hielt inne. »Warum erzähle ich Ihnen das alles? Sie wissen es, sonst hätten Sie mich nicht gefunden.«

Plötzlich merkte Alexander, wie Feser den Entschluss fasste, ihn jetzt zu töten. Er sah es am Blick, er sah es daran, wie der andere Maß nahm, wie seine Gedanken ganz bei der Waffe waren, dann wieder bei ihm und der Entfernung, die zwischen ihnen beiden lag. Da war es wieder, das Gefühl, in einen Film geraten zu sein – keinen Samstagabendkrimi, wo das Gute siegte und er gleich Corinna in die Arme schließen würde. Es war einer von denen, wo nur das Entsetzen bleibt. Aber das war kein Film, ihm gegenüber stand ein Verrückter, der in seinem krankhaften Hass vor nichts zurückschreckte. Reden musste er! – Doch er hatte vergessen, was er sagen wollte.

Feser richtete die Pistole höher, zielte auf Alexanders Kopf.

Der Professor schloss die Augen. Fürchterliches, endgültiges Begreifen, dass er falsch gehandelt hatte. Unabänderlich falsch. Er hatte es die ganze Zeit gewusst. Er hatte es gewusst, als er den Entschluss gefasst hatte, hierher zu fahren, und Inas entsetztes Gesicht sah. Er hatte es gewusst, als er dieses Haus betrat. Dann, in der allerletzten Sekunde, die ihm vor dem Unabänderlichen noch blieb, dachte er nicht mehr an sich selbst, nicht einmal an Corinna. An Ina. Sie würde zurückbleiben mit ihrer Verzweiflung. Allein. Ohne Corinna. Ohne ihn.

Ina hätte anders gehandelt.

Ein Blitz, eine Detonation, Alexander wurde zu Boden geworfen. Er lag bäuchlings, irgendetwas presste sein Gesicht in den modrigen Teppich. Ein heftiger Schmerz in der rechten Schulter nahm ihm den Atem. Sein Arm war grotesk auf den Rücken gedreht. Er hörte Geräusche von Schritten, hörte Türen klappen, Stimmen. Vergeblich versuchte er, seinen Arm aus der schmerzhaften Verrenkung zu befreien.

»Bleiben Sie liegen und rühren Sie sich nicht!«

Alexander verstand nun gar nichts mehr, aber es gelang ihm, seinen Kopf etwas zu heben. Neben ihm lag noch jemand, vom eisernen Griff eines Polizisten am Boden gehalten.

»Wer sind Sie?«

Er nannte seinen Namen. Neben ihm klickten Handschellen. Er durfte aufstehen.

Überall Männer in Kampfanzügen!

Neben ihm bemühte sich Feser mit gefesselten Händen wieder auf die Beine zu kommen.

Alexander gelang es schneller. Er sah Beamte auf der Treppe nach oben und folgte ihnen. Er musste dabei sein, wenn sie Corinna fanden!

Im oberen Stockwerk war es bis auf die Micky-Maus-Stimmen still. Wieso meldete sich Corinna nicht? Sie hätte den Lärm doch hören müssen! Er drängelte sich an den Beamten vorbei und riss die Tür auf, hinter der er die Geräusche hörte.

»Corinna!«

Corinna saß mit angezogenen Beinen auf einem Bett, das mit bunt bedruckter Bettwäsche bezogen war. Sie hatte sich das große Kopfkissen in den Rücken gestopft und die Bettdecke quer über die Beine gelegt. Ihr gegenüber stand ein Fernsehapparat mit Flachbildschirm, von dem sie widerwillig den Blick löste, als sie die Stimme ihres Vaters hörte. Ohne Verwunderung, aber mit einem leichten Vorwurf im Gesicht sah sie ihm entgegen.

»Papa, warum kommst du jetzt erst?«

Er ließ seine Arme wieder sinken, mit denen er seine Tochter stürmisch und überglücklich hatte an sich pressen wollen.

»Wieso?«, fragte er so ruhig, wie es ihm nur möglich war.

»Bernd hat gesagt, du kommst am Samstag, dann grillen wir zusammen, und am Abend fahren wir wieder nach Freiburg. Heute ist aber schon Sonntag!«

»Tut mir leid«, sagte er und streichelte Corinna so vorsichtig über das Haar, als wäre sie ein zerbrechliches Geschenk, »es ging leider nicht schneller.«

Er sah auf ihren Schlafanzug. Corinna trug immer Nachthemden. Das Mädchen im Schlafanzug war ihm nicht vertraut. »Willst du dich nicht anziehen? Es ist doch schon bald neun Uhr.«

Corinna angelte nach der Fernbedienung und stellte bereitwillig das Gerät aus. »Die Abenteuer der Maus auf dem Mars«, sagte sie abfällig. »Die kenne ich doch längst.« Sie gähnte herzhaft. »Was soll ich denn anziehen?«, fragte sie und zeigte auf die ordentlich zusammengelegte Kleidung auf einem Stuhl und ein weniger ordentliches Häufchen neben ihrem Bett.

Auf dem Stuhl lagen ein blau-weiß geringelter Pullover, eine dunkelblaue Jeans und darunter eine rote Jacke, genau die Kleidung, die die anderen Mädchen getragen hatten, als man sie fand. Er konnte sein Entsetzen kaum verbergen.

»Die da!« Er zeigte auf den unordentlichen Stapel mit Corinnas eigener Kleidung. »Nimm die!«

Er war froh, dass Corinna das akzeptierte, ohne Fragen zu stellen.

Plötzlich sah sie überrascht und ein bisschen erschrocken zur Tür. »Wer war das?«

Er sah sich um. »Da ist niemand.«

»Ein Mann hat eben durch die Tür gesehen.«

Alexander zuckte mit den Schultern. »Weiß nicht«, sagte er, als sei es das Natürlichste von der Welt, dass ein fremder Mann durch die Tür sah.

»Und was hat vorhin so laut geknallt?«

»Eine Tür vielleicht?«

Corinna wackelte bedächtig mit dem Kopf. »Glaub ich nicht.«

Er wechselte rasch das Thema. »Du ziehst dich jetzt an, und ich hole die Mama. Die ist nämlich auch mitgekommen.«

Ina kam ihm auf der Treppe entgegengestürzt. Er hielt sie auf. »Corinna ahnt nicht, in was für einer Gefahr sie war. Sie schimpft nur ein bisschen, dass wir nicht schon gestern gekommen sind.«

Ina schloss die Augen und atmete ein paar Mal tief ein und aus. Sie würde Corinna ganz ruhig gegenübertreten, er sah es ihr an.

»Dort ist sie.« Er zeigte auf die offene Tür am Ende der Treppe und ließ die beiden allein.

Im Arbeitszimmer saß Feser mit Handschellen gefesselt am Schreibtisch und blickte starr und ausdruckslos an den Polizisten vorbei. Er sah auch nicht auf, als Alexander den Raum betrat.

»Wir würden gern mit unserer Tochter nach Hause fahren.«

Schweigen, dann nickte einer der Beamten. »Aber bleiben Sie bitte erreichbar.«

Alexander drehte sich im Gehen noch einmal um. »Weiß die Presse schon Bescheid?«

»Noch nicht, aber es wird nicht mehr lange dauern.«

Er zögerte wieder. »Was hat vorhin so geknallt?«

»Eine Blendgranate.«

»Kein Schuss?«

»Nein. Wir waren schneller.«

Corinna kämpfte gerade mit den Schleifen ihrer Schuhbänder, als er nach oben kam.

»Wir fahren jetzt nach Hause.«

»Aber wir wollten doch alle zusammen grillen!«

»Das geht leider nicht.«

Corinna stampfte mit dem Fuß auf. »Ich will aber grillen! Der Bernd hat es mir versprochen.«

Ina nahm ihre Hand. »Komm! Später können wir grillen. Jetzt geht es wirklich nicht.«

»Warum denn nicht?«

Er sah, wie Ina nach einer Antwort suchte, dann aber nur bedauernd die Schultern hob.

»Und ›Auf Wiedersehn‹ muss ich auch noch sagen!«

»Geht jetzt auch nicht«, antwortete er.

Unzufrieden stolperte Corinna die Treppe hinunter. Mehr noch als das ausgefallene Grillen schien sie die Tatsache zu berühren, dass sie sich nicht von ihrem Gastgeber verabschieden konnte. Alexander versuchte ihr zu erklären, dass dieser Bernd kein anständiger Mensch sei, sondern einer, mit dem sie auf keinen Fall einfach hätte mitgehen dürfen.

»Aber er war immer nett zu mir.«

»Meist sind diese Männer nett, aber nicht immer, und dann können sie ganz gefährlich sein.«

Corinna sah ihn ungläubig und verwirrt an. Sie ahnte nicht, was ihr gedroht hatte. Es fehlte ihr die Vorstellung von diesen furchtbaren Dingen, und er war froh darüber. Jetzt war nicht der richtige Zeitpunkt, darüber zu sprechen.

An der verfallenen Mauer, die das Anwesen umgab, blieb Corinna wie angewurzelt stehen. »Warum ist hier lauter Polizei?«

»Weil Bernd kein guter Mensch ist.«

»Ist er doch!«

Er entgegnete nichts darauf. Seine ahnungslose Corinna! Mit Schrecken dachte er an den Presserummel und an die unbeholfenen und verstörenden Bemerkungen, die sie in den nächsten Tagen würden ertragen müssen.

»Wollt ihr beide nicht verreisen?«, schlug er vor, als Corinna in ihren Kindersitz geklettert war.

»Ich muss doch zur Schule!«

Ina hatte die ganze Zeit geschwiegen. Jetzt drehte sie sich zu Corinna um. »Ja, wir verreisen. Wir fahren ganz weit weg. Heute noch.«

Corinna bekam die großen runden Augen, die sie jedes Mal wie ein erschrockener Barockengel aussehen ließen. »Ganz weit? Etwa mit dem Flugzeug?«

»Mit dem Flugzeug«, bestätigte Ina.

Corinna kräuselte ihre Stirn, rechte Augenbraue nach oben, linke Augenbraue, dann strahlte sie plötzlich: »Oh! Mega!«

Sie hielten an der Autobahnraststätte Alsbach, um etwas zu essen. Die letzten Kilometer hatte Corinna stumm aus dem Fenster gesehen, und er hatte sich gefragt, ob er die Bemerkung vom gefährlichen Mann nicht besser doch vermieden hätte.

»Der Bernd hat erzählt, dass sein Kind gestorben ist.«

Er war erleichtert, dass ihr nachdenkliches Schweigen wohl eine andere Ursache hatte, aber er fürchtete sich vor dem, was jetzt kommen würde. »Warum ist sie gestorben?«

»Sie war krank. Erst musste sie immer in einer durchsichtigen Plastikblase bleiben, dann hat er gedacht, sie ist gesund, aber dann ist sie doch noch gestorben. Er hat geweint, als er das erzählt hat, und dann musste ich auch weinen.«

Ina sah sie stumm und betroffen an.

»Einer, der weint, kann doch nicht böse sein – oder, Mama?«

Ina überlegte. »Vielleicht kann man manchmal böse sein und manchmal weinen.«

Der Gedanke schien Corinna noch eine Weile zu beschäftigen, aber als sie nach dem Essen wieder in ihrem Kindersitz saß, plapperte sie wie gewohnt. Die Stunden mit Bernd Feser schienen ihr gefallen zu haben.

Gegen zwei Uhr waren sie bei Inas Wohnung. Noch lag die Türkenlouisstraße so ruhig da, wie an jedem anderem Tag. Keine Reporter!

Während Ina für eine Reise in den Süden packte, suchte er nach Flügen. Ina wollte nach Griechenland. Sie hatte sich schon lange eine Reise auf eine der kleinen griechischen Inseln gewünscht.

Er fand einen Flug am Abend von Zürich nach Athen, wo noch Plätze frei waren. Die späte Ankunft störte Ina nicht: »Es wird ein Flughafenhotel geben.«

»Und dann am nächsten Morgen?«

Ina lächelte: »Mit dem Bus nach Piräus, dann mit dem Schiff auf eine kleine Insel, wo niemand etwas über uns weiß.«

Als Alexander am späten Abend vom Flughafen Zürich nach Freiburg zurückfuhr, hatte er das Gefühl, dass ihm noch Schlimmes bevorstand. Beim Einbiegen in die Mozartstraße sah er es. Er hatte sich nicht geirrt. Überall Reporter! Sogar Kamerateams waren aufmarschiert, es wimmelte nur so von ihnen. Die ganze Straße war zugeparkt. Langsam und immer langsamer fuhr er auf seine Wohnung zu. Sogar sein privater Stellplatz war nicht mehr frei. Er parkte in der Längenhardstraße und ging zu Fuß zurück. Sofort hatten die Reporter ihn erkannt und stürzten sich auf ihn. Flucht!, war sein erster Gedanke. Oder wenigstens die Jacke über den Kopf ziehen, um dem Feuerwerk von Blitzlichtern und den Mikrophonen zu entkommen. Er tat es nicht. Aufrecht und entschlossen hielt er auf die Reporter zu. Einen einzigen Satz hatte er sich bereitgelegt, und den wiederholte er, sooft er gefragt wurde: »Meine Tochter ist in Sicherheit.« Er hätte genauso gut ein Tonband einschalten können.

»Wo ist Ihre Tochter jetzt?«

»In Sicherheit.«

Er floh ins Haus, stellte die Türklingel und das Telefon aus. Nur über das Handy war er noch erreichbar.

Corinna war in Sicherheit! Er setzte sich einen Augenblick an den Küchentisch, sprang aber gleich wieder auf. Corinna war in Sicherheit, aber Stillsitzen war noch immer unmöglich. Er wunderte sich, dass er nicht müde war. Die ganze letzte Nacht hatte er nicht geschlafen, jetzt lief er wie ein aufgezogenes Spielzeugmännlein durch die Wohnung. Halbwegs vor neugierigen Blicken verborgen, beobachtete er, wie Reporter an der Haustür gegenüber klingelten und die Nachbarn befragten. Nachbarschaftsklatsch! Das hatte ihm gerade noch gefehlt! – Warum versteckte er sich denn vor den Reportern? Warum trat er ihnen nicht selbst gegenüber, als Held natürlich? Immerhin war ihm das Entscheidende gelungen: Er hatte das Rätsel der drei Buchstaben gelöst und die Polizei rechtzeitig zum Täter geführt. Rechtzeitig! Auf dem Stuhl neben Corinnas Bett hatte schon die gleiche Kleidung gelegen, in der die anderen Mädchen tot aufgefunden worden waren! Er dachte an die bereitgelegten Kleidungsstücke und glaubte plötzlich die Toten vor sich zu sehen: kleine Mädchen mit dunklen Jeans, blau-weißem Ringelpulli, darüber die rote Jacke. Jetzt standen Angst und Entsetzen der vergangenen Tage wieder riesengroß vor ihm. Nein, er war nicht in der Lage, mit diesem Schwarm zudringlicher Reporter über Corinna zu reden! Er ging von Fenster zu Fenster und zog die Gardinen zu. Er brauchte eine Aufgabe, etwas, bei dem seine in Aufruhr geratenen Gedanken wieder zur Ruhe kommen würden. Vielleicht aufräumen? Den Schreibtisch zum Beispiel? Oder den Kleiderschrank? Das Schuhregal? Nein, das alles war bedeutungslos. Aber vielleicht den Abstellraum? Als er die Tür öffnete, schlug ihm widerwärtiger Brandgeruch entgegen. Er spürte, wie ihm der Schreck mit einem Kribbeln bis in die Fingerspitzen fuhr. Feuer! Aber wo? Nirgends war Rauch. – Fehlalarm! Er atmete auf. An der Wand stand das verpackte Bild aus der Kommode und stank vor sich hin. Das Bild! Das war etwas, was ihn gefangen nehmen würde.

In seinem Arbeitszimmer, in sicherem Abstand zur Haustür und den Reporterschwärmen, packte er es aus. Vorsichtig schnitt er mit einer Schere die Klebestreifen über der schwarzen Plastikfolie auf. Unter der Folie stieß er auf Zeitungspapier. Es war vergilbt, aber trocken und unversehrt. Er las das Datum: Die Zeitung war zwölf Jahre alt, stammte also aus dem Jahr, in dem Inas Vater und Großvater den Schuppen angebaut hatten – wahrscheinlich zu keinem anderen Zweck, als um das Bild zu verstecken. Zwei Jahre später lebten beide nicht mehr. Zwölf Jahre lag das Bild in einem ungeheizten schlecht isolierten Schuppen: War es möglich, dass ein altes Gemälde Hitze und Kälte, ohne Schaden zu nehmen, überstand?

Er löste das Zeitungspapier und stieß auf dickes, braunes Packpapier, das in mehreren Lagen um das Bild herumgewickelt war. Behutsam schnitt er es an den Rändern auf, um das große Bild nicht immer wieder drehen zu müssen. Eine Schicht nach der anderen ließ sich zur Seite klappen. Dann lag das Gemälde vor ihm am Boden, stinkend, aber weder vom Löschwasser noch von der Hitze des Brandes oder der langen Lagerung beschädigt.

Was für ein Bild! Was für ein meisterhaftes Spiel von Licht und Schatten!

Zwei leuchtend weiße Schwäne im dunklen, fast schwarzen Wasser eines kleinen Sees; eine Nackte, leuchtend wie die Schwäne, mit ihrem Rücken nach vorn auf einem Zentauren durch das flache Wasser reitend; daneben zwei Frauen in langen Gewändern vor einer Felswand im knietiefen Wasser. Die Bildmitte zwischen Schwänen und Zentaur war leer, bis auf die dunklen Pappeln am Ufer des Sees. Hinter dem Ufer, weit im Hintergrund, aber vom Sonnenlicht beschienen, umringten Gestalten in antiken Gewändern einen Altar oder Opferstein. Die Nackte hatte sich auf dem Rücken des Zentauren nach vorn gedreht und hielt sich an seiner Schulter fest, um der Zeremonie zuzusehen, und ihr rotes durchsichtiges Tuch war von ihrem Körper auf die Beine geglitten.

Das Bild berührte ihn, es gefiel ihm, mehr noch, es begeisterte ihn. Minutenlang betrachtete er das rahmenlose Ölgemälde, ehe er sich von dem Anblick lösen konnte.

Er startete seinen Computer, öffnete Google und gab »Arnold Böcklin Zentaur Schwan« ein. Er fand das Bild sofort. Es hieß »Die Gefilde der Seligen«. Das im Internet abgebildete Gemälde war eine Kopie in einem protzigen Goldrahmen, die in einer Auktion angeboten wurde. Wenige Minuten später wusste er, dass das Original 1878, ein Jahr nach seiner Entstehung, in die Berliner Nationalgalerie gekommen und seit 1945 verschollen war.

Wenn das Bild, das vor ihm auf dem Boden lag, nicht ebenfalls eine Kopie war, hätte es Niedhard niemals auf dem legalen Kunstmarkt verkaufen können. – Nach dem Preis zu urteilen, den er geboten hatte, hielt er das Bild für das Original. Was mochte das Bild tatsächlich wert sein? Eine Million? Oder noch mehr? Am liebsten hätte er das Gemälde sofort zurück in die Nationalgalerie gebracht, ehe es wieder in falsche Hände fiel.

Alexander sah auf die Uhr. Dreißig Minuten nach acht. Um 20.35 Uhr sollte das Flugzeug mit Ina und Corinna starten. Trotzdem wählte er die Nummer von Inas Handy. Es war ausgeschaltet, wie erwartet, aber auf seinem Apparat war eine SMS von Ina eingegangen:

Habe mit Mutter gesprochen. Sie weiß alles. Habe empfohlen, als Dank für die unversehrte Rückkehr ihrer einzigen Enkeltochter das Bild zurückzugeben, wenn es denn wirklich in der Schublade ist. Scheint einverstanden zu sein.

Ina hatte gleich darauf noch ein zweites Mal geschrieben:

Mutter hat die Tür zum Schuppen nicht aufgebrochen und auch nicht das Licht eingeschaltet. Gestern nach der Kirche sah sie einen Geländewagen wie Niedhards. Glaubt ihn erkannt zu haben.

Er schrieb zurück:

Darf ich mit Jörg über das Bild sprechen?

Er wartete vergeblich auf Antwort.

»Auf in den Kampf, Torero!« Ein Anruf auf seinem Handy. Er hatte den lästigen Klingelton noch immer nicht geändert. Antonia Mischa meldete sich. »Wo sind Sie jetzt?«

»In meiner Wohnung.«

»Und Corinna?«

»Mit ihrer Mutter auf dem Weg nach Griechenland.«

Sie schwieg, schien überrascht. »Nach Griechenland?«

»Wir wollten sie von dem Rummel hier fernhalten.«

»Das ist gut.« Sie zögerte. »Wäre es Ihnen recht, wenn ich zu einem letzten Gespräch vorbeikomme?«

»Wann?«

»Morgen um zehn?«

Es war ihm recht.

Alexander ging eilig durch die Wohnung. Außer Ina, Corinna und Jörg hatte in den vergangenen Monaten niemand diese Räume betreten. Oder doch. Die Putzfrau, und das lag offensichtlich noch nicht lange zurück. Keine Notwendigkeit, heute Abend mit dem Aufräumen zu beginnen – aber mit dem Lüften. Die ganze Wohnung stank nach Rauch und verschmorten Kabeln. Er hätte nie gedacht, dass ein einziger stinkender Gegenstand eine ganze Wohnung verpesten konnte. Er schloss die Tür zum Arbeitszimmer, knipste das Licht aus, öffnete ein Fenster.

– Ein Blitz, zwei weitere folgten.

Er sprang vom Fenster zurück, als sei auf ihn geschossen worden. – Blitzlichter der Kameras.

Mit einer Flasche Bier aus dem Kühlschrank setzte er sich ins Wohnzimmer, die Füße auf dem Tisch. Das Glas hatte er im üblichen gefährlichen Balanceakt neben sich auf der Sofalehne. Er schloss die Augen und dachte neidvoll an Ina und

Corinna auf dem Weg nach Griechenland: das warme Meer, kleine Dörfer, weiß gekalkte Häuser mit blauen Fensterrahmen, alte Kirchen, Fischerboote ... Plötzlich fühlte er sich unendlich müde. Er rettete das Glas und ging zu Bett, ehe er wieder im Wohnzimmer einschlief.

Am nächsten Morgen las er eine neue SMS von Ina:

In einer Stunde fährt der Bus nach Piräus, setzen von dort nach Kythira über. Das ist eine kleine Insel südlich vom Peloponnes. Du kannst Jörg anrufen. Diskretion erbeten.

Er wählte Jörgs Nummer, überlegte es sich aber vor der letzten Ziffer anders. Ehe er mit dem Kommissar sprach, wollte er mehr über Inas Großvater wissen.

»Wie hieß dein Großvater mit Vornamen?«, tippte er in sein Handy. Nach ein paar Sekunde las er die Antwort: Hajo.

Mittlerweile war es zehn Minuten vor zehn. Die Spuren, die von Inas Großvater möglicherweise im Internet existierten, musste er nach dem Besuch der Kommissarin suchen.

Alexander ging ins Bad, sah noch einmal in den Spiegel, kämmte sich, fuhr sich anschließend mit den Fingern durch die Haare, um den frisch gekämmten Eindruck wieder zu verwischen. Dann setzte er sich an den Esstisch, von wo er die Straße überblicken konnte, und wartete.

Antonia Mischa kam fünf Minuten vor der verabredeten Zeit. Er hätte sie nicht wiedererkannt, wenn sie ihm so, wie sie jetzt vor ihm stand, auf der Straße begegnet wäre. Die braunen Haare, die sie bei ihrer ersten Begegnung im Nacken zusammengebunden hatte, fielen offen über ihre Schultern. Sie trug schwarze Jeans, ein enges ausgeschnittenes T-Shirt und darüber eine fast ebenso enge Lederjacke. Er erinnerte sich nicht mehr, ob er sie zuvor geschminkt gesehen hatte. Heute hatte sie Make-up und Lippenstift benutzt. Das Mütterliche, das ihn in den Tagen der Angst so angezogen hatte, war von ihr abgefallen.

Sie war unendlich erleichtert über das glückliche Ende der

Entführung, er sah es ihr an, noch ehe sie es sagte. »Ich werde das nie vergessen«, sagte sie. »Genauso wenig wie Ihr eigenmächtiges Handeln. Das war wirklich ein Albtraum.«

Er nahm die Rüge nicht an. »Es hat ein gutes Ende genommen. Vielleicht hätte Feser Corinna getötet, während das Sondereinsatzkommando noch auf eine günstige Gelegenheit wartete.«

»Das weiß keiner, aber schon Ihre Fahrt nach Königstein war für uns ein Albtraum.«

Er verzichtete darauf, sich zu rechtfertigen. Ohne sein Erscheinen vor dem Haus und ohne Corinnas Zweig, den nur er entdecken konnte, wäre die Polizei niemals auf diese entschlossene Weise eingeschritten. Niemand hatte ihm geglaubt.

»Warum hat mich die Polizei wie einen Verbrecher behandelt, als das Haus gestürmt wurde?«

Sie lachte, und ihre Schadenfreude war nicht zu übersehen.

»Zur Strafe?«, fragte er empört.

Sie schüttelte den Kopf und lachte immer noch. »Als erstes alle Anwesenden am Boden ruhigstellen, um sich einen Überblick zu verschaffen. Erst dann nach Gut und Böse sortieren. Das ist der Grundsatz in einer solchen Situation.«

»Aha«, sagte er und fragte sich, warum sie wohl immer noch lachte.

Sie wurde wieder ernst und strich ihr Haar zurecht, eine Geste der Verlegenheit, vielleicht weil er sie so fragend ansah. Von einem Augenblick zum anderen war sie wieder die sachliche Kommissarin.

»Wir haben Aufzeichnungen bei Feser gefunden, vor allem eine Klage über sein eigenes Schicksal und die Begründung für die Morde, durchsetzt mit philosophischen Gedanken und Nietzsche-Zitaten.«

Alexander nickte und dachte an das Fotoalbum mit den geschwärzten Gesichtern: Bernd Feser als einziger Lebender unter den Toten.

»Er hatte eine Erklärung vorbereitet, die neben Corinna gefunden werden sollte. Was geschehen ist, sei erst der Anfang, schreibt er und droht weitere Morde an.«

»Der Mann ist wahnsinnig.«

»Vielleicht ist er wahnsinnig.« Sie sah plötzlich nachdenklich aus. »Oder ist die Welt, in der wir leben, wahnsinnig geworden? Der Mensch greift in die Schöpfung ein, und mit jedem Erfolg, den er dabei hat, schwinden seine Skrupel. Ist es nicht das, was wahnsinnig ist?«

Er antwortete nicht.

»Immerhin wird die Diskussion über Gentherapie neu angestoßen, wenn das Motiv für die Morde an die Öffentlichkeit dringt.«

Alexander sah sie irritiert an. »Das klingt, als würden Sie sich darüber freuen?«

»Über die Diskussion ja, aber natürlich nicht über den Weg, den Feser gewählt hat.«

Ihre Worte bedrückten ihn. Es schien beinahe so, als fände die junge Kommissarin die Gentechnik ebenso verwerflich wie die Morde.

»Wir Wissenschaftler müssen damit leben, dass Fehler gemacht werden«, sagte er. »Wir müssen aus ihnen lernen, aber wir dürfen uns nicht davon beirren lassen. Die Gentechnik hilft Krankheiten zu überwinden, die noch vor wenigen Jahren unheilbar waren.«

»Also Fortschritt um jeden Preis?«

»Das habe ich nicht gesagt. Judith starb, weil das vermeintlich ausreichende Wissen zu schnell auf Eingriffe am Menschen übertragen wurde. So etwas darf nicht wieder geschehen.«

»Jeder Eingriff in das Erbgut eines Lebewesens ist verwerflich. Das ist meine Meinung.«

Er seufzte. Nach dem glücklichen Ende der Entführung wollte er sich bei ihrem letzten Gespräch eigentlich nicht ärgern. Seine Antwort fiel ungewollt scharf aus. »Es ist bedauerlich, wenn sich Gegner und Befürworter der Gentechnik unversöhnlich gegenüberstehen, anstatt aufeinander zu hören und voneinander zu lernen. Aber leider sehen die wenigsten Menschen, dass jedes Ding zwei Seiten hat. Das ist ein Grundübel der Menschheit schon seit Urzeiten!«

»Professoren sind von diesem Übel aber keineswegs ausgenommen.«

Er sagte nichts dazu und war überrascht über ihren kämpferischen Ton, als sie fortfuhr: »Die meisten Professoren sind doch der Meinung, grundsätzlich recht zu haben. Sie sehen sich als die Creme der Wissenschaft und sind es gewohnt, das letzte Wort zu haben.«

Zweifellos war richtig, was sie sagte – jedenfalls im Allgemeinen. Schon oft hatte er sich geärgert, wenn manche Kollegen gar nicht erst zuhörten, sobald jemand eine andere Meinung vertrat. Er wollte sich nicht mit ihr streiten und schlug versöhnlichere Töne an. »Natürlich ist es auch für einen Professor leichter, mit einer klaren Meinung über die Dinge durchs Leben zu gehen, als sie immer wieder von zwei Seiten zu betrachten und infrage zu stellen.«

»Aber sie sind doch viel mehr als andere Menschen dazu verpflichtet! Vielleicht würde Judith dann heute noch leben. Und Feser hätte Angelina und die beiden anderen nicht getötet.«

»Die Leukämie als Folge der Therapie war damals nicht vorherzusehen. Niemand hat verantwortungslos gehandelt. Alle Fragen, die damals möglich waren, schienen zufriedenstellend beantwortet.«

»Trotzdem ist das Unglück geschehen. Eben deswegen bin ich gegen jeden Eingriff in das Erbgut. Vermutlich kennt man bis heute nicht einmal den Grund für die tödlichen Folgen.«

»Doch, der ist mittlerweile bekannt. Mein Freiburger Kollege Schmidt war daran beteiligt, als im vergangenen Jahr die Zusammenhänge aufgeklärt werden konnten. Versuche an Mäusen sprechen dafür, dass das zur Therapie eingeschleuste Gen selbst für die Entstehung der Leukämie verantwortlich war.«

Die Kommissarin schwieg, und er wusste, dass er sie nicht hatte überzeugen können. Er war froh, als sie das Thema wechselte.

»Ich habe Ihnen mitgebracht, was Feser über sich und seine Motive geschrieben hat, aber lesen Sie doch zunächst das hier.« Sie gab ihm die Kopie einer handschriftlichen Aufzeichnung. Es war eine ungewöhnlich schöne Schrift, richtige Kalligrafie, die ihn irritierte. Er las:

Nietzsche schreibt: Jeder tiefe Geist braucht eine Maske: mehr noch, um jeden tiefen Geist wächst fortwährend eine Maske, Dank der beständig falschen, nämlich flachen Auslegung jedes Wortes, jedes Schrittes, jedes Lebens-Zeichens, das er gibt. –

Er las den Satz ein zweites Mal, er brauchte eine Weile, um ihn zu verstehen. Fesers eigene Gedanken, die nun folgten, waren kaum leichter zu verstehen:

Die Maske als Folge der Verkennung, die Maske zur Verkennung. Die Maske zum Verbergen, die Maske zum Täuschen. Die Maske der Lüge, die Maske des falschen Gesichts.
Meine Maske ist nicht mein Lächeln. Meine Freundschaft zu den Mädchen ist aufrichtig. Der Tod hat mir schon immer das Liebste genommen.

Was ist meine Maske? Meine Maske ist ein Kunstwerk aus Leder und Draht, von Meisterhand für mich gefertigt, um mit meinem Gesicht zu verschmelzen. Am Anfang war sie wie ein neuer Schuh, der sich störrisch gegen jede Bewegung wehrte. Mit der Zeit gab sie ihren Widerstand auf und wurde zur lebendigen Umhüllung. Tag für Tag habe ich sie getragen, ich habe mein Gesicht in sie gedrückt und habe sie geformt. Sie hat mit meiner Haut geatmet und geschwitzt und wurde ein lebendiger Teil von mir. Fast wurde es mir schwer, mich von ihr zu lösen. Meine Maske schien diesem Professor Angst zu machen. Hat ihn der Spiegel des Alters erschreckt? »Es ist nicht nur Arglist hinter einer Maske, es gibt so viel Güte in der List«, schreibt Nietzsche.

Alexander ließ das Blatt sinken. Meine Maske. Das Gesicht des Alten war eine Maske gewesen. Er hätte es sehen müssen, von Anfang an. »Eine Maske«, sagte er tonlos.

Sie reichte ihm die anderen Seiten. Er las:

Die fünfzigste Nacht ist vergangen, seit Judith mich verlassen hat …

Judith – ein Mädchen wie Corinna, Jahre ihres Lebens eingesperrt in einer durchsichtigen Blase. Er las weiter, und die Sätze zogen ihn hinein in die Welt des allgegenwärtigen Todes, in die Feser mit seiner Geburt gestoßen worden war.

Die junge Kommissarin wartete geduldig, bis er alles gelesen hatte.

»Der Tod der kleinen Judith, dazu noch der Tod aller nahen Angehörigen und Nietzsches Gedanken: War es nicht viel mehr dieses Zusammentreffen, was Feser zum Mörder hat werden lassen, als die Ablehnung der Gentechnik?«, fragte er.

Antonia Mischa ging nicht auf seine Frage ein. Sie hatte wieder die sachliche Miene, die schon bei ihrer ersten Begegnung von Zeit zu Zeit wie ein Pflichtprogramm auf ihrem Gesicht erschienen war. »Wie kamen Sie darauf, dass die drei Buchstaben auf der Stirn der toten Mädchen im Zusammenhang mit der seltenen Krankheit standen? Für CID gibt es tausend falsche Erklärungsmöglichkeiten!«

Er erzählte von dem Artikel über SCID, den er ausgerechnet an jenem Tag gelesen hatte. »Vielleicht sind diese Dinge eben doch vom Schicksal bestimmt«, sagte er.

»Schicksal oder Zufall, in jedem Fall bewundere ich Sie dafür.« Endlich zeigte sie ihm wieder ein freundliches Gesicht! – »Und ich bewundere Sie für Ihr entschlossenes Handeln.«

Während er noch nach einer passenden Antwort auf ihr Lob suchte, stand sie auf. »Ich muss jetzt gehen. Auf mich wartet eine Frau, deren Mann plötzlich verschwunden ist. Wahrscheinlich ist er einem Verbrechen zum Opfer gefallen.«

Er begleitete sie zur Tür. Er hatte nicht gedacht, dass sie ihn so plötzlich verlassen würde. Immerhin hatte sich der bittere Beigeschmack, den ihr Gespräch durch die Meinungsverschiedenheit über Gentechnik bekommen hatte, wieder verflüchtigt.

Sie gab ihm die Hand. »Ich wünsche Ihnen, dass Ihnen das

Glück treu bleibt, und ich hoffe, Ihre kleine Tochter wird die ganze Geschichte gut verkraften.«

»Ja«, sagte er, »danke«, dann war sie fort.

Das Glück möge ihm treu bleiben, hatte sie ihm gewünscht. In der Tat war die ganz große Katastrophe wieder einmal an ihm vorbeigegangen. Feser hatte sein Leben lang nicht dieses Glück gehabt.

Er hatte sich mit Inas Großvater beschäftigen wollen, sobald die Kommissarin gegangen war, aber etwas Dunkles, Bedrohliches, das längst überwunden schien, war mit Antonia Mischas letzten Worten wieder präsent. Auch ihm würde das Glück nicht ewig treu bleiben. Nicht zum ersten Mal hatte er diesen Gedanken. Er klappte sein Laptop auf und gleich wieder zu. Das Gemälde, das noch immer im Abstellraum lag, beunruhigte ihn plötzlich. – Und wenn dieser Niedhard doch von dem Bild in seiner Wohnung wusste? Wenn er ihn beim Zerhacken der Kommode beobachtet hatte?

Es war ein bodenloser Leichtsinn gewesen, dass sie das Bild nicht sofort der Polizei übergeben hatten, aber Ina sollte es doch wenigstens einmal sehen, ehe es nach Berlin verschwand!

Er klappte den Laptop wieder auf. Fünf Minuten später hatte er Inas Großvater gefunden. Die Suchmaschine Google lieferte ihm nur einen, der diesen Namen trug:

Hajo Kaltenbach, geb. 30.10.1910 in Alpirsbach,
Inspektor der Kavallerie und des Transportwesens im
Reichssicherheitshauptamt.

Das musste er sein. Inas Vorfahren kamen aus Alpirsbach, das wusste er, und noch im hohen Alter hatte der Großvater Pferde versorgt. Der Name stand auf einer Liste von SS-Gruppenführern und Generalleutnants der Waffen-SS im Online-Lexikon Wikipedia. Wieder einmal erschütterte ihn die nahezu grenzenlose Informationsfülle des Internets. Ein paar Augenblicke nur, und der Name des scheinbar Unbescholtenen erschien auf einer Liste führender Nazis. Das Internet war an die Stelle des Spitzels getreten: Fluch oder Segen? In jedem Fall schockierend. Er las weiter:

Jugend und Werdegang

Hajo Kaltenbach war ein begeisterter Reiter und Jockey. Nach seiner Ausbildung trat er 1929 in das Reiterregiment 17 ein. Kaltenbach kam schon frühzeitig mit dem Nationalsozialismus in Kontakt, da sein Vater der SA Schwaben mehrmals Versammlungsräume zur Verfügung stellte. Auch war Hajo Kaltenbach eine Zeit lang Stallbursche des überzeugten Nationalsozialisten Franz Blankenhorn und wurde von diesem als Jugendlicher stark beeinflusst.

1934 wurde Kaltenbach bei der SS als Staffel-Anwärter eingeschrieben, in die er nach Ablauf der Probezeit 1936 übernommen wurde. Dort erreichte er bald den Dienstgrad eines SS-Sturmführers und wurde 1937 zum SS-Obersturmführer ernannt.

Nach der Machtergreifung schlossen sich die Reitervereine und Zuchtanstalten Deutschlands überwiegend der SS an. Hajo Kaltenbach übernahm dort im Rang eines SS-Hauptsturmführers deren Organisation in sogenannte SS-Reiterstandarten, die im Volksmund Reiter-SS genannt wurden. Kaltenbach wurde zum Kommandeur der Reiter-SS und das elterliche Gut bei Alpirsbach zur SS-Reitschule bestimmt.

Mit Ausbruch des Zweiten Weltkriegs begann 1939 auch der Aufstieg Kaltenbachs: Er nahm mit der SS-Kavalleriebrigade und deren zwei Regimentern, das war die SS-Totenkopf-Reiterstandarte mit ihren zwei Sturmbannen, am Angriff auf Polen teil. Dort wurde diese Einheit zur Bekämpfung von Partisanen eingesetzt.

1940 wurde er ins SS-Führungshauptamt nach Berlin berufen. 1941 wechselte Kaltenbach ins Reichssicherheitshauptamt über und wurde dort Inspektor der Kavallerie und des Transportwesens.

Bei Kriegsende gelang ihm die Flucht in den Schwarzwald. 1946 wurde er in der Nähe seines Heimatortes verhaftet und später mit anderen hochrangigen Nationalsozialisten in Nürnberg vor Gericht gestellt. Wegen Verbrechen an der polnischen Zivilbevölkerung wurde Kaltenbach zu 20 Jahren Haft verurteilt, später begnadigt und 1954 aus dem Kriegsverbrechergefängnis Landsberg entlassen.

Alexander suchte weiter, fand aber nichts Bemerkenswertes mehr. Kein Wort über eine mögliche Beteiligung an einem Kunstdiebstahl.

Nur zur Probe gab er »Bernd Feser« ein. Der Name war zu häufig, um auf diese Weise den Richtigen zu finden. Alexander ergänzte Frankfurt. Er fand ihn als Mitarbeiter des Bibliothekszentrums Geisteswissenschaften der Johann-Wolfgang-Goethe-Universität in Frankfurt am Main, Mitarbeiter vom Team 3: Theologie, Philosophie, Kulturanthropologie und Europäische Ethnologie.

Alexander fuhr den Computer herunter und wählte die Nummer von Inas Handy. Sie meldete sich sofort. Sie schien entspannt und glücklich und erzählte von dem kleinen Dorf am Strand, wo sie mit Corinna ein Privatzimmer gefunden hatte. Sie war froh, dass es dort bis auf ein paar Rucksacktouristen keine Deutschen gab.

»Ina?«

»Ja?«

»Das Gesicht des Alten war eine Maske.«

»Der Rothaarige?«

»Ja.«

Ina schwieg. Sie schien ebenso fassungslos, wie er es gewesen war.

»Ich habe Jörg nicht angerufen«, unterbrach er das Schweigen. »Ich möchte, dass du das Bild siehst, ehe es von der Polizei abgeholt wird.«

Ina zögerte mit der Antwort. »Aber wenn es vorher gestohlen wird?«

»Niemand weiß von dem Bild.«

Ina war beunruhigt, nicht ganz zu Unrecht wie er fand, und er bereute, das Bild überhaupt erwähnt zu haben. Über die Vergangenheit ihres Großvaters verlor er kein Wort.

»Wie geht es den Journalisten vor der Tür?«

»Langweilen sich und scheinen allmählich abzurücken.«
»Ruf mich an, wenn sie fort sind.«
Er versprach es.

Es war ein Entschluss, gefasst zu nächtlicher Stunde, mehr schlafend als wach und noch ganz gefangen von den wiederkehrenden Angstträumen um Corinna: Von nun an wollte Alexander bei allem, was er tat, sorgfältiger handeln – nicht nur, was Corinna betraf. Am nächsten Morgen im Institut stürzte er sich in die Arbeit: Neuanfang hieß das Motto, alles wollte er besser machen, sorgfältiger, als wäre ein neues Leben ohne die Versäumnisse des alten möglich. Nicht einmal die Zeit für einen Schwatz mit Frau Brändle hatte er sich genommen. Er kam nicht weit mit seinen guten Vorsätzen. Nach zwei Minuten hatte Frau Brändle seine Anwesenheit entdeckt, nach weiteren zwei Minuten war sein Arbeitszimmer voll wie die Kaiserstuhlbahn an einem schönen Sonntagnachmittag im Frühjahr, nochmals zwei Minuten später knallte der erste Sektkorken. Die Situation war hoffnungslos! Er verschob das neue Leben auf den nächsten Tag …

Am ersten Abend eilte er noch in der Sorge nach Hause, Niedhard könnte sich das Bild geholt haben. Am zweiten Tag war seine Sorge schon geringer. Er gewöhnte sich an das Bild, so wie man sich an eine ständig drohende Gefahr gewöhnt. Auch der Rauchgeruch wurde von Tag zu Tag schwächer – oder hatte er sich auch daran gewöhnt? Gegen Ende der Woche war wieder alles beim Alten: keine aufdringlichen Reporter mehr, keine besorgten Mitarbeiter. Selbst Frau Brändle hatte sich wieder beruhigt. Mit den neuen Vorsätzen wollte er sich auf den Umgang mit Corinna und Ina beschränken. Am sechsten Tag nach dem glücklichen Ende der Entführung setzte er sich ins Auto und fuhr in die Türkenlouisstraße. Auch hier hatten die Reporter das Warten aufgegeben, fürs Erste zumindest.

Er versuchte Ina anzurufen, aber sie meldete sich nicht. *Hier ist Ruhe eingekehrt*, schrieb er als SMS. *Wie geht es Corinna? Mache mir Sorgen wegen Rückkehr zur Schule.*

Ina antwortete eine halbe Stunde später:

Sorgen deswegen nicht nötig. Sorgen wegen Telefonrechnung. C. telefoniert täglich mit ihren Freundinnen. Versuche für morgen Flug zu buchen.

Nach zwei Stunden kam eine neue SMS:

Landen morgen um 16.00 Uhr in Zürich. Kannst du uns abholen?
PS: Mutter möchte mitfahren. Sie kommt nach Freiburg, damit du sie nicht abholen musst.

Er atmete tief ein und stöhnend wieder aus, so wie es Inas Mutter zu tun pflegte, wenn auch nur eine Kleinigkeit ihren festgefügten Tagesablauf störte. Mit Inas Mutter im Auto eingesperrt zu sein, das war ein Problem. Er konnte sich nicht erinnern, jemals mit ihr allein gewesen zu sein. Und jetzt gleich zwei Stunden! Keine Frage, für sie war er immer noch so unerwünscht wie damals, als Ina schwanger wurde, obwohl er noch mit einer anderen Frau verheiratet war. Und nun die Geschichte mit dem Gemälde! So ein wertvolles Bild musste sie seinetwegen ohne die geringste Entschädigung abgeben, und das, wo ihr aus Geldmangel das Dach über dem Kopf zerfiel. Zwei Stunden stummer Vorwurf, etwas anderes konnte er sich nicht vorstellen.

Kurz bevor er sich am nächsten Tag auf den Weg machte, rief er Jörg Gessler an und erzählte ihm von dem Bild. Er wollte vollendete Tatsachen schaffen: *Die Gefilde der Seligen* gehörten ins Museum und nicht auf den Schwarzmarkt! Aber vorher musste Ina sie sehen und – natürlich – auch ihre Mutter. Er ging in den Abstellraum, holte das Bild und stellte es an die Wand gelehnt auf den Esstisch, sodass man es beim Eintreten in seiner ganzen Schönheit sehen konnte. Er zog die Gardine ein Stückchen zu, damit die Sonne es nicht bescheinen konnte, wenn sie doch noch den Weg durch die schwarzen Wolken finden sollte. Dann trat er hinaus in den strömenden Regen, der seit den Morgenstunden unaufhörlich aus den dunklen Wolken prasselte, und verschloss die Haustür sorgfältig hinter sich. Von dem kleinen Sträßchen aus, das am Haus vorbeiführte, war neben der halb geschlossenen Gardine ein Teil des Esstischs zu sehen und darauf, auf einem schmalen Ausschnitt des Gemäldes, die zwei Frauen im Wasser. Er ließ es so. Man musste schon stehen bleiben, um zu erkennen, dass dort ein Bild stand.

Schon auf dem Weg zum Siegesdenkmal staute sich der Verkehr: Wer konnte, war heute vom Fahrrad auf das Auto umgestiegen. Als er am Bahnhof nach einem Parkplatz suchte, sah er eine dunkle Gestalt im Regenmantel am Straßenrand stehen. Wie eine große Krähe flatterte sie unruhig hin und her, ohne Schirm, tropfnass wie eine Vogelscheuche im Regen. Vogelscheuche, er schämte sich für diesen Vergleich. Die Gestalt war Inas Mutter. – Die S-Bahn aus Bleibach sollte doch erst um 13.48 Uhr kommen! Er sah auf die Uhr. Es war 13.55 Uhr.

Er ignorierte ihren vorwurfsvollen Blick, als sie sich, nass, wie sie war, auf den Beifahrersitz fallen ließ.

»Möchtest du den nassen Mantel nicht ausziehen?«

»Wie denn?«

Er hielt noch einmal an, stieg aus und hielt den Schirm über die geöffnete Beifahrertür, aber sie machte keine Anstalten, ihre tropfende Hülle abzulegen.

Als sie die Autobahn erreichten, jagten dunkle Wolken über die im Regen verschwimmende Landschaft, und der Sturm peitschte Wassermassen gegen die Scheiben. Die Autos vor ihm waren in der sprühenden Nässe kaum zu erkennen. Weltuntergangsstimmung, draußen wie drinnen. Immerhin brauchte er unter diesen schwierigen Bedingungen nicht zu reden. Er war mit Fahren beschäftigt. Sie kamen viel langsamer voran, als er gedacht hatte. In anderthalb Stunden sollte die Maschine aus Athen landen, wenn denn bei dem Wetter überhaupt Flugzeuge landen konnten!

Vor einer Baustelle bei Efringen-Kirchen staute sich der Verkehr. Er starrte wie gebannt auf die stehenden Autos, bis das Schweigen unerträglich wurde. Also doch reden und zwar darüber, was er wissen wollte. Sie ärgerte sich ohnehin über ihn, da kam es auf etwas mehr Groll auch nicht an. Er sprach über den Anbau am Hof im Hexenloch, ganz unverfänglich, lobte die solide Arbeit, fragte, ob Inas Vater ihn ganz allein gebaut hätte. Er spürte ihren Argwohn, sie schien zu ahnen, dass seine Frage nicht zufällig war. Trotzdem antwortete sie, und schon waren sie beim Großvater angekommen, viel leichter, als er gedacht hatte. Ob der Schreiner war, wollte er wissen.

»Nein.«

»Sondern?«

Sie wich aus. In der Verwaltung sei er gewesen. »Und nach dem Krieg?«

»Gar nichts mehr.«

So kam er nicht weiter. Also Konfrontation:

»Ich habe gelesen, dass er bei Kriegsende ein ranghohes Mitglied der SS in Berlin war.«

»Warum fragst du dann?«

»Weil ich wissen möchte, wie das Bild von Arnold Böcklin, das damals in Berlin verschwand, in seinen Besitz kam.«

»Da musst du den Toten fragen«, antwortete sie barsch, aber sie widersprach seiner Unterstellung nicht. Angespannt und mit zu Fäusten geballten Händen saß sie neben ihm. Sie schien nicht nur wütend zu sein, sondern Angst zu haben, doch er wusste nicht, wovor. Hatte sie Angst vor seinen Fragen, oder fürchtete sie, dass sich bei der Landung im Unwetter eine Katastrophe ereignen könnte?

»Woher kam das Geld für den Hof? Inas Großvater hat ihn gekauft, kurz nachdem er aus dem Gefängnis entlassen wurde.«

»Was geht mich mein Schwiegervater an, und vor allem, was geht er dich an? Ich bin nicht verantwortlich für das, was er getan hat. Ich bin auch nicht dafür verantwortlich, dass er unter unserem Dach ein gestohlenes Bild versteckt hat.«

Wieder diese stillschweigende Zustimmung!

»Es wäre besser gewesen, wenn Niedhard das Bild gefunden hätte«, fuhr sie fort. »Er hätte deine Fragen nicht gestellt, und ich hätte Geld, um das Dach reparieren zu lassen!«

Er entgegnete nichts mehr. Sie schwiegen, bis sich der Stau auflöste, schwiegen auch noch, als er unter krachendem Donner zum Flughafen abbog. Ein Flugzeug stieß mit schaukelnden Tragflächen durch die tief hängenden Wolken, ein gespenstischer Riesenvogel in Sturm und Regen, der rasch an Höhe verlor, ehe er hinter den Gebäuden verschwand.

Ohne Mühe fand er einen Parkplatz. Arival 2, wo die Maschine landen sollte, war leicht zu finden. Sie brauchten nur den großen Hinweistafeln zu folgen. Er lief voraus, Rolltreppen, Gänge aus grauem Stein und Glas, wieder Rolltreppen, Gänge. Er lief ohne sich umzusehen. Erst kurz vor dem Ziel wartete er.

»Warum rennst du so?«, fragte sie vorwurfsvoll. »Wir kommen sowieso zu spät!«

Sie schien recht zu haben. Vor ihnen war eine Wand aus Milchglas mit geschlossenen Schiebetüren. Zutritt verboten. Keine Ina, keine Corinna, überhaupt keine Ankommenden, nur eine undurchsichtige Trennwand, die von dieser Seite unüberwindbar war. *Welcome to Switzerland:* die Schrift stand an der Barriere, aber auf der falschen Seite, lesbar nur für die Wartenden.

Ein Flugzeug aus London war kürzlich auf Arrival 1 gelandet, las er auf der Tafel, wo die Flüge angezeigt wurden. Hinter allen anderen Flugnummern stand »Delayed«. Die Maschine aus Athen sollte zwanzig Minuten Verspätung haben, jetzt also nur noch zwei Minuten!

Draußen hinter den Fenstern war ein schmaler Streifen Himmel zu sehen: schwarz wie am späten Abend. Alexander gehörte nicht zu den Menschen, die sich vor dem Fliegen fürchteten, aber hier drinnen, abgeschnitten vom Unwetter, das sich draußen entlud, spürte er plötzlich, wie eine kalte Hand nach seiner Kehle griff. Und wenn sich der Tod nun, wo die große Gefahr für Corinnas Leben vorüber war, sein sicher geglaubtes Opfer doch noch holte? Die zwei Minuten verstrichen, aber die Tafel zeigte immer noch unverändert die Verspätung an.

Endlich die Erlösung: »Landed«.

Plötzlich lächelte Inas Mutter, sie lächelte ihn an! Er hätte es nicht für möglich gehalten!

Es dauerte eine Ewigkeit, bis sich die Schiebetüren öffneten. Corinna stürmte als eine der ersten heraus. Alexander tat einen raschen Schritt vorwärts und breitete die Arme aus. Er war schneller als ihre Großmutter. Seine Tochter flog ihm entgegen. Er legte beide Arme um sie und drückte sie fest an sich. Erst als Ina mit den Koffern kam, gab er Corinna wieder frei.

Ina umarmte ihn, als hätten sie sich eine Ewigkeit nicht mehr gesehen. »Dass wir noch leben! Ich habe gedacht, wir kämen nicht heil herunter, als der Pilot im letzten Augenblick wieder durchstarten musste!«

Später im Auto fragte Ina nach dem Bild.

»Lass dich überraschen«, sagte er und lächelte geheimnisvoll.

Der Regen hatte nachgelassen. Auf der Rückbank plapperte Corinna mit ihrer Großmutter. Von der Verstimmung auf der Hinfahrt war nichts mehr zu spüren. Als sie Basel hinter sich gelassen hatten, drehte sich Ina zu ihrer Mutter um. »Ist der Käufer noch interessiert?«

Alex nahm mit einem Ruck den Fuß vom Gaspedal. »Die Polizei ist informiert!«

Ina sah ihn verständnislos an. »Worüber?«

»Über das Bild natürlich. Wir hatten das doch so besprochen.«

Ina sah immer noch ratlos aus, dann lachte sie.

»Mutter verkauft das Haus, nicht das Bild.«

Alexander sah in den Rückspiegel und blickte in ein zufriedenes, geradezu triumphierendes Gesicht.

»Ihr zwingt mich doch dazu. Jetzt repariert der Käufer das Dach.«

»Der Käufer?«

»Ein Unternehmer aus Stuttgart mit Frau und Kind.«

»Und wo wirst du dann wohnen?«, fragte er und rechnete mit dem Schlimmsten: in der Türkenlouisstraße zum Beispiel.

»Ich bleibe dort, wo sonst? Die Familie wird nur am Wochenende und in den Ferien kommen. Dafür reichen die oberen Räume.«

Jetzt verstand er ihr triumphierendes Gesicht. Sie verkaufte das Haus und die Klage über das fehlende Geld auf der Hinfahrt hatte nur dazu gedient, ihm ein schlechtes Gewissen zu machen. »Verstehe«, sagte er. »Du bleibst dort wohnen und siehst nach dem Rechten, wenn der Besitzer nicht da ist. Und er bezahlt die nötigen Reparaturen.«

»Aber wenn er es sich anders überlegt und du nicht mehr dort wohnen kannst?«, fragte Ina.

»Laut Kaufvertrag werde ich bis an mein Lebensende mietfrei in den unteren Räumen wohnen können. Dafür verschleudere ich auch Haus und Grundstück für einen Spottpreis.«

»Nämlich?«

»Dreihundertachtzigtausend Euro.« Wieder das triumphierende Gesicht im Rückspiegel. Und gerade hatte sie ihm noch vorgejammert, wie arm sie sei!

Alexander lehnte sich entspannt zurück. Ein Happyend, wie es im Buche stand, dazu der passende Himmel: Die Wolkendecke war im Westen aufgerissen, und unter dem orangefarben leuchtenden Wolkenrand balancierte die tiefstehende Sonne wie auf Stelzen aus Licht über dem Horizont. Als er wenig später auf den Schlossberg zufuhr, leuchtete die Spitze des Aussichtsturms im letzten Abendlicht.

Vor ihm bog ein Polizeifahrzeug in die Mozartstraße ein, fuhr weiter vor ihm her und hielt genau vor seiner Wohnung. Wozu die Polizei? Gab es doch noch ein Unglück? Er atmete geräuschvoll aus. Er hatte das Schicksal absichtlich herausgefordert, als er das Bild in seiner Wohnung ließ. Noch dazu von außen sichtbar!

Zwei Beamte in Zivil stiegen aus dem Auto, einer von ihnen war Jörg Gessler, der andere stellte sich als Kunstsachverständiger des Landeskriminalamtes Stuttgart vor, der zufällig heute in Freiburg sei. Kein Unglück! Alexander schloss die Wohnung auf. Im Halbkreis umringten sie das Bild, das sogar in dem schwach gewordenen Licht nichts von seiner Leuchtkraft eingebüßt hatte.

Der Sachverständige trat näher und betrachtete das Bild lange. »Ich gehe davon aus, dass das Gemälde echt ist, aber für eine endgültige Aussage ist es noch zu früh.«

Corinna ging mit ihrem Gesicht ganz nah an das Bild heran, dann schüttelte sie missbilligend den Kopf. »Komisches Bild. Der Mann im Wasser hat ja vier Beine!« Sie ließ ein belustigtes Glucksen hören. »Pferdebeine!«

Volker Klüpfel, Michael Kobr

Seegrund

Kluftingers dritter Fall. 352 Seiten. Piper Taschenbuch

Am Alatsee bei Füssen macht der Allgäuer Kommissar Kluftinger eine schreckliche Entdeckung – am Ufer liegt ein Taucher in einer riesigen roten Lache. Was zunächst aussieht wie Blut, entpuppt sich als eine seltene organische Substanz aus dem Bergsee. Kluftinger, der diesmal bei den Ermittlungen sehr zu seinem Missfallen weibliche Unterstützung erhält, tappt lange im Dunklen. Der Schlüssel zur Lösung des Falles muss tief auf dem Grund des sagenumwobenen Sees liegen … Kluftingers dritter Fall von dem erfolgreichen Allgäuer Autoren-Duo Volker Klüpfel und Michael Kobr.

»Kommissar Kluftinger hat in seinen Kniebundhosen das Zeug zum Columbo von Altusried!«
Die Welt

05/2375/01/L

Marina Heib

Eisblut

Thriller. 304 Seiten. Piper Taschenbuch

Schnittverletzungen am ganzen Körper und Salz in den Wunden: Uta Berger ist das erste von drei Opfern, die vor ihrem Tod offensichtlich grausam gefoltert wurden. Die Zeit drängt, denn der Täter geht mit größter Akribie und Intelligenz vor. Und seine Motive zu verstehen, scheint der einzige Schlüssel zur Lösung des Falls. Daher ziehen die Hamburger Sonderermittler um Christian Beyer auch in diesem Fall die Psychologin Anna Maybach hinzu.

»Höchst unterhaltsam. Mit den vielen verschiedenen Handlungssträngen und Verdachtsmomenten gehört der Krimi zu den besten seiner Art.«
Heidelberg aktuell

05/2345/01/R